幽静河畔

王运富 著

中国市场出版社
China Market Press
·北京·

图书在版编目(CIP)数据

幽静河畔 / 王运富著. -- 北京：中国市场出版社有限公司，2023.8
 ISBN 978-7-5092-2460-1

Ⅰ.①幽… Ⅱ.①王… Ⅲ.①散文集-中国-当代 Ⅳ.①I267

中国国家版本馆CIP数据核字(2023)第159898号

幽静河畔
YOUJING HEPAN

著　　者：	王运富
责任编辑：	张再青（632096378@qq.com）
出版发行：	中国市场出版社
社　　址：	北京市西城区月坛北小街2号院3号楼（100837）
电　　话：	(010) 68024335/68034118/68021338/68022950
经　　销：	新华书店
印　　刷：	四川科德彩色数码科技有限公司
规　　格：	145mm×210mm　　32开本
印　　张：	10.5　　　　字　数：226千字
版　　次：	2023年8月第1版　印　次：2023年8月第1次印刷
书　　号：	ISBN 978-7-5092-2460-1
定　　价：	65.00元

版权所有　侵权必究　　印装差错　负责调换

自 序

我自参加工作以来,已经历了四十多个春秋,现已退休,在家安享幸福快乐的生活。现在我住的居民小区,坐落在风景秀丽、幽静的运粮河畔。我退休以后,经过一番心理调整适应,终于找到了退休生活的乐趣。从此,我可以按照自己的意愿和方式过日子了,可以自由地打发时间,可以自在地享受幸福美好的时光,可以随心地做自己想做的事情,这何尝不是新生活开始呢?回首四十多年辛勤的职业生涯,如白驹过隙,以前我只顾匆匆赶路,不曾留意身边的风景。于是,在退休之后,我或上上网,写写自己儿时的回忆、家乡的美丽风景、家乡的变化、家乡的往事,回忆过去游玩过的景点,写点游记,填填词,作诗词歌赋,不亦乐乎;或去游游泳、悠闲地散步、锻炼身体,不亦乐乎;或与孙子嬉戏玩乐,享受家庭的天伦之乐;或下厨做做菜、品味生活的情趣;或到广场上唱唱歌,放松一下心情,陶冶一下情操;或去野外踏青遛弯,享受一下和煦的清风和明媚的阳光,观赏一下朝阳夕照的云霞美景……原来人生路上还有这么多美好秀丽的景色等着我去赏玩。

回首往事历历在目，工作了四十余年，退休回归家庭，有的时候，心情还真是挺复杂的，不愿意再去操心人情世故了。近一段日子，我总是想静下心来，整理出一部属于自己的家乡往事、儿时记忆、自然风景游记、人文景观记事，以及自己的人生感悟，借出版这一本《幽静河畔》散文集，来慰藉自己的心灵。

我之所以要出这本书，是希望读者通过这一篇一篇小文章，来了解我的生活感悟。如果我写的这些小散文，能够让人们阅读之后，不由自主地品味生活，还能给自己的日常生活增添一点点乐趣，我就心满意足了。

梁晓声先生说："迄今为止，我认为，我们了解一位著名的普通人或普通名人的可靠方式，大抵还是读一读，他们记载自己成长经历和对世事人生发表自己感想，感受以及种种感慨的书。大抵在这一点上，文如其人这句话还是有一定根据的。在这一点上，文人可以借其小说粉饰自己，包装包藏自己，但是散文、随笔、杂感这些文章，却堪称文人们自己的心灵的镜子。"

今天，我之所以引用梁晓声先生这一段文字作为我这篇序文的筋骨，是因为我从心里头非常喜欢梁晓声先生，每当我读着他这一段话的时候，心里就感觉特别舒服，特别畅快。或者再说了，我也有自己的自信、自尊，也有自己的生活追求和人生精神，今天能够原汁原味地将自己内心世界里所储存的这些东西，毫无保留地披露出来给大家看一看，这不也是一件挺有勇气又挺好玩的事情吗？现作诗一首《七律·幽静河畔》表达我此时的心情：

溪水畔边多故事,蝉蛙鸟叫惧蹉跎。
笠翁挥桨驱鱼鸟,童子趋身摘藕荷。
夕照殷勤翻锦浪,鹤鹰随意觅青螺。
岸边柳下红妆女,悠艳芳心照碧波。

目录
Contents

上篇　亲情感怀

女儿成长的故事	/ 002
记忆中的书店	/ 005
难忘的野菜味道	/ 008
难忘的"脚印"	/ 010
回忆我的大哥	/ 013
退休之年感怀	/ 017
实现女儿的愿望	/ 020
我家的老算盘	/ 024
考驾照有感	/ 027
养成散步习惯	/ 030
挖荠菜感怀	/ 033
童车的变化	/ 035
我的人生感悟	/ 038
马蹄子酥烧饼	/ 043
难忘的母爱	/ 046

回忆我的父亲 / 049

母亲的唠叨 / 053

我的大姐 / 056

怀念我的岳母 / 060

做个知足的人 / 063

康乃馨母亲花 / 067

初夏钓鱼记 / 071

但愿岁月未逝 / 074

母亲的簸箕 / 077

鸟儿的乐园 / 082

红芋叶的味道 / 086

中篇　家乡回忆

家乡的道路 / 094

家乡的秋天 / 098

家乡的中秋节 / 101

家乡的年味 / 104

家乡的端午节 / 106

记忆中的扇子 / 109

幽静的荷塘 / 112

季夏之雨有感 / 115

家乡的老榆树 / 117

家乡的烙馍 / 120

静静的运粮河 / 124

漫步小河畔　　　　　　　　　／　127

细雨中漫步　　　　　　　　　／　130

我家乡的雨　　　　　　　　　／　133

家乡的炊烟　　　　　　　　　／　137

家乡过年磕头　　　　　　　　／　140

家乡的红芋　　　　　　　　　／　143

家乡的老井　　　　　　　　　／　147

老家的石磨　　　　　　　　　／　151

彩色的秋天　　　　　　　　　／　154

家乡的汪塘　　　　　　　　　／　158

家乡的老屋　　　　　　　　　／　162

怀念我的故乡　　　　　　　　／　166

家乡的打麦场　　　　　　　　／　171

记忆中的石碌　　　　　　　　／　178

我家的缝纫机　　　　　　　　／　182

老家的大方桌　　　　　　　　／　186

家乡年糕味道　　　　　　　　／　191

老家的厨房　　　　　　　　　／　195

故乡的稻田　　　　　　　　　／　198

故乡的老物件　　　　　　　　／　202

家乡的麦田　　　　　　　　　／　208

家乡的冬天　　　　　　　　　／　213

下篇　游览散记

游涉古台有感　　　　　　　　／　220

游麦基诺岛记 / 225
游皇藏峪记 / 228
游动物园记 / 232
游黄山记 / 235
游黄山翡翠谷记 / 243
游赛珍珠故居记 / 247
朱仙庄的故事 / 250
游蕲县古城记 / 253
游白居易故居记 / 257
游扶疏亭记 / 260
黄花洞的传说 / 264
四眼井的故事 / 267
游长江三峡记 / 270
游古塔桥记 / 275
游东岳泰山记 / 278
游天静宫记 / 283
游览庐山记 / 288
游览三孔记 / 295
游古镇周庄记 / 300
游商丘古城记 / 305
游古都开封记 / 310
游览长城记 / 315
华山之游散记 / 319

上篇

亲情感怀

女儿成长的故事

女儿终于以优异的成绩，考取美国佛罗里达大学并拿到了全额奖学金，攻读计算机系统工程博士学位。我们全家都沉浸在无比的幸福与快乐之中。此时此刻，女儿成长的往事像放电影一样在我脑海中一幕幕浮现。

女儿3岁的时候，特别爱模仿，跟着电视上的歌星学唱歌学得有模有样。她看见小姨写英文字母，就用小手拿着铅笔，在纸上写起来，整整齐齐不错行、不串格；看见邻居家墙上挂着一张猛虎下山的水墨国画，她便模仿着画虎，画得十分相像。为了激发她的兴趣，我们引导她摆积木、拼图形、动手画简单的几何图形，等等。

女儿4岁时报名上幼儿园，当时幼儿园报名要考试，数一百以内的数与口算二十以内的加减法。为了迎考，在考试的前两天晚上，我们一家三口开设小课堂。三口人，一个当老师，两个当学生；女儿一会儿当老师，一会儿做学生，兴趣很浓，一个晚上学会数一百个数，两个晚上就学会了二十以内的加减法，顺利被幼儿园录取。她妈妈和我都在银行工作，平时工作也比较忙，每天早上送、下午下班接，也没有顾得上过问她什么，觉得她在幼儿园里玩得开心快乐就行了。一个学期结束，幼儿园的孩子们都高高兴兴地拿着老师发的成绩单，成绩单上有老师的评语和各科的成绩。女儿的那张成绩单上的评语，我至今记忆犹新，"口算五以内的加减法不会、一百以内的数数不清、做游戏不会、做体操动作不协调、手口不一致……"看着女儿的成绩单上的评语，心里十分难受，久久不能平静。

我心里在自问，为什么女儿在幼儿园学了一学期反而什么都不会了？带着这个问题，我陪着女儿到幼儿园找老师沟通，接待我们的是她的高老师。瞅着女儿在高老师面前，连头都不敢抬，紧张得手脚没地方放，我明白了，她是怕老师。后来我又到幼儿园，多次和她的老师交流，消除了女儿害怕的心理。女儿在幼儿园第二学期结束时，各科的成绩都是优秀，而且在参加安徽省教育厅与省团委举办的儿童绘画大赛中，以一幅《儿童观看木偶戏》荣获二等奖，受到表彰。在学期结束时，我应邀代表家长在会上发言交流经验。

女儿6岁上小学。有一天放学我到学校接她，看她在教室里正聚精会神地看老师出黑板报，我悄悄地站在她后边，等到老师把黑板报刊头"盼盼迎亚运"画完后，她走到老师身旁指着黑板说："老师，盼盼画得不对，它的头小身子大。"老师仔细看看黑板上的"盼盼"，点点头并表扬女儿说："这孩子观察能力强，绘画有天赋，是个好苗子。"并对我说："你要好好培养她，今后定会有出息的。"为了培养女儿画画的兴趣，我们带女儿拜师学艺，请女画家张永莲收女儿为徒。女儿学绘画有灵气，在画家的指导下，参加了1993年6月在武汉举办的"双龙杯"全国少年儿童书画大赛，以一幅《虾趣》荣获金奖。她不仅喜爱绘画，对语文、数学等课程都有兴趣，在小学四年级时，她参加宿州市小学数学奥林匹克竞赛，并获得了三等奖。

女儿小学毕业，考上全省重点中学——安徽省宿城第一中学初中部。有一天，她妈妈看到办公室里几位同事在研究一道初中几何题，都说这道题比较难，就把这道几何题拿回家，让女儿看是否会做。女儿说："我的初中几何学得较扎实，看一看吧。"她拿到题目思考了一下，不到十分钟，用两种方法解好了这道题。解题思路清晰，字迹工整，她妈妈将答案拿到单位受到同事们的表扬："这孩子聪明，有出息。"

女儿上高中时，比较独立，有主见。在高二分班时，班主任老师看到她的语文成绩比较好，就推荐她学文科。她说："老师，我喜欢理科。"她也没有回家商量，自己就报了理科班。

女儿上大学时读电子信息工程专业；上研究生时又攻读了与电子信息工程相近的计算机系统工程专业。

女儿一路走来，用她的勤奋追寻着自己的梦想！

上篇　亲情感怀

记忆中的书店

一个星期天的上午，我和爱人一起上街，去小时候曾居住过多年的老街。路过书店，门脸却只剩下"新华书店"斑驳的痕迹。一条老街两旁，取而代之的是喧哗凌乱的个体小商店。当年经常出入的小巷口与街道相连处，有一棵高大茂盛的大槐树，如今也只剩下了仍发出嫩芽的干瘪枝杈与老树干。它那斑驳沧桑又生命不息的样子，仿佛在娓娓讲述着往日的故事。

昔日老街的中间街南侧是县文化馆，从东到西五百米的街道两旁有粮店、茶馆、浴室、理发店、菜市场、卖农具的商店和挂有国营牌子的饭店、食品店等。那个年代，家境清贫的我很少光顾与吃穿有关的商店，但街上仅有的一家书店是我经常要去的地方。

那是一家只有六米多宽的书店，书店店面虽小，门框上方的"新华书店"大红漆字却十分醒目。玻璃柜台很窄，只能横放三排书籍，其余的都摞在靠墙的隔板上。东侧洁白的墙壁上还写着高尔基的名言："书是人类进步的阶梯。"那时的书店虽不如现在的书店这样宽敞明亮、图书品种丰富多彩，也不能开架让人任意翻阅，可对我来说却是最能享受快乐的地方。因为店里有我爱不释手的小人书，尽管也有向往的小说，可手头拮据，觉得几毛钱或一块多钱买一本实在奢侈。而攒上几支铝制牙膏皮或旧牙刷换几分钱或一毛多钱买本小人书并不困难。尤为庆幸的是诸如《三国演义》《西游记》等连环画都是分册出版，每册最多也不过一毛多钱，有的前后还隔一段时间，这就让我有了更多的攒钱时间与机会，可以连续购买。至今天我仍在保存的《三国演义》全套连环画就是靠卖牙膏皮等废品，一册一册买来的。

当时书店有位营业员，我称她为薛阿姨。她个子不高，身形也很单薄，脸颊和发型很像《杜鹃山》里的柯湘。我每次去，她总要问我："没逃课吧？"我总是干脆地回答："没逃。"但实际上我是经常逃课的。有次我听说《林海雪原》第五册的《将计就计》已到货，生怕晚了被卖完，就逃课去书店。可薛阿姨就是不卖给我，还严肃地问我："为什么要逃课呢？"顿时我有点纳闷，后来才知道她的孩子和我同校同年级。不过，我还是听了她的话去上课了，而那册小人书她说"我定会帮你留着的"。

记忆犹新的是，有天下午我在街上溜达，看见书店门口排着很长的队，而且都是大人。我过去一看，原来他们是在排队购买《周恩来同志为共产主义事业光辉战斗的一生》的画册。当时我想有这么多人排队肯定有特殊的原因，于是我摸摸口袋中的几毛钱也排到了队中。不料，等轮到我时才发现画册要一元钱，可我只有五毛钱。就在我讪讪地把钱放回口袋时，薛阿姨和蔼地把画册递给了我："先拿去。钱，阿姨先垫上。"而这一天正是这年的清明节，人们崇敬地捧着画册，仿佛敬爱的周恩来总理又回到了人民的身边。不久，书店的一角多了几把椅子，那是薛阿姨特地为买不起书而又想看书的人置备的。而其中的一把几乎成了我天天光顾的专座。尤其在假日，我总是早早地到店里，占好椅子，选好自己喜爱的书籍，尽情地品味那些我无力购买的小说。

　　说实在的，那天当我走出老街、蓦然回首时，心里有种难以抑制的酸楚和失落，而唯一能自我安慰的便是记忆中的那份尽情品味小说的惬意与快乐。人海茫茫，许多人和事都如过眼烟云般消逝了，但有些微不足道的往事，却难以忘怀，更令我回味无穷。

难忘的野菜味道

童年时，母亲调拌制作的笼蒸野灰灰菜的味道，让我至今记忆犹新，久久不能忘怀。

在诸多野菜中，我尤其钟情野灰灰菜，它是那种涩中带着清香，香中带着甜，味道鲜美，口感柔嫩，越吃越香甜的感觉。尤其是在二十世纪的六七十年代，能吃上一盘经过调制的笼蒸野灰灰菜，简直是一种极大的口福，不亚于吃现在的山珍海味。

野灰灰菜又叫野灰菜、灰蓼头草等，属于藜科一年生草本植物，茎直立，粗壮，有棱和绿色或紫红色的条纹叶片呈菱状卵形或披针形，且有长叶柄。野灰灰菜喜生于田间、地边、路旁、房前屋后等，其幼苗和嫩茎叶可食用，味道鲜美，口感柔嫩，香甜可口，营养丰富。

据医书记载，经常食用野灰灰菜能预防贫血，促进儿童生长发育，对中老年缺钙者也有一定保健功能。另外，野灰灰菜全草还含有挥发油、藜碱等特有物质，能够消除口臭和防止消化道寄生虫。因此，野灰灰菜作为一种老少皆宜的保健食品，不仅为寻常百姓所采食，而且还登上了宾馆、饭店的餐桌。

童年的记忆中，父母亲带着我们兄弟姊妹几个，回乡下老家看望祖父母，家乡村民们平整土地，田间种着玉米、高粱等农作物，在房前屋后的菜地里，种上小白菜、黄瓜、西红柿等蔬菜，然后洒上水，以保土地湿度。

过一段时间后，田间的玉米、高粱等农作物和房前屋后菜地里的小白菜、黄瓜、西红柿等出土，野灰灰菜也跟着出了土，它的生长速度比较快，一夜便能长出一两个嫩嫩的小叶芽，嫩生生、绿油油或微带紫红的，像刚出土的红薯叶芽。在阳光的照耀下，一望无际的田野上，门前屋后的菜地里，一棵棵形似菱状卵形叶芽，微带紫红的野灰灰菜，有的两片叶，有的三片叶，且长有叶柄，一片片，在房前屋后、田间地头茁壮成长。

一大早，天不亮，母亲让父亲带着我和兄弟姊妹们挎着篮子，拿着挖菜的铲子，披星戴月，去田间地头、房前屋后挖野灰灰菜，每次都挖一大篮子，足足有十来斤。

父母亲面对着带着露水、绿油油的、嫩嫩的野灰灰菜，脸上绽开了像花一样的笑容，他们蹲在地上，清理野灰灰菜嫩茎叶，拣去杂物并用清水洗干净，控去水，用菜刀切碎，放入面粉搅拌均匀，然后放在蒸笼里蒸；锅开了，嫩嫩的清香味也出来了。父母亲剥一些大蒜瓣捣碎，用食盐、香油、醋等调拌，然后分给我们兄弟姊妹五人吃。我们兄弟姊妹几人狼吞虎咽地吃着，母亲坐在旁边看着我们吃蒸野灰灰菜，有谁不够吃了，又及时给我们添加。

如今，人们的衣、食、住、行无忧，生活非常幸福与快乐，像芝麻开花一样节节高，生活一年更比一年好，但我还是钟情与难忘那远去的儿时吃笼蒸野灰灰菜的味道。

难忘的"脚印"

光阴似箭，日月如梭，转眼之间，不知已经过去了多少年。人生，就像是一次悠长的旅程。岁月，就像是一个匆匆的过往。人生虽然漫长，却又如白驹过隙，转瞬即逝。人的一生，有很多个阶段，很多个环节。岁月，恰又是环绕人生的一根线，也是羁绊与鞭策人生的每一个端点。人生像是走在漫长的路上，每个阶段、每走一步都留下了或深或浅的脚印。这些年，在我人生的道路上，每个阶段都留下了不知多少个深深浅浅的脚印。回首一望，那斑斑驳驳的"脚印"，展现了我人生中五彩斑斓的生活轨迹。在这无数的"脚印"中，有一个最深最难忘怀的"脚印"，在我的脑海中不时地浮现，挥之不去。

那是一个骄阳似火的夏日中午，天气特别热，我背着书包放学回家，热得浑身流着汗水。经过我家附近的一条小河时，为了降降温，我脱了衣服，唱着歌儿，又蹦又跳地"跳"进了这条小河。这条小河水清澈见底，水不太深。那时的我还不太会游泳，不敢去小河中间水深的地方去游泳、洗澡。但是身体接触到凉丝丝的河水，使我非常高兴，舒服得不得了。

我轻车熟路地跑到离河岸不远的浅水区游泳、洗澡，不知不觉身子往下一坐，便滑到小河里去了，享受着那份久违的快感，身体凉爽，真是有难以诉说的快乐啊！我在浅水区游了几遍之后，便试着往深水区游。当我游到齐腰深的河水中时，飘悠飘悠着忽然感到水深了起来！我心中一惊，不料一脚踏空，我掉进小河的深水中。

我在那深水中沉下，又漂浮上来，发现自己已处于小河的最深的深水区，沉浮几次之后，我的喉咙被呛了几下，无力挣扎的我只好任自己在水中沉浮，眼前一片漆黑并大声喊："救命啊！救命啊！救命——"

这时我感觉自己不再漂浮，而是在下沉。突然，一只有力的手抓住了我，并把我抱到了河岸上。我觉得那沉浮的几秒钟，是生与死的挣扎，时间就像好几年的一样漫长。

当我缓缓睁开眼睛的时候，眼前是一位陌生的大叔，三十多岁，身体魁梧壮实，大约有一米七八的个头，四方脸、慈眉善目，一看就是一个善良的人，我穿好衣服握着大叔的手说："谢谢了大叔，谢谢您救了我的命！"

他看我没什么事，关切地对我说："你没事吧！今后在河里洗澡要注意点安全，不要再淹着了！"然后头也不回地走了。

原来，这位大叔在我游泳、洗澡时，正巧路过这儿，看见我在深水区挣扎的时候，他奋力跳进河里，快速地游过来救了我。

这件事一直深深地埋在心里、珍藏在我记忆的深处。那些代表荣誉的奖牌、佩戴的红花、各种各样的荣誉证书等，都会随着时光的流逝而被我淡忘。但是，我永远忘不了这件事，也永远忘不了这个人，这个我并不知晓姓名的救命恩人——他让我懂得了什么是无私的爱，什么是最可贵的爱心。我想爱心是凉风，在炎热的时候，带来一丝凉意；爱心是雨，在久旱的时候，滋润着一方良田土地；爱心是沙漠中的一汪清泉，在你濒临绝境时给你希望；爱心是寒冷中的一堆篝火，在你需要帮助时给你温暖；爱心是水，在干渴是时候，获得一线希望；爱心是火，在寒冷的时候，得到暖意；爱心是一盏明灯，照亮我们前进的道路。

回忆我的大哥

我敬爱的大哥，三年前因患急病不治而逝，永远离开了我们。我们失去了可敬、可爱的长兄，噩耗传来时我痛哭流涕，泪如泉涌，万分的悲痛！大哥的逝去让我迷茫与绝望。曾经熟悉的生命走到尽头，记忆中同样鲜活的生命，瞬间消失，生命之脆弱，使我悲痛欲绝。

大哥，你走了。走得那样匆忙，你没有留下只言片语，就永远离开了人世间。大哥，你走了，家人以及亲朋好友都十分伤心、悲痛，都舍不得你走，舍不得你离开我们。

如今，我们带着永久的怀念，载着无尽的思念，回忆起大哥为我们这个大家庭操劳的往事，如同眼前发生的事情一样，在脑海里浮现。

我们敬爱的大哥，自幼秉承"读书继世，忠厚传家"的家训，受先辈们的耳濡目染，勤奋努力，孝敬父母，善待亲人，善待朋友，善待亲友乡邻，善待身旁的每一个人。大哥的一生是平凡而伟大的一生。他没有什么"雄心大志"，没有如鱼得水的官场世故，没有所谓"过人之处"。但这无法掩盖他与生俱来的高尚、坚强、刚毅、助人、坦荡、诚实、勤奋、俭朴、清白、廉洁等道德品格与为人处事的原则。

　　我从很小的时候，就听父母亲多次说过：在大哥的少年时代，我们家人口多，家庭经济状况不好，生活困难，大哥背着干粮，不管是风吹雨打的春夏，还是雪花飘飘、寒风刺骨的严寒冬天，他总能克服种种困难从不缺课。他到离我们家二十多里地的他乡去求学，学习认真，按时完成老师布置的作业。毛笔小楷字，一笔一画书写认真。他的学习成绩名列前茅，品学兼优，受到老师的赞誉与表扬。

　　大哥参加工作后，工作认真负责，兢兢业业，任劳任怨，不怕苦、不怕累，出色地完成各项工作任务，受到同事与领导的好评。他生活俭朴，团结同志，乐于助人，廉洁奉公。他边工作边学习，不断提高个人修养与文化知识水平。由于工作出色，他光荣地加入了中国共产党，并成为一名优秀党员。他走上领导岗位后，清清白白做人，老老实实做事；更加注重学习党的理论知识，坚定不移地贯彻落实党的政策、路线，不忘初心，廉洁从政，执政为民。

　　大哥孝敬父母有担当，在赡养年迈体弱父母方面，多是一个人承担，与兄弟姊妹从不攀比。父母亲晚年大部分时间都是在大哥家过的。两位老人先后去世，大哥圆满料理了后事，尽到养老送终的孝道。

　　大哥一生生活俭朴，他常穿的一件蓝色中山装，洗了又洗，颜色褪去，袖口、领口等处补了又补都舍不得淘汰。有一次他带队到广州开会，进入会场时，看门的人看他穿的衣服破旧而阻止其入内，经过核对确认身份后，才让他进去。

大哥节省下的工资，供子女、弟弟妹妹上学。他经常告诉我们说："努力学习，将来才能有出息。多学点知识，掌握一些技术，将来走上工作岗位，都能用得上。再苦再累我也供你们把学上好，把你们培养成社会的有用之才。"

大哥关爱亲人。记得我7岁那年，他从外地出差回来，给我们每人买了一顶特别漂亮的帽子（那个年代物质匮乏），我戴出去后小朋友们都非常羡慕，因为我有个疼爱我的大哥。虽然已经过去几十年了，这些往事不时在脑海里浮现。

大哥善待亲友。表哥的儿子在上高二那年，患了乙型肝炎。因表哥家生活困难，无钱医治。大哥便带着他跑到几个医院寻医问药。那孩子经过多方治疗后病情好转，最终痊愈。大哥在自己经济不宽裕的情况下，还给他提供医药费，并资助他上完高中。那孩子经过努力考上全国重点大学，毕业后找到了满意的工作，收入可观。表哥住上了和城里人一样的单元楼房，全家人过上了幸福的生活。

大哥善待亲人。二哥因病去世后，撇下二嫂及年幼无知的三个儿子和两个女儿，日子过得非常困难。大哥无微不至的关怀和照顾他们孤儿寡母，关心孩子的教育、关心二嫂家的庄稼收与种、关心孩子们的婚姻并帮助解决住房问题。现在孩子们都成家立业，有了自己的房子、车子，生活过得非常幸福。

大哥善待乡邻。乡邻们有困难，需要大哥帮助时，凡是他力所能及的事情，他都会想办法解决。遇到违反原则的事情，他会向乡邻们解释清楚，也会得到谅解。例如，一位乡邻的母亲有病住不上医院，他就把自己本来紧张的住房，腾出点空间，铺张床让乡邻暂住，等医院有床位了，才搬回医院治疗。

大哥廉洁奉公、不牟私利。大哥在领导岗位上，坚持原则，守住底线，廉洁奉公，不牟私利。子女上学、参军、工作等从不以权谋私，他为了避嫌，叫子女在社会上自谋职业，自找工作。有一次我的单位进行福利分房，我找大哥给走走门路，分个好楼层。他说："单位分什么楼层，你就住什么楼层。"

大哥注重子女、孙子辈教育。他退休后，生活过得仍然十分俭朴。不舍得吃不舍得喝，节约他仅有的一点退休工资，全都资助孙子、孙女上大学。目前他的两个孙子、一个孙女都学有所成，其中有两个硕士毕业，一个大学本科毕业，全都走上了工作岗位。另外还有一个孙女去年考上了重点大学。

退休之年感怀

对我来说，终生难以忘怀、最值得永远记忆的事情，莫过于达到退休的年龄，步入到离退休人员的行列，开始了不一样的生活。

到了退休之年，乍一离开熟悉的工作岗位、同事、领导，离开喜爱的单位，离开规则有序的工作，离开按时劳作、休息的职业生涯，心中难免有几分惆怅，几分不舍，甚至有几分失落。尤其是在退休之初，整日心不在焉，无所事事，甚至感到心中空落落的，有许多难言的不愉悦和不快乐。

经过一番心理调整，我终于找到了退休生活的乐趣。退休了，从此可以按照自己的意愿和方式过日子，可以自由地打发时间，可以自在地享受生活，可以随心地做自己想做的事情，这又何尝不是新生活的开始呢？

回首四十多年的职业生涯，如白驹过隙，只顾匆匆赶路，不曾留意身边的风景。在退休之后，我或上上网、发微博、填词作赋，不亦忙乎；或游泳、健步走、锻炼身体，不亦乐乎；或与孙子玩乐嬉戏，享受家庭的天伦之乐；或下厨做做菜、品味生活的情趣；或到广场亮亮嗓子唱唱歌，放松一下心境，陶冶一下情操；或去野外踏青遛弯，享受一下和煦的清风和明媚的阳光，观赏一下云霞美景……原来人生路上还有这么多美好秀丽的景色等着我去观赏。

在我看来，退休后保持一个好的心态，对晚年生活尤为重要。心态反映修养，心态影响健康，心态决定幸福。只要心态放平了，退休的日子就好比是一面"筛子"。透过这面"筛子"，能够筛掉烦恼，筛掉忧愁，能够筛出夕阳落坡时的潇洒与快乐。在筛掉了过去的名利和虚华之后，留存的是健康和欢愉，享受的是含饴弄孙的天伦之乐。

我想起了一位哲人说过"心态决定命运"。我觉得这句话同样也适用于我们离退休人员。其实，离退休人员活的就是一个心态，不同的心态决定不一样的晚年生活。只要心态好，幸福就会接踵而至，快乐就会无处不在。

夕阳无限好，只因近黄昏。莫道桑榆晚，为霞尚满天。快乐在于心态，幸福与年龄无关。人到了晚年，调整一下心态，放松一下心情，知足常乐，随遇而安，善待自己，好好活着，无疑比什么都重要。

风风雨雨六十载，退休之始享清闲。虽至甲子岁，童心却未泯。退休了，淡然看待世界，微笑面对生活，用快乐打发时间，用阳光填充情怀，过风轻云淡的日子，享含饴弄孙的天伦之乐，谁说这样的生活不是福啊！

我抽笔至此，试着写一首《退休感怀》，以表达此时此刻的心情与感受：

　　岁月如烟，往事随风。四十年建行职业生涯，日月如梭弹指一挥间。蓦然回首，滋味无穷。有职装蓝、国歌亮、党旗红。金融服务，使命在胸。青春献建行，心里乐由衷。现已退休，赋闲家中。感恩党的培育，坚持不忘初心。坚定共产主义理想，发挥余热奋斗终生。

实现女儿的愿望

2017年的春节我们一家人是在美国度过的。这已是我和爱人连续第二年，从中国赴美国与女儿一起过年了。

现在有很多儿女与父母交流得少，有的甚至不愿意交流、不愿意沟通，从而形成了代沟。

我们从女儿小时候起，就严格要求她团结同学、热爱劳动、刻苦学习、不要自私，做一个品学兼优的好学生。我们的女儿从小就喜欢和父母交流、沟通，特别是与她妈妈，她遇到大事、小事都愿意和妈妈聊天交流。女儿不自私，有什么好吃好喝好穿的，首先想到的是爸爸妈妈。例如她在北京上大学二年级的时候，勤工俭学挣得了一点工资，首先想到的是给爸妈买了双散步穿的非常舒适的鞋子。

女儿大学硕士研究生毕业后，以优异的成绩考取美国全额奖学金，攻读计算机系统工程博士学位，博士毕业后，又从事了两年博士后研究。后来她竞聘到美国一家百强大公司工作，今年已是第五个年头了。通过努力，她终于有了一套属于自己的房子，年前装修完毕入住。为了保证新家的第一个春节人气旺，她真诚地希望并坚持要求我和她妈妈到美国与她一起过年。

我和爱人是农历腊月二十九日下午六点，乘飞机从上海出发去美国的，我们直到除夕夜才到达目的地，正月初一中午全家吃团圆饭。吃过午饭，女儿开上她的小轿车，带我们前往底特律湖边公园游玩。把车停在湖边公园的停车场内，我们步行进入园区，沿湖边散步、欣赏风景。蓝天白云下，沐浴着清凉的湖风，听着湖水不时拍打岸边的声音，眺望远方蓝色的大湖，真是心旷神怡。游人如织，每个人的脸上都洋溢着怡然自得的笑容。夜色降临时，女儿又带我们去了一家海鲜餐馆，吃丰富多样且美味可口的自助海鲜大餐。

回到家已是晚上十点多了。第二天早晨，我本以为女儿会睡懒觉，没想到她七点钟就起床了，一身运动员打扮，问我是否愿意和她一起出去散步。这让我万分诧异，以往和我们在一起，她不是躺在床上，就是歪在沙发上，看电视玩手机、电脑，要是强行拉她出去，她总是老大不情愿的，走不了一会儿就找借口打道回府。现在她居然主动提议出去散步！我满口答应，迅速起床，穿上运动鞋，和女儿一起出了门。我爱人兴高采烈地在家里为我们准备丰富的早餐。

女儿在美国底特律一个卫星城市的一家公司的总部工作，从事技术研发工作。这个城市给人印象最深的，除了几栋小高楼之外，就是绿化特别好。每一条街道都是绿树成荫，随处可见街心花园。我们父女俩快步走在行人稀少的林荫道上，朝湖边公园方向走去。到达公园正门口，大约花了二十多分钟时间。我们俩沿

幽静河畔

着湖边走了好长一段路，有点累了就按原路返回。近两个小时的行程，女儿没叫一声苦累，走得比我还快，这让我感慨万分。

女儿在美国留学深造，并在那里竞聘到一家公司工作，一个人在美国打拼。为了成家立业，为了在美国赢得生存和发展的空间，她饱尝着酸甜苦辣，历尽了千辛万苦。

按照我和爱人的想法，在美国家里看看电视、做做饭，聊天睡觉，逛逛附近的超市，早晚散散步，休息放松一下，就挺好。女儿的想法却不一样，她说平日一家三口分居异国他乡，现在好不容易聚到一起了，一定要出去玩，要过得非同一般！而且美国比较著名的旅游景点、美丽的地方也比较多。

在美国过春节的一个多星期里，女儿开着车，带着我们先是游览了底特律动物园，它是美国密歇根州最大的家庭旅游景点之一。这个动物园有动物品种280多种，为3300多只动物提供了栖息地，这些动物来自世界的各个角落，组成了一个大家庭，供游客观赏。之后，我们去了麦基诺岛看风景。麦基诺岛位于美国休伦湖内，该岛保持着18世纪和19世纪的风貌，马、马车和自行车为交通工具，禁止机动车辆通行，虽然岛上游人如织，但游客只能走路或骑自行车，甚至骑马。临近岸边的建筑物颜色各异，仿佛是浮在水上的宫殿，在湖水的衬托下，景色迷人。这里被一些华人旅行社称为"蓬莱仙岛"，麦基诺岛气候湿润，风景秀丽，好玩的地方太多了，整个小岛就像一座大的森林公园。到麦基诺岛游玩，到休伦湖边看湖看水，观赏了美景，也放松了心情。女儿还带我们到底特律河边观了美景。底特律河是流经底特律市的一条河流，河水清澈，河岸两边绿草如茵，是游览底特律市最主要的景点。底特律是美国密歇根州最大的城市，是位于美国中西部、加拿大温莎市以北、底特律河沿岸的一座重要的港口城市，也是世界传统汽车中心和音乐之都。城市得名于连接圣克莱尔湖和伊利湖的底特律河。底特律河是美国和加拿大的界河，一座大桥横跨两岸，名为"大使桥"，寓意大桥成为两国人民交流的大使。美加两国人民借助大桥来往十分方便，这条河也成为人们运动的场所。河里或有几艘皮划艇掠过，或汽艇飞驰而过，或货轮缓缓驰向远方。迎面而来的跑步或骑自行车的人们迎着阳光，与我们这些陌路者打着招呼，愉快地享受着惬意的生活。

　　游玩过后，女儿带我们到超市购物。在这里所有的开销都是女儿掏的腰包。本来我和她妈妈都有工作，挣的钱也不比她少，但她执意不让我们买单，坚持要表达她的孝心。女儿供职的公司还不错，薪水也比较丰厚，但她这些年的开销也比较大。买车买房，还背着银行的贷款。她没有什么不良嗜好，喜欢体育运动，喜欢旅游，喜欢购物，我们也不敢说她，反正她花的是自己的钱。以往，逢到她给我们买东西，为我们花钱时，我们都会谦让谢绝，爱人有时还会唠叨，结果搞得女儿很不高兴。吸取教训，这次来美国前，我和爱人约定：一切听凭女儿安排，尽量不要扫了她的兴，成全女儿的孝心。其实，这也是人之常情，假如一个人真心为你付出，诚心诚意为你做点事情，你的拒绝或许是对她的一种伤害。恭敬不如从命，尽量满足女儿为爸妈尽点孝心的愿望，也许她会觉得更舒服、更快乐一些。

幽静河畔

我家的老算盘

我家客厅的左墙壁上挂着一把"陈旧"的老算盘。那是一把有年头的老算盘。算盘的木轴已被磨得光滑闪亮，算珠沉重，算柱滑溜，算盘珠子油光温润，拨打起来得心应手不反弹，还发出清脆悦耳的声音。后来经鉴定才知道这算珠是紫檀木制作的。

据史料记载，算盘最早是由东汉末数学家徐岳发明。公开资料显示，"珠算"一词最早见于东汉徐岳所撰的《数术记遗》，其中有云："珠算控带四时，经纬三才。"北周甄鸾为此作注，大意是：把木板刻为三部分，上、下两部分是停游珠用的，中间一部分是做定位用的。

每位各有五颗珠，上面一颗珠与下面四颗珠用颜色来区别，后称之为"档"。上面一珠当五，下面四珠每珠当一。而今天的解释是：算盘为长方形，木框中嵌有细杆，杆上串有算盘珠，算盘珠可沿细杆上下拨动，通过用手拨动算盘珠来完成算术运算。珠算发展到宋朝，已从游珠算盘逐渐改为串珠算盘，并已普遍使用了。明朝已出版多部关于算盘的著作，记述了算盘的规格、珠算口诀、珠算使用方法等。明代数学家程大位撰写的《算法统宗》是一部以算盘为计算工具的应用数学书。其珠算方面的成就，开创了珠算新时代。这使我国的珠算发展到：型制规格化，计算口诀化，方法科学化，并从此传播到国外而成为世界性的运算工具。即使在现代电子计算机已经普及的情况下，珠算仍然是经济计算中不可或缺的工具。

据我父亲说，这个老算盘是我外祖父开药店时候用来算账的工具。他每天晚上结账时，隔条街都能听到他"噼里啪啦"清脆的打算盘声。外祖父打算盘的技术十分熟练，他还能"盲打"：只瞄（或只听）数码，不看算盘。只见手指在算盘上飞速地上下拨打算盘珠子——人们称他为"飞速手"，顷刻间快速打出准确无误的计算结果来。我大哥在十几岁的时候，跟着外祖父在药店当店员，学过一段时间打珠算技术。后来大哥参加工作，到供销社门市部记账算账，外祖父就把这把算盘送给大哥作为纪念。

外祖父经营着一个药店，人手少非常忙。我父母结婚后，外祖父就把我父亲叫去帮忙，父亲一边帮忙，外祖父一边教我父亲记账、打算盘。药店经营了三年多后，外祖父身体生病，就把药店转让给别人经营了。那时我父亲就离开药店，回家种地当农民了。在我小的时候，父亲经常带着我到药店玩，看到父亲一边用右手的食指、中指、无名指压着一支笔，拇指、食指、中指拨着算盘珠，嘴里不住地念叨："四一二剩二，四二添作五，四三七余二，逢四进一……"算盘珠子被"噼里啪啦"地拨打着；一边用左手翻着账簿，准确无误地把账算好。那时候，父亲还给我讲述有趣的珠算谜语听："竹做栏杆木做墙，只关猪来不关羊，三个小子来捉猪，吓得猪儿乱撞墙""古人留下一座桥，一边多来一边少，少的要比多的多，多的反比少的少"，等等。

我6岁上小学那年，父亲便正式教我打算盘，起初练的是加减法，什么"打百子""六六大顺""变灯笼"等，后来教我的是乘除法，"孤雁单飞""狮子滚绣球""孤雁归队"等。经过一年多的练习，我打算盘的能力得到了父亲的认可："嗯，可以，只要这样苦练，要不了几年，你就会成为一把打算盘的好手。"父亲在记账算账的时候，有意让我合计，他在旁边看，见我数字合计得既快又准的时候，总是说："学会斤求两，算账不要想；学会两求斤，算账不要心。"从此我对算盘产生了兴趣，决心练好算盘，将来更好地应用它。

后来，我参加了工作，考进了建设银行，从事了金融服务业。父亲很高兴，就把这个算盘交给了我说："好好把以前教给你的打算盘技术重温一下，再认真练练，银行是离不开算盘的。"20世纪80年代初期，建设银行有了电子计算器；后期，建设银行又有了电子计算机，再经过几年的购置建设，计算机也普及到人手一台。

后来，这把老算盘就闲置起来了，父亲遗憾地说："以前我从来都不相信银行算账能离开算盘，现在我真的信了，真可惜呀，真可惜呀。"他还风趣幽默地说："我以前会用算盘玩游戏，现在被计算机替代了。电子计算器替代了算盘，计算机又替代了电子计算器。"真是社会在发展，科学技术在进步，人们的生活方式也在改变着。但是我还久久不能忘怀，拨打那把老算盘时发出来的"噼里啪啦"的清脆悦耳的声音。

考驾照有感

我于 2015 年 10 月末，到驾校报名考驾照，由此开始了学驾驶技术、考驾照的艰辛征途。经过学习理论知识、内路考练习、外路考训练，驾驶安全知识学习等，驾照考试前后累计历经半年多的时间。拿到驾照那天，我手捧着它激动万分，考照的往事历历在目。

报名后，离理论考试还有一周的时间我才拿到考试的相关材料，根本没有什么时间上课。我只能利用下班时间，在家拿着考驾照相关书籍，自己看材料、做练习题，觉得熟练后，就在网上做模拟试卷，做了多遍后终于达到合格的要求。

所谓的理论考试，就是科目一考试。经过努力，我考得也还比较顺利，除有一题点错了题，扣两分以外，其余题目都全对。最终科目一的理论考试，90 分合格，我考了 98 分，一次通过。

内路考试即科目二考试。科目二考试共有五项，它分别是倒车入库、侧方位停车、上坡定点停车、直角弯、S 弯考试。科目二我刚练习两天，教练就给我报名参加考试。考试中有个必考项目叫上坡定点停车，要求车子在上坡的过程中前保险杠和右侧车轮停车时均能在划定线上。这个项目，在练习时我总是双边都不能到位，我算了一下我在训练中合格的概率不高，只能达到65%。渐渐地这一项就宛如一个心魔，练得越多，思考得也越多，失败率也越高，变成了一个心理而非技术障碍。参加考试的前一日，我到模拟场地训练时，几次模拟都顺利过关。可一到考场上，手、背直冒汗心理紧张，第一次考试没能通过。第二次考试，我要求教练等我练得差不多了，再报名参加考试。我经过了一个多星期的刻苦训练，熟练地掌握了各环节的要点，在训练中能顺利完成各项动作。于是我信心倍增，到考试的前夜，其他几个学员还在模拟场地苦练，我已经回家休息等待参加考试了。第二天我进入考场，取得了 100 分的好成绩，一次性就通过了内路考试即科目二考试。

我记得以前老师在每次考试前，总是要求学生说："一定要注意调节好心态，要战术上重视考试，战略上藐视考试，把考试当作一场平时练习来对待，千万不要在考场上犯蒙。"一路走来，我自己就是这么应对这次驾照考试的。但是，科目二考试，这迥然不同的经历让我明白，每个人都有自己的盲区，甚至训练得越多盲区越大，而且随着失败次数增多，任何看似轻松的技术、知识点都能成为心魔，而且难以逾越。人生考试何其多，总有某一考试让你蒙，奈之如何？其实某一考试的理论与技术点就在那，考试训练中成功的经验也在那，关键是要多多调整心态，只有轻松面对，才能通过。

科目三考试即外路考与安全知识考试。我经过一个多星期的训练，认真对待整个科目三外路考的十六个小项目，勤学苦练，应该说是顺风顺水，考试感觉十分不错，进考场时信心十足。考试时注重每个细节的驾驶技术，最终以考了100分顺利通过了外路考。安全知识考试即大家平时所说的科目四，经过一个星期的认真做题库的题目与模拟考试，进入考场后，我信心满满，以98分顺利过关。一个星期后，拿到了渴望已久的驾照。

考场永远都在重复这样的故事，名落孙山的总是考试之前后，自傲满满的大话连篇之徒；高中状元的倒是考前考后都胆小甚微、谨言慎行者。因为自大就会滋生自傲，就会目空一切，方才会有所谓的粗心大意，自然会有出现的那些怀才不遇的懊恼。这小小的路考，让我看清了之前许多的考场不如意之事，一切的失误不是自己的粗心大意，而是那份并无万分底气的自傲和自狂。永远要做一个低调的人，只有低调才能放大他人，缩小自我，最终认清自我；才能发现自己的不足，学他人之长，使自己处于不败之地。

考驾照这仅是人生中的一次技能考试，居然引出这么多话题。人的上半生中考试似乎是永远的主旋律之一，面对种种考试诚然需要有胜不骄、败不馁的积极心态。注重细节，审慎对待，但是更重要的是豁达，笑看考试的那些事，考试通过固然可喜，失败亦不可悲，考试失败人生还得继续下去。考不到驾照，依然还蹬着我那全景天窗、零排放的"宝马"——自行车，也不失为人生另一种生活的滋味。

养成散步习惯

散步是锻炼身体的最佳运动之一,既简单易行,健身效果好,不论男女老少,什么时候开始这项运动都不晚。根据治疗心脏病的专家讲:"从进化论角度来看,步行它是人类的最好的运动。"

我们夫妻俩每天傍晚出去散步,是多年养成的习惯。平时工作时老坐着,下班了整日宅在屋里,血液流动不畅,身体也就不断发胖,不健康。另外,在家待得太闷了。那时体育器材少,体育锻炼的场地少,也没有什么地方去锻炼身体。我们只有散散步,去吹吹风,看看天空,看看忙碌的人们,心情也能得到放松。准确地讲,在结婚之前,我们就有了这种共同的爱好。那时,我和爱人同在一个乡政府里从事行政管理工作。这个乡政府坐落在那比较偏僻山区,离县城区七十多公里。乡政府里除了我们这两个单身男女以外,没有其他的住户。我俩恋爱多年,那时乡政府里没有电视,附近也找不到可供休闲娱乐的地方,业余时间一般都是关在宿舍里看书,或者相约到乡政府外面散步。这样说来，我们养成这个习惯是好的。散步，迈开的是腿，但散开的是烦乱的思绪，沉重的包袱。迎面吹着风，风儿似乎极具魔力，可以将你的思绪无限地组合排列。一个神奇的过程，在不经意间就完成了。夕阳西下之时，伴着宜人的晚风，漫步于田间地头，别有一番情趣。我们之间谈工作、谈生活、谈文学、谈爱情，总有说不完的话，有交流不完的东西。工作中的忧愁和烦恼，生活中的痛苦与悲伤，常常在互相安慰和鼓励中烟消云散。

结婚后我们的日子一天比一天好，生活条件也不断改善。我们单位分给我了一套房子，后来我们又买了自家的小轿车，再后来每个房间都装了电视机，日子过得红红火火。日子过好了，我们却没有改变两人傍晚一起散步的习惯。

女儿出世几个月后，我们散步的队伍壮大为一家三口。小家伙不会走路的时候，我们抱着她；能走会跑了，我们牵着她。散步时，也多出了许多新的情趣和话题：路过池塘时，我们嘱咐女儿不要玩水；看到各种牲畜或飞禽时，我们就告诉女儿它们的名字。逢到春天或夏天，女儿常会被路边的野花所吸引，尤其是蒲公英，她见到了就会大呼小叫地跑过去，用胖胖的小手掐断，噘起小嘴儿一吹，球形的花儿瞬间飞出无数把飘扬的小伞。

我们因工作调动搬进县城后，离山区乡村远了，离田野远了，我们散步多半是在灰尘飞扬，汽车和摩托车穿梭的街道上。城市的嘈杂和喧嚣，常使我们烦躁和不安。因此，我们总是选择偏僻的街道和比较幽静的小巷，或者去南边环城河的小河边，甚至沿着穿城而过的京沪铁路走向很远的城外。我们应时而变，还是把傍晚散步的习惯延续下来，无论是春夏秋冬还是雨雪阴晴，从不间断。

　　再后来，因工作调动，我离开了小县城，与妻子分居两地，再也不可能天天陪着她散步了，所以，她格外珍惜"双休日"我们团聚的日子。不管多忙多累，晚饭之后，她是一定要拉上我"出去走走"。积攒了一个星期的话，大都是在散步时对我讲。无论是思念，还是她的委屈，不管是让人高兴的事儿，还是让人伤心的事儿，我总是听得津津有味，似乎又回到了谈情说爱的时候，享受让人大快朵颐的精神大餐。

　　闲暇的时候，一起来散步吧，一起来吹风吧。

　　每次散步返回时，虽然累得腰酸腿疼，但我们心里却有说不出的愉悦与快乐。

挖荠菜感怀

难得天蓝日暖的初春,小草绿了,像披上了一件绿油油的新装。春草如丝,遍布在大地的每个角落上,合在一起,像给大地穿上了一件柔柔的绿毛绒衣,又像一张张绿色的地毯。一簇簇绿草随风飘动,美极了。小草的绿色分很多种,有青绿色的、嫩绿色的、翠绿色的,美极了。这样的时光是不能虚度的,户外的和煦、灿烂吸引着我们,我和孩子骑车上了路。一路高歌,一路欢笑,心中的肆意屏蔽了周围车水马龙的喧嚣,不时闪过艳羡的眼神在证明着他们看到了我们全身弥漫着的快乐。

就在这时,姐姐来电:"猜一猜,我们正在做什么?""我不知道。""挖荠菜。"刚刚满溢的幸福瞬间提高了阈值,田野里才是真正春天里的蓝天空旷浩远,田野泥土松软,新荸清香氤氲,微风轻拂的惬意。凝望远方,只能遥看近却消失的翠绿,迅速连接起生命里的点点滴滴,一种微醉的疏狂随风涤荡,无须语言表达,只有心的萌动才能批注,只有眼神的迷离可以旁白。

初中时学过的一篇课文《挖荠菜》,我对其中的情节记忆尤深：一条线索是作者童年落魄饥不择食时品味出的荠菜美味、珍爱，以及生活富裕之后下一代对荠菜敷衍、落寞的对比；一条线索是荠菜从自生自灭的野地里茂盛生长，到温室精心呵护的人工培育的变迁。动之以情、晓之以理，叙议结合描写出了我们要珍惜生活的深层寓意。不得不说，荠菜也是我人生中的那个心结。

童年的春天，我们像野地里的兔子一样，十分任性地撒着欢儿。爬山、跳堤堰、钻树林。一篮子荠菜、一篮子苦菜或者一篮子灰灰菜的任务就在这疯狂中轻松完成。

如同《挖荠菜》的作者，荠菜也是我的最爱。过水的荠菜翠绿得逼人眼睛，拌上白白的豆腐丁，经过妈妈的巧手，它们便成为饱满的水饺，或半月弯弯的塌包。对一个喜欢吃水饺等人来说，永远忘不了，在开水里打过滚儿的荠菜水饺的晶莹翠绿，一口下去，清香四溢，回味无穷。如果能有一丝肉末，便可称得上人间的极品美味佳肴。

后来，我也有了自己的辛苦的劳作。每次结束之后，她们总提议："挖点荠菜去？"那时的自己，总有些许的不理解，累了就该回去休息的。再到今天，想挖都找不到地方的时候，却怀念起那时的美好。

荠菜的萌芽和枯萎，满足了许多人的味蕾，也带走了许多许多的东西，包括青葱韶华。

我和姐姐约定，今年一起回老家挖荠菜。因为她对荠菜的这份特殊的感情，我懂。

童车的变化

我小时候的童车是我父亲亲手制作的。父亲虽然不是能工巧匠,但是他善于就地取材、按需制作出实用的家具、工具、用具等,把我家不太富裕的小日子,打理得有滋有味。

据我父亲讲,20世纪50年代末,他曾给我制作了一个童车。纯手工制作,纯天然原料。用现在流行的语言恭维它,是真正的至纯土童车。那年初春,柳树尚未绽出鹅黄的苞蕊之时,正是插栽柳树的好时节。村民们都给自家的大柳树修枝,即把大柳树上多余的枝条砍伐下来。砍下的柳丫枝,再把其小胳膊粗细的旁枝砍掉,一个两米多长的"柳栽子"就成了。然后把"柳栽子"粗头朝下,埋在二尺深的土坑里,把土夯实、浇透水即可。我们老家的人们叫作插柳树栽子,"柳栽子"只要水土墒情好,容易生根发芽。众所周知,柳树泼皮、易栽易活,"无心插柳柳成荫"的俗语一点不假。

父亲在砍"柳栽子"的时候,在柳树上发现一个两丫杈树枝,就把整个枝丫儿砍下来,给我做了一个手推童车。他把V型柳枝的两个树杈当车把；在丫杈的结合处挖出一个半圆的凹槽，当车轴槽；用一截短圆木棍作车轴；车轴两头装上木轱辘。车轴往车槽里一放，一个可推着走的"车"就"制造"成功了。在两车把中间再捆绑上几个横撑，再用麻绳横竖攀织成网兜，就有了"车厢"，可坐人，可盛物。工艺简单，使用方便。一个像模像样的童车就这样完美地诞生了。

春光明媚，蓝天白云下，我与村里玩伴们一道玩着简陋而新鲜的童车。小伙伴们十分新奇、羡慕，大家轮流推推、坐坐，他们都想大展身手。春意盎然，满眼翠色，空气清新。在大自然的怀抱里，我们开着自己的"宝马"，欢快地驰骋在乡间小路上。一路回荡着村童们银铃般的笑声；个个玩得开心，我心中也无比得意。

1984年，我的女儿出生。当时经济拮据，每月底靠向互助会借钱维持生活。买童车，没敢想。我母亲看见邻居家小孩有童车童床，十分羡慕。她打听得知，当时最便宜的竹制童车，也得十几元钱。当时她只有多年积攒下来的十元钱。说来也巧，我妈妈的堂姐，也是她最好的闺蜜，即我的大姨，来看我们。大姨给我女儿五元钱作见面礼，在当时是很重的礼金了。母亲把她的积蓄添上，终于凑够了买辆童车的钱。母亲特别高兴，立马去买了一个小竹车。小竹车虽然无品牌，但是很实用。车内三块活动竹笆，把中间一块卡放在上面，小孩可坐；三块竹笆放平，就可当小床；三块竹笆都取出，小孩可站在里边活动。

这辆竹制小童车，我女儿用过之后，又先后被五位亲戚借用。这辆小竹车，被七个宝宝"拥有"享用过。后来，改革开放时，它被一位卖茶叶蛋、卤串、臭豆腐干的师傅拿去"贡献余热"了。

2016 年 7 月，我的孙子出生。他用的童车也有了品牌，设计人性化，使用起来方便、灵巧。那时婴儿用品已经很丰富了，各种品牌、品质的产品都有。新式的婴儿车美观、舒适、安全、又轻巧，方便、防颠，又可伸缩，可折叠；还配有阳罩、蚊罩、储物兜等，设计更加人性化。

童车的变化，反映了时代的快速发展，折射出了我国设计制造水平的飞速提高，人民的生活水平也如芝麻开花节节高。

我的人生感悟

　　一个思想波动、变化的人，时而开心，开心得毫无征兆；时而沮丧，沮丧得没有缘由；时而激情澎湃，斗志昂扬；时而意志消沉，前途悠悠迷茫无可眷顾；时而坚信梦想，逆流而上；时而怀疑人生，随波逐流；时而期待如莲花般出淤泥而不染，濯清涟而不妖；时而屈从于金钱至上，贪图享乐。人就是这么一个矛盾重重的综合体。

　　然而，修身养性，磨炼心志，控制情绪是人一生的必修课，一定要确定什么才是立身之本，什么是不可改变的，什么才是初心。人，可以犹豫，可以迷茫，但决不可以为了世俗意义上的成功而改变自己认为的最宝贵的品质。若立身之本都没有了，那活着的意义便也没有了。对梦想的坚持，对情感的守候，时间都知道，即便不知道，自己知道就好。套用一句老话，不求人人理解，但求无愧于心。

　　有些事，轻轻放下，未必是轻松。有些人，深深记住，未必不是幸福。有些痛，淡淡看开，未必不是历练。坎坷的路途中，给身边人一份温暖；风雨人生，给自己的一个微笑。生活是体谅和理解，把快乐装在心中，静静融化，慢慢扩散！

人生就是这样的，想要拥有却不能够拥有，这或许会使人们自暴自弃。失去之后，就要更坚强，过去的事就让它过去，无法挽回过去。让我们坚强起来，失去了一个人，至少还有其他人在身边，不会让我们觉得寂寞的。

总想努力工作认真生活，总想待人真诚保持微笑，总想永怀希望从不绝望，总想善待家人与友爱朋友，总想心怀感恩乐观向上。却发现生活中有一些路一直难行，有太多期待一直失望，有太多梦想一直落空，有太多的言语无人可诉。总想逃离纷争，却被现实牵绊，总有很多的不平，却一直无奈。

人走过的路长了，遇见的人多了，经历的事杂了。人不经意间发现，人生最曼妙的风景是内心的淡定与从容，头脑的睿智与清醒。人生最奢侈的拥有是不老的童心，一个生生不息的信念，一个健康的身体，一个永远牵手的爱人。一个自由的心态，一份喜欢的工作，一份安稳的睡眠，一份享受生活的美好心情。

人，在生活这场表演中，更需要百遍练习，才可能换来一次完美呈现。生活给你一些痛苦，只为了告诉你它想要教给你的事。一遍学不会，你就痛苦一次，总是学不会，你就在同样的地方反复摔跤。

人，不是所有的故事都能成为你的眼睛里的色彩，因为岁月会淡化你的颜色。当你的人生路走得不平顺的时候，不要忘记，你只是走过这条路而已，走过以后一切只能任时光处置。

人需要沉淀，要有足够的时间去反思，才能让自己变得更完美。也许每个人出生时都以为这天地是为他一人而存在的，当他发现自己错的时候，便开始长大。

人，真正的安全感，来自你对自己的信心，是你每个阶段性目标的实现，而真正的归属感，在你的内心深处，对自己命运的把控，因为你最大的对手永远都是自己。一个人能够，并且应该让自己做到的，不是感到安全，而是能够接纳不安全的现实。

人，在这条路上，我们并没有选择。无路可退，也无法逃避，只能让肃杀的风凛冽地扑面而来，冻得鼻青脸肿却不屈地缓慢前行。不是风雨之后总能见彩虹。但是勤奋总会胜利。

人，一段友情离开了就淡了，一段爱情分离了就散了，珍惜现在所拥有的，也许下一秒就不再属于你。没有能回去的感情，就算真的回去了，你也会发现，一切已经面目全非。唯一能回去的，只有存于心底的记忆，所以，我们只能一直勇往向前。

人，如果说人生是一首优美的乐曲，那么痛苦则是其中一个不可缺少的音符；如果说人生是一望无际的大海，那么挫折则是一个骤然翻起的浪花。如果说人生是湛蓝的天空，那么失意的则是一朵飘浮的白云。

人，只有启程才会到达理想和目的地，只有播种才会有收获。只有不懈追求，才会堂堂正正地做人，只有保留一份单纯，才会多些人生的快乐。

人生的这部大戏，一旦拉开序幕，不管你如何怯场，都得演到戏的结尾。戏中我们爱犯一个错误，就是总把希望寄予明天，却常常错过了今天。过去不会重来，未来无法预知，我们唯一可做的，就是不要让今天成为明天的遗憾。人生没有预演，我们迈出的每一步都是弥足珍贵。

　　昨天已过去，只要过好今天，明天自然美丽。放弃是件痛苦的事，因为对生活寄予太多的渴望，对未来秉持长久的梦想，许多东西不能割舍。但生活有时是低谷、深渊，过多的负重，可能加速坠落，带来精神的不堪。

　　人的一生需要知己，不管是爱人、朋友还是亲人，如果在那里能得到心灵的慰藉同时又可以畅所欲言无所顾忌，苦闷欢笑他（她）都陪伴着你，这就是我们理想中的知己，有了这样的知己，自己的生活会不再寂寞空虚。

　　让生活变好的金钥匙不在别人手里，放弃我们的怨恨和叹息，美好生活就唾手可得。我们主观上本想好好生活，可是客观上却没有好的生活，其原因是总想等待别人来改善生活，不要指望改变别人，自己做生活的主人。

　　人，得意时要看淡，失意时要看开。人生有许多东西是可以放下的。只有放得下，才能拿得起。尽量简化你的生活，你会发现那些被挡住的风景，才是最适宜的人生。千万不要过于执着，而使自己背上沉重的包袱。

　　人生的少年、中年、老年，就如喝茶的三个阶段。头遍苦涩，正如初入社会磕绊坎坷。二遍舌底生津，在拼搏后收获财富，稳重和信心。第三遍茶已逐渐淡去，犹如年纪渐大，耳顺易平心静，经过时光的洗练，心中一片清澈，诚如茶之味淡，茶水愈加透明。

　　人一生的成就有些靠天分，有些靠运气，有些靠努力，而人所能掌握的仅仅只是自己的那一份深情与用心。但是，这一份深情与用心才是作为人生最重要的价值。至于成就，我们只能尽心而知命，无须过分在意。

人的一生何其长，但一生又何其短。百年的人生，在历史的长河里，不过是过眼云烟。希望大家都过好每一天，不为好强，不为争口气，不为攀比，只为对得起自己这独一无二的生命。

马蹄子酥烧饼

我家乡的马蹄子酥烧饼,远近闻名,它是我家乡的传统小吃。马蹄子酥烧饼造型小巧玲珑,如马蹄一样的大小,色泽金黄,薄如竹纸。刚烤好的马蹄子酥烧饼,浓香四溢,味道美而清香,咸淡适中,香酥可口。我家乡的人都喜欢吃香酥可口的马蹄子酥烧饼。

关于我家乡马蹄子酥烧饼的由来,还流传着一个美丽的故事。据家乡的人传说:在公元前 209 年,陈胜、吴广率领农民起义军,在蕲县(今日的安徽省宿州市埇桥区)大泽乡揭竿而起。起义军首先攻克了古城蕲县及周边地区的乡村,铲除地头蛇及恶霸,开仓放粮,受尽折磨的广大穷苦百姓欢欣鼓舞,为了表达感谢,纷纷从家里提来猪肉、羊肉、鸡蛋、白面等。陈胜及其起义军本着不拿百姓任何东西的原则,婉辞谢绝。那时我家乡的一位年近七旬的老翁,端来一馍筐烧饼,老泪纵横地跪在陈胜的马前,并恳切地说:"陈将军,我们家里非常穷,常常是吃了上顿就没有下顿,要不是陈将军到来,我们一家人眼看就只有饿死的份了。多亏陈将军开仓放粮，使我们家老少十几口人才不至于饿死。我用分来的白面烤一筐烧饼，略表我的心意，希望陈将军一定收下！"陈胜面对真诚的这位老人，在马的背上双手抱拳感谢老人家。言毕，就催马扬鞭，不料鞭梢带起馍筐，一筐烧饼撒落在马蹄前，正好被刚抬起的马蹄踏碎，陈胜急忙跳下马来，扶起老人连连致歉，并风趣地说："哎呀，老人家，你家的烧饼真酥，看，形状和我的马蹄子一样呢！"从此我家乡的马蹄子酥烧饼便流传开啦，马蹄子酥烧饼也由此得名，看似简单的一个烧饼，却历经时间的考验，传承至今。

制作马蹄子酥烧饼，要有大案板、高脚炉子、夹烧饼的夹子等炊具。制作流程是：首先在案板上涂上一层明油，把发酵好的面放在带有明油的案板上搓和揉拉，使面带有金黄亮色和韧性（这样烤出来的饼，不论是色、香、味还是口感都比较好）。然后把揉好的面，揪成二两左右重的面剂子。接着把每个面剂在案板上进行使劲揉、搓、按、拉成8厘米宽、35厘米长的面皮状，放上备好的佐料，卷在一起揉搓成面剂，制成马蹄子形状，在上面撒上一层黑芝麻，贴在火炉子内膛炉壁上，不大一会儿，一个个透明流油、香气四溢的马蹄子烧饼就烤成了。

我们家乡的马蹄子酥烧饼用料十分讲究，主料小麦粉，一定要用雨前收获的小麦磨成的面粉，辅料黑芝麻也要用第一次收获的粒大饱满的，驴油打底，豆秸火烧烤。这样制作出来的烧饼酥色如黄金，形如满月，脆香酥可口。我们家乡的人，大多数都掌握了制作马蹄子酥的传统工艺，那是家乡人一千多年的祖传工艺。

我到外地工作后，每逢节假日，总是约上三五好友一起，到家乡集镇上的马蹄子酥烧饼铺子店，吃马蹄子酥烧饼、喝小米粥。烧饼香酥美味无穷。大家一边吃烧饼，一边聊家乡经济建设飞速发展的变化、聊党的好政策、聊祖国繁荣昌盛的欣欣向荣的景象，也聊一聊家常。每逢佳节，我都到家乡的集镇上买许多马蹄子酥烧饼送家人和亲朋好友，大家一致说："这马蹄子酥烧饼，真的特别的好吃，香、酥、脆。达到了色、香、味、口感俱佳。"每个人都举着大拇指，赞不绝口。

现在，虽然在各饭店、食堂也能吃到各种各样的烧饼，但我还是觉得家乡的马蹄子酥烧饼做得最好吃，这里边带着悠久历史文化气息的味道、包裹着家乡人们慈母般的浓浓的爱。如今，家乡马蹄子酥烧饼的味道在我的脑海里不时浮现，久久难以忘怀。

难忘的母爱

儿时的记忆，是母亲那声回荡在夕阳里的呼唤，是母亲脸上一直都在的微笑，是母亲眼睛里一直饱含着的爱。

童年的时光里，最多的也是有关母亲的记忆，那是用爱缔造的风景，用真情温暖的世界，以快乐做底色，成就了生命中最绚丽多彩多姿的美丽的一段旅程，终生都难以忘怀。

儿时，在母亲怀里撒娇卖萌的情景犹在记忆里轮回播放，窝在母亲的怀抱里，心安理得地享受着那份无可比拟的温暖。世界那么大，而属于我的全世界就是亲爱的母亲的胸怀，这里有我成长岁月里的阳光，孕育我生命的摇篮，更是我快乐童年的源泉，也是我一生的避风的港湾。

清贫，是我童年生活的写照，而母亲总会把那些清苦的日子，变着法儿地弄得温馨点。母亲用一双灵巧的双手把粗粮、杂粮、野菜，做得极其精致。那些野菜做成的饼子现在想来依然觉得好吃可口，还有葱花炒饭泛起的香气仍然在我的记忆中袅袅，那里边有妈妈的味道，也包裹着慈母浓浓的爱。感谢母亲，给予我的不只是生命，还有这份放在心上的爱。

美丽，是我眼中母亲的真实写照。母亲很美，那是一种朴实里略带清雅的美，就像山间的野菊，骨子里自带倔强高傲，在广袤的田野之间对抗着岁月的风雨。母亲的生命里就没有"屈服"俩字。年轻最美的时光里，伴随母亲的是艰苦的生活，多舛的命运，平凡的生命里绽放的是属于母亲独一无二的美，那是一种面对困境不屈不挠的坚韧美！

万爱千恩百苦，疼我孰知父母！母亲把一生一世的爱，悉数给了我们。当我们离开家远行的时候，身后总有一双泪目，不舍地注视着，却从来不会阻止我们走向远方的脚步，除了祝福就只是守候。纵横阡陌，置身物欲充斥的俗世，所有的繁华落幕，回转身去寻一方净土，你会发现，世界上不要求回报的付出，却又是心甘情愿无怨无悔的爱，那除了母爱似乎是少之又少了。因为母爱是与生俱来的，是从骨子里就有的，没有一丝一毫的作假，它真实、深厚，血液一样流淌在生命的每一个微小的血管里，生长在灵魂里！

而今，母亲老了。那双曾经纤细的双手粗糙弯曲，明亮的眸变得浑浊，纵横而交错的皱纹布满了脸颊，步履也变得蹒跚。她身体的各种不适也都在告诉我们母亲真的老了。而我们依然各自走在路上，那个曾经依恋的怀抱只是我们偶然的回忆，生活的压力，让我们陪伴母亲的时间少之又少，常回家看看，成了多少人的口头禅，疲于奔波却总误了归期。而我每次离开家的时候，母亲那种不舍的目光都会久久地定格在我的生命里。常常由于忙碌而许久不曾回家看望母亲，那种愧疚使我隐隐的心疼。

母亲老了，目光里的慈爱、希望，不知何时变成了对子女的眷恋、依赖与不舍。"是不是我们都不长大，你就不会变老？"让我们挤一点时间多陪陪母亲！别留下"子欲孝而亲不在"的遗憾！

回忆我的父亲

我的父亲，是一位平凡而又老实的农民。他有着农民特有的勤劳、勇敢、俭朴、诚实、憨厚品格。每当回忆起父亲的时候，多年前的往事却仍然完整又清晰地在我脑海里浮现。他助人为乐、忠厚善良、心灵手巧；他善待亲朋好友、善待乡邻；他关心疼爱儿女，生活俭朴，勤俭持家。

一

在我的记忆里，父亲在村子里是村民的天气预报军师，他能熟记并验证很多气象谚语，如"日落乌云涨，半夜听雨响""西北起黑云，雷雨必来临""朝有破紫云，午后雷雨临""不刮东风不雨，不刮西风不晴""久雨刮南风，天气将转晴""蚂蚁搬家，天将雨"等。左邻右舍，无论是播种作物、晾晒食粮，或者修缮房屋、走亲访友，都会来问问我父亲"明天的天气如何？"我父亲会一一给他们提出参考意见。

二

　　父亲在我心目中是了不起的果树嫁接师。他会扦插樱桃树、石榴树，还会嫁接桃树、梨树、柿子树。他能在一棵桃树上，嫁接出红白两种桃枝，使一棵桃树上结出两种颜色、又甜又大的桃子。他还给全村每户都送去果树苗，让其房前屋后、园地里都栽上果树。因此一到春天，整个村庄春暖花开桃红梨白。春有小樱桃，夏有大大的甜桃，秋有脆脆的酥梨，冬有甜甜的柿子。吃不完还可以拿到集上卖了换钱花，贴补家用。"金丸珠弹腊樱桃，红绽黄肥熟梅子。"家家都有了水果当零食吃，村里的孩子们再也不会偷摘别人家的果子了。父亲将一棵槐树修修树冠，再编成一个硕大的伞形，既可防晒还可乘凉。他还在树下垒砌一个土饭台，用麦秸编几个鼓形的草墩子当坐凳。全家人就可以"高桌子、矮板凳"，坐着吃饭、乘凉。村民们夸赞、效仿。近邻沾光，享受天然空调之乐。

三

　　我的父亲有一双长满了老茧的手，他不仅能犁耕耙拉、进行田间管理、割庄稼锄草，他还能扎出美丽无比的灯笼。每逢过元宵节，父亲给我扎的灯笼总是与众不同。马年扎走马灯，兔年就扎兔子灯。他给兔灯装上四只小木轱辘，还可以拉着走，兔灯上那两只夸张的大耳朵摇摇晃晃，伙伴们都羡慕极了。父亲的勤劳，在村里是出了名的。

四

我小的时候，一个亲戚家的老人过寿，请父亲去吃喜寿酒。父亲喝喜寿酒去了，我就坐在门口盯着父亲回来的方向，盼望着他能带给我一点点惊喜，哪怕是一块糖果也好。傍晚，父亲回来了，我高兴地拽着他的衣襟。父亲说："孩子快来吃糖了，快来吃糖了。"父亲边说边给我掏了两块大颗粒的糖。我兴奋地剥了一颗吃，另一块硬塞在了父亲的嘴里，他欣慰而又无可奈何的含化在口。"真甜呀！"他边感叹边高兴地对我说，"你看看呀，爸爸这儿还有好吃的呢！"我瞪大眼睛一眨不眨地看着他，只见父亲一只干枯长满老茧的手，瑟缩着从棉袄里掏出了一个带着温度的白面馒头，递给了我。我特别惊讶地对他说："爸爸，哪来的白面馒头？""今天中午吃饭的时候，酒桌上每人发两个白馒头，我没舍得吃完就留了一个，怕被人看见，就扣在手心里，又偷偷地藏在我的棉袄兜里……"父亲的话还没有说完，我已是泪如泉涌。泪眼蒙眬中，我双手捧着这个带有父亲体温的馒头，感觉重似千斤。此时，这份深沉的父爱似惊涛骇浪把五六岁的我完全淹没了。我特别高兴地说："真好吃！"父亲说："好了，我吃过了，你吃吧！"那白馍的香气直朝着我鼻子里钻，比现今的比萨、冰激凌要好吃多了。

爱到深处细如丝，父亲手心里的馒头，是一份人间大爱。有人曾说："父亲是一本震撼心灵的巨著，你要读懂了他，就读懂了整个人生！"可我这个不称职的儿子，直到为人父的今天才彻彻底底地读懂到这浸满人间大爱的人，是如何用宽厚与博爱支撑着他的人生。

五

为了凑我的上学费用，父亲把仅有的一棵小树卖掉换钱，以解燃眉之急。我们家堂屋后，有一棵茶杯粗、七尺高的楝树。父亲对一个村民说："听说你要一个红芋窖的竖梁，我有一棵楝树，你看看够不够料？"那人看过后说："长短粗细都正好，你放倒吧。"那人拿来了两元钱，是"备钱你收"的意思。俩人推让一番，父亲收了他一块六。比拿到集市上少卖二角钱。虽然一贫如洗，父亲还是要谦让。为了供我上学，母亲发髻上的簪子、翠针、银钗，都卖了。父亲每提起卖嫁饰翠绿簪子的事，还挺难过、惋惜。我的父亲，不能像有钱人那样潇洒地掏出厚厚一叠钞票，但是他对子女的爱是倾心倾力的，也是细腻而动人的。

每当我回忆起父亲的这些往事，都久久不能平静。

母亲的唠叨

大约与我母亲出生的年代有关,她特别爱嘱咐与唠叨。从我记事时起,耳边就萦绕着母亲无休无止的唠叨与嘱咐。无论我做什么事,她都会反复地唠叨、嘱咐:不要这样不要那样,过马路要两边看,要注意安全,要注意这个、注意那个。

她的唠叨与嘱咐时常会扰得我心烦意乱。你要去上学她会嘱咐你慢慢走,到学校不要和同学发生争执;你削铅笔她会嘱咐你小心,不要削破了手指;你骑自行车她会嘱咐你不要骑远了,更不要到公路上骑。特别让我难以忍受的,是我和小朋友一起外出活动时,她总是先劝阻不要去,如果我执意要去了,她会反复嘱咐我一些注意事项,似乎我永远都长不大,有时还会让我觉得在小伙伴面前抬不起头,感觉自己是一个倍受母亲呵护的人,表现不出"男子汉的形象"了。此时,我往往会不耐烦地顶撞母亲一句,而这顶撞又会让母亲下不了台,她会非常委屈地抱怨,说:"你长大了,翅膀硬了,我不能说你了。"

人在小的时候,都希望自己快点长大,这样既可以摆脱大人的管束，独立去做自己想做的事，又不用天天待在教室里学习，整天为做不好那没完没了的作业而发愁，甚至担惊受怕。小时的我也希望自己快点长大，不再受母亲的唠叨嘱咐，最起码不用她为我操心。可是，当我长大后，渐渐发现，即使我都参加工作了，可妈妈还是千叮咛万嘱咐。

不知为什么，随着年龄的增长，我再听到妈妈的叮咛竟有些不舒服了，好像有一种被紧紧束缚的感觉。终于有一天，我在听到妈妈又一次的嘱咐后，郑重地对她说："妈妈，我已经大了，知道该怎么做了，你不要再提醒我了，好吗？"然后我在妈妈失落的表情里走进了自己的房间。

可我结婚以后，母亲只要见到我，依然会唠叨这嘱咐那，在她的眼里，我依然是个长不大的孩子。我偶尔还会因嫌她唠叨而反驳她一句，弄得母亲非常难堪，而事后我又会后悔很久。

母亲的唠叨嘱咐，一直到她老了都没有停止。我对她的唠叨嘱咐，也习以为常了，有时还会觉得她的叮嘱是我做事前不可缺少的一部分。每当她嘱咐我时，虽然我从心里不愿接受，但嘴上很少顶撞她了，往往是我一边顺着她的话点着头，一边却依然我行我素。

直到我也有了自己的孩子，才慢慢体会到这种嘱咐中蕴涵的深意。虽然作为父亲的我，更懂得让孩子自己去思考、去闯荡的重要性，但从内心深处还是少不了一份牵挂，有时也就自然而然地嘱咐唠叨上几句，相信此刻我的孩子也会有与当年的我有同样的感受。

母亲去世后的这些年，我更加感觉到，世界上最美的声音不是春日里细雨的滴答声,也不是歌剧院里振聋发聩的交响乐的鸣奏,而是母亲的唠叨与嘱咐,它是人间最细腻最温暖的情感。母亲的唠叨嘱咐,似乎还会在我外出时回响在耳畔,它时时刻刻提醒着我,要小心谨慎地预见和避开人生道路上任何可能存在的障碍。

儿行千里母担忧,母爱永远是伟大的,母亲对孩子所倾注的情也许就隐藏在平日无休止的嘱咐甚至是唠叨中。虽然好多时候我们体会不到它的意义,而一旦失去了,就会感觉到它的珍贵了。如今,再也听不到母亲的嘱咐了,这是人生难以挽回的遗憾,好在,这份嘱咐已经如一张碟片,深深地镌刻在我的脑海里。我母亲的低语唠叨、嘱咐,听起来只是普通而平常的话,汇集起来却蕴涵了母亲内心浓浓的爱意和良苦用心。

母爱是什么?是唠叨嘱咐,是默默的关爱。母爱是唠叨嘱咐,是无声的付出而不求你的回报。母爱是夜里为你忧心忡忡的心,而不求你的理解;母爱是为你偷偷流泪到天明的双眼而不求你的知情;母爱是唠叨嘱咐,为你东奔西走的双脚,只望你能相安无事地成长。母爱是唠叨嘱咐,你耳边絮絮叨叨的嘱咐,只望你能用心地去铭记。这份母爱,这份唠叨与嘱咐,带给了我毕生的依赖。

我的大姐

我们兄弟姐妹七人,我排行老幺。我上面有五个哥哥,一个姐姐。姐姐比我大十多岁,虽然只有这一个姐姐,但我都叫她大姐。我们家人口多,经济负担重,就靠父亲一人种地维持生计。家中的吃穿等一切琐事都是靠母亲操持。在那段艰难的岁月,年纪大点的大哥大姐就成了母亲的帮手。

我儿时基本是大姐带大的。襁褓中,大姐抱着我;牙牙学语时,大姐教我说话;蹒跚学步时,大姐扶着我迈步;我到处乱跑时,大姐领着我玩耍。十来岁的她,像母亲一样疼爱着我,怕我冻着,怕我饿着。在那生活贫困的年代,缺吃少穿,有点好吃的,大姐都舍不得吃,总是把她的那一份留给我。我和大姐之间的感情,无法用语言来描述,或者说,感情已经超越了文字。

在我儿时的记忆中,大姐唱歌非常好听。夏天的夜晚在生产队的大场上乘凉,躺在凉席上,仰望星空,大姐就会用她那美妙的声音给我唱:"红岩上红梅开……红梅花儿开,朵朵放光彩,唤醒百花啊齐开放""天上布满星,月牙亮晶晶""小小竹排向东流,红星闪闪亮,带我去战斗""洪湖水呀,浪呀么浪打浪呀,洪湖岸边是呀么是家乡呀"等,歌词记不得了,但她那美妙的声音、那欢快的场景却永远留在了记忆里。

我小时候,大姐对我倍加疼爱呵护。在我的记忆里,印象最深的是,在我孩提时期,大姐每天手拉手领着我,甚至有很长一段时间整天背着我。无论她是出去玩,还是到野外拔猪草,拾柴薪,到河边洗衣,甚至到井上挑水,都一刻也舍不得丢下我。记得有一次,炎热的夏天,大姐带我出去拔猪草,中午回家,大姐除了提着她几乎力不能及的一大筐子草外,还领着跟屁虫似的我。我走累了脚疼了,她没有埋怨我累赘于她,而是蹲下她的娇小瘦弱的身子,吃力地背起了我。此时她本来也是一个需要呵护的孩子,却当起了一个名副其实的保护弟弟的坚强的姐姐。她一手提着装满草的大筐子,另一只手臂托着我的屁股背着我。我伏在大姐幼小的背上,仅走了一段不长的路,就看见汗滴顺着大姐的脸颊流到了脖颈,渗透了衣服,却不知道因为太使劲,大姐咬破了嘴唇,唇边留着淡淡的血迹。那一幕在我心中永远记得。

正因此,小时候我对大姐的依恋远远胜过了对母亲的感情。最难舍难分的莫过于与最亲你的人的离别,"深情自古伤离别",无论是好友,还是亲人。"女大当嫁",在我十八岁那年,和我朝夕相处、形影不离、陪伴我度过整个童年、带我长大、对我倍加疼惜呵护的大姐要出嫁了。那一天,作为女孩子,是最幸福的一天,自当开心。那一天,作为弟弟,本该高兴,当以祝福。但是,当大姐穿上她一生中最漂亮的衣服——嫁衣,远嫁他乡的时候,她如同忽然要远行的母亲对幼小的孩子一样,蹲下身子一把把我搂在怀里，双手抚摸着我的脸蛋，嘴唇贴在我的额头，喃喃地说："姐姐就是舍不下你……"话未说完，大姐的泪水就夺眶而出。我也紧紧地搂住大姐的脖子，禁不住放声哭了起来。这也许是大姐出嫁前最后一次抱我，最后一次亲吻我，十年来，她曾这样无数次地蹲下身子抱起我，无数次地俯下身子背起我；十年来，给了我无数的疼爱和呵护。我独自站在小河岸边的路上，迎着西南方，朝着车站的方向，目送着大姐越走越远的背影，好像我的心脏活生生地被人掏走一样，我在风中已哭得如同泪人一般。

当年我考上大学的时候，大姐她比谁都高兴，她拿出她家里的全部积蓄——三十多块钱，给我买了一块"钟山"牌手表。去上大学报到的时候，她还千叮咛万嘱咐，不要省，不要想家，安心地读书学习，团结同学。

我大学毕业后，进入银行工作。她又为我娶媳妇操心，她对我说："你都是二十大几的人了，得赶紧谈个对象结婚，好让咱妈安心。"其实，是她在为我着急啊。那时，我刚参加工作工资低，社会地位也低，又在基层网点工作，找对象谈何容易。后来，大姐又托人找到我现在爱人的父母做工作，在她的努力下，我终于娶上了媳妇。

大姐是个很能干的人。我姐夫是部队转业干部，转业后在我家乡的一个城市的一家桐木加工厂工作，后来工厂经营不善，被一外资企业兼并，他在新的工厂减员中下岗。下岗后，他先是开小店，后来又跑运输，家里的责任田、自留地、家务事全是大姐一人打理。这还不算，她还养了一大群鸡鹅鸭，几头猪。我们劝她别这样累着了，她说，趁能苦能做，苦点，把房子翻新一下，将来孩子们读书、成家也都要用钱。

大姐是个孝顺的人。记得有一次，母亲生病住院了，大姐放下家中的事情，天天守护在母亲病床前端屎端尿，每天还细心地变着花样做营养餐给母亲吃。没过多久母亲的病就好了，母亲逢人就夸大姐是个孝顺的女儿。大姐连连说："这是做女儿应该尽的孝心。"在父母亲病重卧床的那些日子里，大姐经常步行二十多里地，回家娘家看望和陪伴母亲，端饭喂药，不辞劳苦地孝敬父母。

如今我已年过不惑之年，大姐还把我当孩子，她经常从乡下来城里看我，给我们带来草鸡蛋和自己种的绿色蔬菜。大包小包的，一路拿来真的不容易。她第一次来我家时，摸不着路，从城东到城西，从城南到城北，不知跑了多少冤枉路，也不知问了多少人。她早上出门，下午两三点钟才到我家，真的幸亏我工作所在的城市不大。

大姐每次来我家，我们都留她住一两天，她都不肯，说家里离不开，牲口要喂，田里还有活，我们也只好作罢。临走时，她都一再叮嘱我，烟一定要少抽，酒千万不能喝多。父母亲已去世十好几年了，大姐就像母亲一样关心我，疼爱我，照顾我，帮助我，为我操心。今生有这样一个好大姐姐，是我做弟弟的福分。

怀念我的岳母

岳母离开我们已经二十多年了。日复一日，年复一年，岁月的流逝，却没有冲淡我们对她的怀念。她那不屈不挠、吃苦耐劳、勤俭持家的美好品德。她那一身傲骨，与众不同、胆量过人的气概；她为子女以及子女的后代生活、学习、教育等所做的贡献与辛勤付出的往事，在我的脑海里不时地浮现。

岳母的童年家庭和睦，她的父母恩爱、教育子女有方，她们家中孩子不论男女，都被要求读书识字，接受文化教育。岳母曾告诉我们说："我能够生活在这样的大家庭中，真是我前世修来的福。"她说："我十四岁那年，进入初级中学学习。我学习刻苦悟性又好，各门功课的成绩都很出色，可惜的是1937年'卢沟桥事变'抗日战争爆发，没法继续学业了，就参加了学校成立的童子军。作为童子军，平时我们做一些为社会生活服务的工作，如清洁街道、扶老携幼；为一些大的社会活动服务、维持秩序。同时，我们还是社会运动、国家号召的积极行动者，在这一点上尤为突出。积极参加抗战宣传，跟随老师去城镇、乡村作街头讲演和宣传，教群众唱抗日救亡歌曲。我们还自发走出校门，成立了童子军歌咏队，开展各种形式的抗日宣传活动，通过演出募集资金，这些钱全部捐献给抗日的前线官兵。我们积极参加宣传抗日救亡、抗日救国等活动。后来由于当时的局势混乱，我再也没有办法继续在学校活动，才辍学在家。"

20世纪40年代初，岳母与岳父结婚，后来为了躲避战乱，全家搬迁到乡下老家生活。再后来我爱人兄妹相继出生。后因战乱，岳父胆小，离家逃到外地，做个小生意维持生活。岳母带着我爱人他们兄弟姊妹几个，在乡下种地维持生计。生活虽苦，她却从不抱怨。

20世纪80年代初，我和爱人结婚。次年我们女儿出生，当时我们刚参加工作，工资收入低，请不起保姆带孩子。这时我岳母就说："孩子我们帮你们带吧！"就这样，岳母一带就是四五个年头。在这期间，她不仅带孩子，还帮我们操持家务，教育孩子。在孩子牙牙学语时，她教孩子说话；在孩子蹒跚学步的时候，她扶着孩子迈步；在孩子会说话的时候，她教孩子唱儿歌、背唐诗；在孩子学习识字时，她教孩子学习写字、学习数数、学习数一百以内的数。在孩子稍微有点懂事的时候，她教孩子一些做人的道理，如：见人要打招呼，客人走了要说"再见！"吃饭不要吧唧嘴、要做一个诚实的孩子、要懂得做人的道理等。后来我们的孩子上了小学、中学、大学、读了博士研究生，外婆教给她的规矩，也起到了很好的作用，使她受益匪浅。每当我们的女儿想起外婆时，她都念念不忘地说："非常感谢外婆给我灌输的正确人生观、世界观、价值观，使我懂得做人的道理。"

时代造就了岳母不屈不挠、吃苦耐劳、勤俭持家的品德。我爱人和她的兄弟姊妹懂事起就知道，母亲虽是一名家庭主妇，但她性格刚毅，一身傲骨，胆量过人，具有男子汉的气概，能扛事，困难面前不低头，引领我爱人他们兄弟姊妹渡过数不清的难关。岳母从小就接受了良好的教育，酷爱读书，博古通今；她特别注重对子女的教育，再苦再难，也千方百计给子女创造读书的机会。她与岳父相濡以沫，勤俭治家，她言传身教，让子女们懂得做人的道理，她为这个家无怨无悔操劳一辈子。她的勤劳给我爱人和她兄弟姊妹带来了温馨、祥和与欢乐。她一辈子含辛茹苦任劳任怨，为这个家奉献了一生，不求回报。

光阴荏苒，敬爱的岳母离开我们已二十多个春秋了，但她的音容笑貌至今依然深深地印在我们的心中。岳母高贵的人格已经深深植入我们的心里；岳母教给我们的人生真谛和生活哲理我们永远铭记；岳母的品德和风范，我们一定会薪火相传。今天怀念敬爱的岳母，就是要缅怀和学习她美好的品德并世代传承，以此来告慰我岳母的在天之灵。

做个知足的人

  "知足"一词语出《道德经》,"祸莫大于不知足",不知满足,进而追求,定招灾祸。知其足,不追求,安于所得,无为无德,反而常常满足。知足才能避免灾祸,才能全生保身。谓自知满足,不做过分的祈求。知足的反义词是贪婪、不满、贪心。有一句话叫"知足者常乐"。这是一种乐观的生活态度,往往知足的人都有更强的幸福感。

——题记

  知足对于不同的人要有不同的用法,对于意气风发,春风得意的人来说要学会满足,不要贪得无厌。对于失败的人来说,知足能成为你坚强的支撑,使你永远不会被失败打倒,支撑着你站起来,给你前进的动力。

  知足并不是简单地指安于现状,而是在自己努力的同时也会对现有的生活感到满足。生活的过程并不只是不断地追求更好的生活,而是在追求的过程中,珍惜和感激自己现有的一切,满足于现有的一切。

一个失去双臂的人多么希望自己有一双健康的手,一个盲人多么希望自己有一双明亮的大眼睛,一个聋哑人多么希望能够与他人进行无障碍的交流,而又有多少健康的人在嫌弃自己的长相不好、身高不好、体型不好。人要学会知足,怀有感恩的心。不要不断地去嫌弃自己的缺点,自己该做的不是嫌弃自己,而是要珍惜现有的,感谢上苍给了你独一无二的生命,感谢上苍给了你健康的生命、强健的体魄,独一无二的灵魂以及你拥有的一切。

人生本不苦,苦的是欲望过多;人心本不累,累的是索求太甚。懂得知足的人便是世间最富有、最幸福之人。其实人这一生,赤条条来赤条条去,万般皆带不走,唯知足才能常乐。老子言:"罪莫厚于甚欲,咎莫憯于欲得,祸莫大于不知足。"人性最大的罪恶莫过于放纵自己的欲望,最大的祸端是不知满足,最大的过失便是贪得无厌。

欲望太多,自然感觉不到幸福。人生没有不幸福,只有不知足。欲望是无止境的,只会让人越陷越深。生活中,有很多人也常常陷入如此状态。拥有了权势,渴望着金钱;拥有了健康,贪恋着美色。

有个朋友,有个知己,有个窝,有个伴,有点钱。忘记年龄,忘记名利,忘记怨恨,忘记烦恼。健康第一,活得糊涂一点,活得潇洒一点,活得快乐一点,知足常乐。

健康作为我们的生命之本,是最重要的准则之一,没有了健康的身体,家庭、财富、名利、快乐、幸福会都是水中花镜中月。

健康与我们的生活同行，健康与我们的生命同行，健康与我们的一切同行。

健康的时候，我们从来不知道珍惜，健康的时候，我们总感到时间过得很快，健康的时候，我们总说自己年轻等等再说。往往什么东西失去了，才明白它的珍贵，就如健康一样，失去了才知道珍惜。

糊涂一点，让自己的心随风而动，随雨而下，大事明白，小事糊涂，这也是做人的一种聪明吧。郑板桥的"难得糊涂"就是这个道理吧。潇洒一点，让自己有一个好的心态，做人拿得起，做事放得下。人生在世，有得就有失，有付出就有回报，鱼和熊掌不能兼得。有时你的付出不一定能得到回报，但自己要想明白一些，不要太苛求自己，生命总有它的轮回，上帝是公平的，它对每个人都是一样的。人生苦短，就好好潇洒走一回吧。

快乐一点，珍惜自己的生活，珍惜自己的生命，享受自己的人生，过去的就让它永远成为过去吧，希望总在未来，做人就快乐一点，让心自由的飞翔，忘记所有的痛与爱，做一个快乐的人。

忘记年龄，不要让年龄成为自己变老的理由，不管我们多老，只要有一个好的心理，只要我们自己不觉得老，别人怎么看是他们的事。

走自己的路，让别人去说吧。

忘记名利，名利是身外之物，我们都是平凡的人，每个人都希望有自己的一份名，也有自己的一份利，遇到不开心的事，总以为上帝对自己是不公平的，其实我一直以为，简单平凡的生活才是最大的幸福。

　　忘记怨恨，人活在世上，不可能没有爱恨，也不可能没有矛盾，但只要你好好想想，那个人值得你恨吗？那个人值得你爱吗？那个人值得你去怨吗？我只能告诉你，没必要浪费自己的宝贵时间去憎恨一个不值得的人。

　　恨别人，恨一个不值得的人，是一种最愚蠢的事。

　　有个知己，在寂寞的时候，可以找个人说话，在烦恼的时候，让心歇歇脚，给自己一个空间，让自己的心灵有一片纯净的湖泊。

　　有个朋友，财富不是一个人一生的朋友，而朋友有时却是你一生的财富，人人都希望有朋友，没有朋友的人是可怜的，但有一个真心的朋友是很难的，朋友不在多而在精，所谓"人生得一知己足矣""君子之交淡如水"就是这个道理吧。

　　记住新生活准则：做一个快乐的人！做一个幸福的人！做一个知足的人！做一个满足、快乐、幸福、知足常乐的人！

康乃馨母亲花

袅娜多姿的五月，夏天的风，温婉而清欢，夏天的阳光暖暖的，风伴着夏天的阳光的温度；拂弄着我怀里的康乃馨，使得我满身上都沾满了淡淡的、浅浅的、甜甜的沁香。母亲节快要到了，我给母亲买了一束康乃馨的同时，也没有忘了给我的岳母也买束康乃馨，岳母也是我的母亲，亲爱的母亲，为您献上一束康乃馨。

——题记

康乃馨又称"母亲花"，有关于"母亲花"的由来，还有一个很感人的故事。1906年5月9日，对于全世界的人民来说是一个很普通平常的日子，但对于大洋彼岸的美国女孩安娜来说却是一个非常悲痛的日子；这一天，她深爱的母亲与世长辞了。自从母亲去世后，她每天以泪洗面，终日沉浸在失去母亲的痛苦之中。第二年在母亲去世一周年的纪念会上，她倡议大家每人佩戴一朵白色的康乃馨鲜花，以此来纪念她的母亲，并向美国国会提议，以每年5月的第二个星期日为母亲节。于是她给许多有影响的人写信，提出自己的想法。在她的奔走呼吁下，1908年5月10日，在她的家乡率先组织、举行了世界上的第一次"母亲节"的庆祝活动。美国大作家马克·吐温亲自给她写信，赞扬了她这项伟大的创举："这将在人类历史上产生深远的影响。"大作家表示自己也将带上白色的康乃馨鲜花，来悼念逝去的母亲。经过安娜与大家的不懈努力，美国国会终于在5年以后的5月7日通过决议：把每年5月的第二个星期日定为全国"母亲节"，以表示对所有母亲的崇敬和感激，一个伟大的节日——"母亲节"正式诞生。从此康乃馨的花语里就有了慈祥、不求回报的母爱、宽容、母亲的之花、浓郁的亲情、对亲情的思念等深刻的含义。

母亲节就要到了，我们想给母亲和岳母买很多东西，然而每次给她们买东西，她们总是善意地责怪我们乱花钱，给钱她们又不要，想了好久，我们能给她们买什么呢，看看超市里琳琅满目的礼品，我们目光落在了花桶里火红火红的、高雅的、飘着淡淡馨香的康乃馨上，顿时让我们的心倍感欣喜，眼前的一束美丽芳香清幽的康乃馨，正温馨地冲我微笑，几支香水百合静静地插在众多的康乃馨中间，和着康乃馨的清香，沁人心脾。一阵一阵悸动之后，我们毫不犹豫地把它们都捧在怀里，这是我们对母亲感恩最好的一份心情，也是我们献给母亲与岳母最好的礼物。

5月的风温婉而清欢，阳光暖暖的宜人温柔舒适，风伴着初夏阳光的温度，我拂弄着怀里的康乃馨，使得我满身都沾满了淡淡的、浅浅的、甜甜的沁香。回到曾经的家，母亲和哥哥姐姐正在吃饭，从我进门的那一刻起，母亲就激动不已，连忙丢下碗筷，起身迎了过来，她接过我手里的花，把它们放在一边，眼里含着泪花为我盛饭添碗筷。使我的心里一阵发酸，不禁自责，泪水不觉盈眶而下，虽然婚后居住离母亲仅二十多里路，但由于平时工作紧张，去看父母亲的次数较少，且都是来去匆匆，很少在老家住一晚上。加之最近迷上了爬格子，更是很少去看望父母亲。我的母亲今年都七十多岁了，她老人家至今还保持着一种内敛的淑女气质，满头华发依然不亚于我们兄弟和姐妹。然而父亲的身体不好，使得年轻的母亲一边照顾着父亲，一边还含辛茹苦的抚育我们兄弟姐妹几个，直至我们各自都成家立业，但是岁月的棱角并没有消磨掉母亲对生活的热爱，如今开朗乐观的母亲依旧的住在农村老家，做她自己喜欢做的事。

其实我一直都想写一篇关于母亲的故事，以此表达对母亲的至深情怀。今天，在这个充满暖意芬芳的日子里，丝丝的柔情布满了心房，温馨的话语在指尖流淌。从我记事起，父亲背朝蓝天面对黄土，辛苦地耕耘，母亲就一个人在家带着我们兄弟姐妹几人，既要照顾年幼的我们，又要下田务农，很是辛苦。每次秋收扬场的时候，母亲作为一个女人，她干活的力量和她的形象是完全相反的。在乡下，农村的房子都把屋脊堆填得很高，以防雨季，让我最有印象的是有一次在秋收，母亲推着满满一车很重的红芋，哥哥在前面用绳子拉着，我们两个年幼的姐弟俏皮地跟在后面，快到家门口的时候，哥哥气力殆尽，硬是拉不上去，母亲也推不上去，导致车倒了，一车红芋顺着路边的小水沟向下直滚，车把也顺势将母亲拐倒，我们吓得直哭，母亲爬起来一瘸一拐地走过来，把吓得不轻年幼的我们一个个哄好，让我们坐在一边,她一个人默默地忍着满身的疼痛,拾完一车倒地的红芋,我姐弟一直坐着,再也不忍心惹母亲半点不高兴。从此,母亲的坚强的意志和她吃苦耐劳的精神,一直影响着我们。

初夏钓鱼记

偷得浮生半日闲。初夏难得有一天休息，我相约几个同事一起去城东郊外的一个养鱼塘去钓鱼。领略郊外的美好风光，坐在池塘边觉得心旷神怡。

——题记

戊寅年四月的一个周末，相约几个同事，去城东郊外的养鱼塘钓鱼。很久没有领略这么美好的风光了。养鱼的池塘坐落在郊外。已是春末夏初，在那里坐一坐，都觉得心旷神怡。

我们一到那里，就忙着整理用品，准备好钓鱼的东西。同事忙着打窝子、穿鱼饵。我呢，先找了个好地方，好好欣赏着那里的美丽动人的风景。

那也许是在养鱼塘钓鱼的关系，鱼儿上钩特别快。一会儿就上来一条，一会儿又上来一条。有的同事用双钩，捞都捞不过来，那真是一派繁忙的景象。

我想，鱼儿也太笨了吧，一点点小小的鱼食，就能让它如此奋不顾身地上钩？

　　微笑之余，看着水中自己的倒影，不由心惊。试想一下，人不也一样么，每每经不起诱惑，因一点小利而丧失了做人的准则甚至生命。看看周围，有多少这样触目惊心的例子，我又有什么资格去嘲笑鱼儿呢？

　　人生在世，诱惑无所不在。为名忙、为利忙、为财忙、为色忙，时时处处都是陷阱。大鱼有大鱼的饵，小鱼有小鱼的饵，只要有偏好，也许谁都逃不了。而且，越是大鱼，面对的诱惑也多，因为有利可图，便会有人费尽心机，投其所好，直到上钩了为止。

　　所以，要做一条不上钩的鱼是一件很不容易的事。也许，多来钓钓鱼，多看一看、多想一想鱼儿上钩后的痛苦挣扎，有些人的手儿就不会伸得那么长了。

　　一行四五个人，团团围坐在池塘边。发现虽然都是在一口池塘的鱼，有人的位置好，鱼儿接二连三地上钩，有的人半天也没有动静。我的位置一般，隔三岔五的有几条，不如右边的风光，也没有左边的冷清。只是，等待的时间里，倒是很培养耐心。人都说钓鱼可以修身养性，我很有体会。比如有一竿，等了很久很久，都没有动静，正不耐烦间，不免东张西望。这时，竿动了，手忙脚乱地提竿，鱼已经带着鱼饵逃之夭夭了。很长时间的坚持等待，也都白费了。

　　其实做人也同钓鱼一样的。很多时候，蓄势待发，一开始还踌躇满志，一副志在必得之态。然而，漫长的等待里，锐气在一点点消散，慢慢不耐烦起来。即使幸运女神来敲门，也因为一时的疏忽而白白错过机会，有的时候甚至悔恨终身。就像我手里的这条鱼，眼睁睁地看着它在我的眼皮底下一溜烟儿得意扬扬地消失得无影无踪。

不过，所谓的机会，也没有人说得清是好是坏，塞翁失马，焉知祸福。就像鱼，生活在水里，表面上看风平浪静，逍遥自在，可谁知下一刻会如何。也许这一次幸运了，得了点好处，但下次，正是因为这种尝过甜头的诱惑，让它最终还是成为别人的口中之食。世事无常，没有谁会借我一双慧眼，看清这世界的险恶和福祸，只能一切扪心自问、小心而行了。

有的人位置不好，心急如火他急不过，便跑到热闹的地方，去插上了一竿子，很快也能分上一杯羹。可是在我左边的老兄，没有半点儿焦急和烦躁，一把接一把地撒鱼食，一次又一次地调整鱼饵。那副泰然的样子，让我也对他的胸有成竹充满了信心。

其实他是对的。他坚持下来了，他坚持到了最后，他钓的鱼并不比别人少。生生把一个坏位置变成了他的好位置。

大家都不得不佩服他。

人生在世，很多东西不是可以任由自己选择的，太多的无奈让我们不得不面对自己的无法改变的状况。当然，我们也可以选择逃离，就像钓鱼一样，这里不好就换一个好的地方。只是人生中很多事并不是说想换就能换的。最好的办法，就是同那位老兄一样，通过自己的努力，改善自己的环境，最后他也一样可以钓到人生中很多的鱼。

经过几个小时的努力，我们满载而归。对于我来说，不仅有物质上的，还有精神上的。

我们领略了郊外的美好风光，坐在池塘边，觉得心旷神怡，那心情舒畅愉悦，特别快乐！

但愿岁月未逝

　　时光荏苒,岁月如梭,在太阳一次又一次的升起又落下的过程中,我们不知不觉都已长大。时光带给了我们成熟,也使我们失去了孩提时代美好的纯真。

——题记

　　月光轻柔,透过稀稀疏疏的枝叶,洒在地上。刚刚下过雨,地上还有些积水未干,月光下,积水显得很明亮,似乎还泛着银光。

　　我一个人漫步在这寂静的运粮河畔的小道上,我构思着今天的小文章。路旁边的柳树在秋风中屹立着,枝上的树叶一片片飘落。已是秋末,桂花也早已凋谢,丝丝寒意夹杂着冷风扑面而来,还带着些许枯叶的气味,我着实不喜欢这样的季节。

　　我漫无目的地走着,不经意地抬头,忽然发现不远处,好像蹲着有一个人,她一动不动,不知在干什么。我好奇地走过去,原来是个小女孩,看样子只有六七岁。女孩面前是一摊积水,积水中倒映出一轮明月，风拂过时，便泛起层层涟漪。我慢慢靠近女孩，她看起来十分专注，目不转睛地盯着积水，两只小手托着下巴，支撑在两膝上，像是在想一个深奥的问题。我不想打扰到她，于是特意放轻了脚步。

但我还是惊动了她，她抬起头来，脸颊被风吹得通红，明亮的大眼睛中充满好奇。"爷爷，你也是来看风景的吗？"女孩开口道，声音甜甜的，带着她这个年龄特有的稚嫩气。"风景？"我望了望四周，这个时候，既没有花，而且连树叶也快落光了，这哪里还有什么"风景"可言。"对啊，爷爷你看，这月亮像小船一样，正载着调皮的树娃娃游湖呢，多漂亮啊！"我顺着女孩手指的方向望去，是那摊积水，上面还漂着两片树叶。

我哑然，这在我眼中仅仅是很平常的事罢了，这个女孩却饶有兴趣地看了那么久。我看着女孩那双清澈的眼睛，像两颗晶莹剔透的宝石，没有一丝污浊，好像一眼能望到底。我不由得感叹，这样清澈、纯真的眼睛，恐怕也只能在小孩子身上找到了吧。

我记起有篇散文中的小姑娘竟把普通的一片月光看成一块美丽的手帕，弯下腰去捡。作者为此写下自己的感动——"我感伤于自己没有她那样的空灵，走过来也不会弯下腰去。因为一双磨炼得很俗的眼睛极易发现月光的破绽，也就失去了一次美的愉悦。"

我暗自庆幸于我并没有像其他人一样嘲笑女孩的"傻"，也没有试图说服她赶快回家去，而是陪她一起蹲下来欣赏"风景"。

她面前的这摊积水在女孩的眼中或许比繁花还美，比宝石还贵重，虽然它在我们这些人看久了世界、磨俗了眼睛的人的心中，那只是一摊积水，一摊普通得不能再普通的积水而已。

月光依旧轻柔，秋风却不知不觉温暖了起来，眼前的落叶缤纷好像也充满了诗情画意。在这个纯真的女孩面前，我突然觉得自己太愚昧了，我竟然已不会用曾经那种"幼稚"的眼光去看待世界了；曾经的一切新奇的想法也不知不觉被所谓的"实际"所取代了。想到这点，我竟然有些无地自容。

我突然很害怕愚昧，害怕成为一个绕过"美丽风景"、踩着"月光手帕"走过的"愚昧的人"。我多希望自己也能像女孩那样纯真，可是看透了世界的眼睛，却早已不允许我那样做。抬起了头，月亮依旧悬挂在空中，守护着女孩的纯真。我苦笑，可我明白这份纯真已不属于我，只好将这个愿望深深埋藏在心底。我无奈，我惋惜，可有什么用呢，既已失去，它便不可能再回来了。

母亲的簸箕

> 每当我看到故乡老家东屋北山墙上挂着的那个熟悉的簸箕，就想到了母亲。也伴随着母亲一生，簸箕记载了曾经流年岁月的酸甜苦辣和烟火人生。
>
> ——题记

小时候在故乡的老家，我经常看到母亲用簸箕分拣各种粮食中的垃圾。母亲神情专注的样子犹如一幅优美的油画，永远定格在我的心中。那时候，农村还没有普及收割机，收割小麦都是靠一把把雪白如练的镰刀收割到家的。

收割到家的金色小麦在村口大场晾晒几日，人们就用石磙子碾压后，经分拣、收堆、扬场、装袋等一系列工序后才可以将籽粒饱满的小麦装进家中粮囤里。所以，每当家中粮缸中快要弹尽粮绝之时，母亲总要用盛斗从粮囤中舀上几盛倒入簸箕中。母亲双手抓紧簸箕两边棱角，将簸箕猛地一扬一落，在胸前有节奏地簸着。再看簸箕中的尘土或垃圾、土疙瘩等扬落一地，只有个别太小的垃圾母亲才停下用手挑拣干净。

等到金秋时节，玉米才被掰回家中。细长浑圆的玉米堆满院子，或者挂满墙头屋前。金黄金黄的玉米粒都是人们闲暇之时手工剥掉的。待到晴天之时，人们将剥好的玉米粒晒满大场或村落的房前屋后，远远望去酷似一片金色的海洋，又如一首首流动的金色诗行，倒成了乡间村落一道靓丽的风景线。尽管如此，心细的母亲每次去村头磨坊准备磨玉米面时，还是要用簸箕再抖落一番，将一些玉米絮或尘埃一并簸掉，才放心用单车推去磨坊。

金黄的玉米面用凉水一搅拌做成玉米面粥，再配上一道咸菜或小炒，那种清香诱人的味道真是让人百喝不厌、再喝犹念啊！

平时遇到黄豆或其他农作物即将倒进粮囤之时，勤劳善良心细的母亲总是要仔细地用簸箕筛抖得干干净净后才肯放心。

簸箕跟着母亲多年，每一根竹条都被磨得锃亮。那年月，能填饱肚子就是不错人家了，老咸菜、酱豆子、萝卜干都是宝贝。腊月天，家家户户腌腊菜。腌腊菜是体力活也是技术活，在刺骨的河水里洗腊菜，青翠的菜叶考验着红肿的手背；洗净晾干，簸箕支在长凳上，砧板放在簸箕里，挽起衣袖，菜刀飞舞，一切就是几十上百斤，菜刀考验着手腕；切完后撒上盐，洗衣服样一揉一搓，粗盐考验着掌心和指头。等菜揉得湿漉漉水淋淋了，得一把一把按进坛子里，用擀面杖捣实。弓腿、侧步、弯腰、抡臂，劲要大，力要猛，往往把人累得龇牙咧嘴，气喘吁吁，满面通红。直捣得绿水直冒，再加菜丝，再捣再拄，直到绿水冒完，直到力气用尽。菜要切得匀称，盐要撒得适中，还要揉得恰到好处，没有一颗慧心，没有一双巧手，没有很好的技术，是腌不出一坛好菜的。臭手只能腌出臭腊菜，这成了某些媳妇大妈们心口的一种疼。而母亲的老咸菜鲜亮诱人，不酸不臭，男人和孩子本来只吃一碗饭，冲着这香辣的咸菜，也得再加一碗半碗。前村大妈、后村老婶时不时来家讨一点回去，老咸菜联络着乡亲乡情。就凭这，母亲觉得多少苦累也值。

手巧的母亲对年复一年使用的簸箕，充满了感情，花了心思。母亲把竹篾晒干，两面削平，用砂纸打磨光滑。在锅里放上水油，一直烧，一直烧，烧到油直冒烟。母亲用手拿着竹篾的两头，让竹篾从滚油中慢慢过一遍。过了高温的竹篾就成了紫红色，又软又韧，还有好看的光泽。母亲利用颜色的差异，用心地在破了的簸箕上补出一张"牛"形的脸面来。有了牛脸，母亲的簸箕就抖起精神来了。簸箕执着地认为：这是一枚象形文字，是一个个性签名，是一方主人的印章。簸箕得到了主人的资格认证，它认定自己只属于一个人。明媚的秋夜，月亮在云朵里穿行，瓦砾下的蟋蟀和池塘里的青蛙低吟高歌，一唱一和。簸箕陪母亲坐在门前的树墩上，它听见母亲手下花生壳"哗哗啵啵"地响，还听见母亲在轻轻歌唱："不种谷麦没得粮，不种棉麻没衣裳。会当家的省吃穿，好吃懒做家败光，一年四季饿肚肠……"簸箕也想唱，但它没有出声，它静静地望着自己的主人。簸箕有一双眼睛，是的，每一只簸箕都有一双眼睛，不动声色地注视着寒来暑往，朝朝夕夕。簸箕绝不只是几根竹篾的简单排列，它是带着一颗心来的。月亮斜向了西面，把母亲的身影长长地投照在泥地上。簸箕突然发现主人原本挺拔的身躯竟有些弯曲了。人总要老去，时光总要驰离，迟早有一天簸箕会和别的农具一起在庄稼院里被渐渐遗忘，最终落满尘埃。但有谁愿意站在时光的屋檐下，穿过风，穿过雨，穿过簸箕簸掉的石子和沙粒，去倾听古老农业身后那断尾的压抑？簸箕站在母亲生命里，站在乡村原生态的生活里，站在故乡记忆的深处。

　　簸箕无言。簸箕看着一个人、一些村庄、一种文化，不可阻挡地向另一个方向走去。母亲成为土地的一部分，簸箕向刀耕火种的黄昏转身。簸箕被一根钉子沿肋骨挂住，安静于北山墙的一隅。待在墙上的簸箕据对自己境遇和周围环境的冷峻分析，清醒地发现生活真的变了。一个人怎么可以说走就走了呢？今年的腊菜还没有切呢，酱豆子还没有焐呢，萝卜干还有没晒呢！簸箕感觉突然丢掉了半条命。半条命的簸箕挂在墙上，它赋闲了。赋闲了的簸箕多得是时间，多的是工夫，有闲情去思这想那：它想到母亲对稻米的虔诚，想到谷麦对土地的追随；它想到一个人的生命像太阳升了又落，却又像河水去了就不再回；它想到历史面目一直冷峻，而相思总有扯不尽的余音。簸箕决定向所有美好的旧日时光致敬，因为时光赋予了它一个有爱、有智慧、有感应、有交流、有顿悟的曾经。老了的簸箕，被一根钉子沿肋骨挂住，在西山墙的一隅。它不期望有人启用，它变得非常温静。看看一样赋闲了的针线篮、笸箩、水桶和笆斗们，它笑了一笑。簸箕想，也许有一天，所有的它们都会和主人一样，慢慢消失在村庄的记忆里。

　　如今农村生活条件比以前好多了，母亲却离开人世，永远离开了美丽的故乡。现在各种农作物收获都实现了先进的机械化，不仅收获速度大大提高了，而且农作物的颗粒也干干净净。所以，平时簸箕用的也逐渐少了，慢慢簸箕也退出了农村历史舞台。我爱你，故乡的簸箕，更爱母亲用簸箕劳作时那难忘的画面，在此吟诗一首《七绝·簸箕》，表达此时的心情：

挂墙无语悠幽淡，静静忧思女主人。

优美簸箕成故景，母亲逝去退红尘。

鸟儿的乐园

现如今环境越来越好,我家住宅楼前的小树林栽有多种花树与果树,绿树苍翠浓荫,繁花锦簇,灌木绿绿,芳草萋萋,果熟季节硕果累累,花果飘香,树上鸟儿越来越多了。清晨,天刚蒙蒙亮,鸟儿就叽叽喳喳地嬉闹,这里成了鸟儿的乐园。

——题记

我家的住宅楼位于宿州市埇桥区的运粮河西侧的三里洋房小区,家住住宅楼的二楼。楼前有一片三亩多的空隙绿化的地带,它上面长有一片赏心悦目的人工小树林,还种了一些花草。荷花池塘在小区院中间,呈扇形向西南散开,是修建小区住宅楼时人工挖就的,它小而精巧,幽静自然而妩媚,这在宿州城闹市中是很不多见的。这楼楼相间的地带生长着十多米高的槐树,比它稍低点的是香椿树,再矮点的是柿子树、樱桃树、石榴树、枇杷树和桂树,还有一些蔷薇、迎春花、夹竹桃等灌木和萋萋芳草。大概由于近几年宿州沿运粮河河畔的绿化环境越来越好,紧邻住宅楼前的荷花池塘、运粮河的水变清，花儿常香，沿岸葱茏的树上常年鸟儿渐渐多起来了，我家住宅楼前的这块小树林，也成了鸟儿的乐园。这片人工小树林，一年四季的清晨，天刚蒙蒙亮，树上的鸟儿就嬉闹，就相互唱着歌了，有的是高音、有的是中音，有合奏，也有独唱。婉转啁啾的鸟鸣真是让人心旷神怡，特别是在阳光明媚的春天。

我经过了仔细观察，常栖居小树林中的它们多是麻雀、喜鹊、灰喜鹊、斑鸠和画眉等，有时也飞来鹦鹉、黄雀、杜鹃和白鹭等旅行鸟"过路客"。小树林里灰喜鹊有时很多，它是个馋嘴的家伙。林中的那"春果第一枝"的樱桃树，每逢春色满园时，绽开红白相宜的花儿，好看极了。那尚未成熟的樱桃，招引来各种各样的小鸟，围绕那樱桃树飞来飞去，为保护那快熟的樱桃，前些年，伴园而居的楼下一层的杨先生在树枝上系几个红色的塑料片，可不到几天，鸟儿好像发现这只是不具有攻击力量的"稻草人"而已，却又大胆地频繁飞来"就餐"。一招失灵再来一招，杨先生在不太高的樱桃树上蒙罩一层网，聪明而大胆的鸟儿，自有法子，就从网眼里啄食美味的果子。待那樱桃成熟时，只剩下鸟儿尖嘴够不到、为数不多的红透得可爱的小小樱桃果实。岁月匆匆，这棵樱桃树越长越高，这两年只能让左邻右舍的居民饱饱眼福，唯鸟儿饱口福，各得其乐而已。

夏日，石榴树旁边葡萄架上插有各色塑料的"赶鸟旗"，在一串串葡萄尚未成熟时的一日，我目睹到了"鸟叼葡萄，野猫在后"的惊险生死一幕。那天午后，一只鸽子模样的禽鸟，从葡萄架上叼下葡萄后，飞落到空地上贪婪啄食，突然从墙角灌木丛中窜出一只黑尾巴浑身有花斑的大野猫，一下扑住那只鸟，虽然那只鸟不停地扑棱着翅膀，还是被硕大凶悍的野猫衔进了草丛。

深秋渐近，柿子树红叶一天天飘零，柿果有的由青变黄缀挂枝头，好不喜人！我原以为那鸟儿是不吃柿子的，其实不然，一天一只灰喜鹊落脚那棵果实缀满枝头的柿树的，果枝上，挑一只黄澄锃亮的柿子慢慢啄尝起来，大概尝到柿果肉甘汁甜味道不错，便连连不断地点头大啄。一会儿，引来同类轮番美餐，不多时，一只柿子只剩下一个柿蒂了。其他没熟的柿子安然无恙，难道鸟能识柿果生熟？人言"木秀于林，风必摧之"。在鸟儿眼前，凡柿熟颜橙，必先食之？

有意思的是，前几天，我家请姐姐帮忙灌装了十来斤香肠，回家挂在阳台的杆子上晾晒。我刚挂好就发现小树林里飞来一群灰喜鹊，在枝头上又叫又跳，当时我以为它们是看见草丛里的野猫或黄鼠狼。它们互相招呼提防，没想到是它们垂涎我晒的香肠。我午休起来，隔窗一看，阳台上好不热闹，十数只灰喜鹊跳上跳下，飞来飞去，它们在抢啄我晒的香肠，那一条条香肠被啄得真是惨不忍睹，个个伤痕累累，其中有两根香肠的上半节仅余下一层肠衣了。我心想，鸟儿你吃就吃吧，一根一根地吃呗，吃完一根再吃另一根嘛，何必把每一根都尝尝呀，你那喙有没有禽流感病毒呀！这不是和人类作对吗？我再一看，更令人作呕：那晾杆上、阳台上、阳台栏杆上、晒的棉拖鞋上，还被拉上了鸟粪，这不是糟蹋人嘛。

老伴取笑说："你引鸟为友的工作初显成效了。你常用谷类、豆类和南瓜子引鸟儿来到阳台、窗台上来，伴随你读书看报，敲键盘写文章，这次来吃香肠，说明小鸟跟你亲近了。"老伴还把鸟偷吃香肠的趣事，拍成照片，用微信视频发给远在美国的女儿看。她们聊天说："发个视频图片，给孙女宝宝们看一看，待春节你们来宿州时吃的香肠，可是被那些鸟儿宝宝先尝鲜了。"女儿快乐地喜笑不已。

幽静河畔

红芋叶的味道

儿时的记忆中,家乡的红芋长势非常旺。它秧茎容易生根,每过一段时间需要翻秧,不然它容易疯秧,且结的红芋也小。所以家乡的人们常摘嫩尖和嫩梗做菜吃,梗子可以炒着吃;叶子也可以配着面粉,制成窝窝头吃;新鲜红芋叶或是腌制后的酸红芋叶,也可放在锅里和面条煮着吃,煮过后绵软滑嫩,有种清淡的香味。

——题记

一

我的家乡位于新汴河畔,新汴河两岸的黑壤土最适宜种植红芋。二十世纪六七十年代家乡的人们,每年都要种植红芋,有红瓤的,也有黄瓤的,还有白瓤的等等,香甜可口,既可入菜也可作口粮。

在我儿时的记忆中,红芋它可以春种,也可以夏种,到集市上买一些红芋苗，起垄栽下去，用不了多久，就爬满红芋垄子沟，碧绿的梗上缀满绿中带紫的叶子，这种梗和叶都可以入菜，维生素的含量高，还有一定的保健作用。那时红芋长势非常旺，红芋秧茎易生根，每隔一段时间需要翻秧，不然的话它容易疯秧，结的红芋块也小，所以人们经常摘嫩尖和嫩梗做菜吃。梗子可以炒着吃，叶子可以制成家乡的窝窝头。把淘净的红芋叶切碎，和面粉均匀搅拌一块，加上葱花、食盐，和成面块，做成窝头状。以前生活条件不好的时候，这种窝头是人们常吃的。家乡的人们有着一句顺口溜："窝头沾辣椒，越吃越添膘。"

这种窝窝头做饭，既当菜又当饭，一举两得。把捏好的窝头放在锅里蒸，或者贴在锅沿上，等到窝窝头熟了的时候，靠锅的一面窝头焦脆亮黄，好吃极了！

二

随着时代的变迁，现在家乡种植红芋的人越来越少了。即使也偶尔有几户人家种上几十棵，也是为了吃嫩叶，蒸红芋叶子馍吃，现在红芋叶成了当今的香饽饽。

人们吃惯了大鱼大肉，冷不丁地吃一回这样的窝窝头觉得味道好美。刚从锅里蒸熟的窝窝头，是不是很有诱惑力，能否勾起你的食欲。此时再来一盘蒜泥拌醋，或者辣椒粉，保证你吃个饱，吃个过瘾。现在中秋刚过，夜里露水白茫茫，地里的红芋叶绿中更带着紫，养分十足。在外地工作，放假回老家总想吃上一回，地道的红芋叶制作的窝窝头，红芋叶子也成了蔬菜中的香饽饽。

前不久我回老家，相邀了三两同学好友聚聚。在好友带领下，去家乡小镇街南一处新开的小饭馆就餐聚会，点了几道算是特色或者叫有乡土气息的菜肴，几人边吃边聊。我不饮酒，这饭桌自然少了些推杯换盏的活跃气息。几个朋友还说我难得回来一趟还不喝酒，多少有些扫兴的话，说笑埋汰自不必说。我唯有苦笑应对，谁让咱这副肚囊"享受"不动美酒呢！

他们点的菜肴里面，自然是少不了红烧猪蹄子，这算是家乡独有的美食，也是每个在外面回来的人必点的一道菜，还有符离集烧鸡、熘肥肠等其他菜肴，再配上了两瓶宿州呵泉啤酒，地道的家乡风味。因为我不饮酒，光吃着菜聊天，这吃饭的时间自然就缩短了不少。几碟菜将尽时，最后端上来的几碗面条便承担了本次聚餐的压轴角色，每人一碗汤面，配了一碟小菜，一碟腌韭花。面极普通，小镇饭馆中常能吃到的那种面，只是那汤面中漂着的几片深褐色的类似干菜叶的东西引起了我的注意，挑一片放入口中，曾经熟悉的味道跃然舌尖之上，原来那是久违了的红芋叶的清香味道。几片干红芋叶，几筷子面条，配上腌韭花，多么熟悉的乡土味道，一下便将自己的思绪带回到几十年前。算一算自己真的有三十多年都没有吃过红芋叶了，并不是说那干红芋叶放在汤面中就有多好吃，而是那特有的味道一下能将你带回到记忆深处。于是那碗极普通的汤面便因为这几片干红芋叶而令我食欲大增，不惮于天热和面条的烫口，片刻间便风卷残云般将自己面前的一大碗面消灭殆尽。吃完饭以后往回走的路上，我还在感叹，今晚这顿饭没白来，吃上了许多年没吃过的红芋叶。

回家后我对爱人说起了今天吃饭吃到红芋叶的事儿，我是一脸的兴奋之情，爱人听后却是一脸的不屑，说："我当吃了什么山珍海味！吃了两片干红芋叶子就把你激动成这个样子，原来我们都是拿这红芋叶子来喂猪的！"我那一个气呀！这人简直太扫人兴致，真是道不同不相为谋，懒得再理她，便各自忙各自的去了。其实她哪里知道，并不是那几片干红芋叶子有多么好吃，只是我喜欢于它所将我带回记忆中的那种久违了的感觉。那记忆是我儿时生活中的点滴，有苦也有乐，当它一瞬间被不经意间唤醒的时候，你就会觉得它是那样清晰。

红芋为家乡人们常种之经济作物。只是因为家乡地少人多，土地多被用来种麦子、玉米、大豆等口粮，极少有闲余之地用来种红芋了，于是能种红芋的地块儿便多是那些小块儿的贫瘠地了，况且种红芋之时还要专门挑水压苗才能保证成活率，对于这些远离水源的贫瘠地来说，种红芋也算是一件苦差事，于是种的人也并不多。加上虫吃田鼠咬，来往人等捎带上扒走几棵，一年下来，收获并不算丰硕，于是种者日益见少。所以平日里，走在田野里便极少见到红芋叶。

三

回想起来，在我的记忆中，我第一次吃红芋叶子，还是在三四岁的时候，我母亲带着我去外祖母家走亲戚。外祖母招待我和母亲吃的是红芋叶子和韭菜炒鸡蛋。外祖母将红芋叶子和叶柄分离，叶子用来放面条锅里当菜叶，而那叶柄则可以切成短节后用来炒菜。捡摘完成后，她便把那长长的叶柄拿出几根给我和表姐玩。红芋叶子的叶柄中间脆，外面有一层有韧性的皮膜，于是她便小心地把叶柄隔一厘米折一下，然后拆掉一节，留下一节，如此反复，因为拆掉的那节还剩有皮膜连着，最后拆完留下的首尾一连便成了一串最原始的项链模样，短的做成手链或是脚链，套在上面，一套完美的充满乡土风情的首饰便完成了。我戴着高兴地在屋子里来来回回晃悠，几个大人与一个小孩儿，高兴笑语满屋。

后来再大些，我们家姐弟几个仿佛在一夜之间长大，饭量激增，父母虽是农民，因为地少，地里的产出其实连全家人半年的口粮都不足，那只有配着野菜吃。面条锅里大多是水煮白面条加上地里应季能产出的野菜，如野苋菜、灰灰菜、扫帚苗、马齿苋、野玉米菜等。这些野菜背面有细小的毛毛，配着稀滑的汤面条，吃起来有种喇喉咙的感觉，所以并不太喜欢吃，不喜欢归不喜欢，但还得吃，聊胜于无嘛！面条里放的菜我们最喜欢吃的其实是新红芋叶或是腌制后的酸红芋叶。新鲜红芋叶放锅里和面条煮过后绵软滑嫩，有种红芋叶特有的清淡香味，但最好吃的要数酸红芋叶，放在汤面条里，那种酸爽味道极为好吃，因为吃惯了平日里那些无味的白水加盐野菜汤面条，这种难得的有酸爽味道的酸红芋叶面条便是一顿难得的美味大餐，在冬日里一盏昏黄的煤油灯下，四五口人坐在低矮的小凳子上低头吃着热气腾腾的汤面条，"哧溜"之声不绝于耳。

其实腌酸红芋叶最好吃的方法就是烙成菜馍。方法极简单，就是将白菜去菜帮后，用剩下的叶子和腌红芋叶一起切成3厘米见方，拌上切碎的葱花，然后加上调料等调好味道做成菜馅。按平时家常做烙馍的方法，将烙馍坯做好后，放在案板或是锅盖里面，然后将调制好味道的白菜与酸红芋叶馅料呈圆形或是半圆形摊放在烙馍坯上。摊成圆形的还需要擀制另一个烙馍面饼盖在上面捏合在一起，然后放在鏊子上烙熟，出来的是一个大的圆形"菜馍"，可以拿刀从中间切开后两个人分食；摊成半圆形的则需要将另外半面没有摊菜的面饼对折过来压好边缘部分后上鏊子烙熟，可供一个人拿着食用。趁刚出锅尚热的时候吃，一口下去，那葱香和着红芋叶的酸爽、加上白菜叶的清淡，加上烙馍的劲道，那感觉就是四个字儿：清爽幽香！

四

前几天从老家回来后和爱人说起儿时吃酸红芋叶的事情，她也说确实好吃！也在感叹快三十多年没吃过腌酸红芋叶了。提起这个她灵机一动，说往年我和几个同事一到秋天就去郊区那个种红芋的人家地里开着车去买他们的红芋，看见别人都把红芋叶子不要扔了，等今年秋天再去时，我让她们几个去扒和挑红芋，我去给你摘些红芋叶子，你给咱家腌点酸红芋叶子来，咱们也做酸红芋叶子菜馍吃！我自然是举双手赞成了！

我非常的期待今年秋天，可以吃到自己亲手做的腌酸红芋叶子！我的孙女是没有吃过酸红芋子叶菜馍的，她只吃过烤红芋。她也并不曾见过红芋叶子是什么样子，亦不可能知道什么是酸红芋叶子，更不可能有我们的儿时那种吃到一顿酸红芋叶子味道。

中篇

家乡回忆

家乡的道路

改革开放以来，随着现代科学技术日新月异的发展，我的家乡产生了非常大的变化。给我印象最深的是家乡的路，路的发展给乡亲们带来了非常大的便利和好处。家乡的路，宽敞的路，崭新的路。给乡亲们带来了幸福与快乐，为乡亲们增添了许多欢声笑语。

小时候常听父亲说，在他们那个年代是没有公路的，都是泥土路，没有路就也看不到汽车，就算要去几百里的省城，也得靠徒步行走。那个年代，乡村是没有学校的，只有家庭经济条件较好的人家的孩子，才有条件上私塾。条件差的上私塾的孩子们天蒙蒙亮就要起床了，早饭也没有，经常饿着肚子去上学。去上学时舍不得穿鞋，就把鞋提在手上，赤脚走到上私塾的地方。遇到大河时是没有桥的，只有一些小河才有木排桥，而且很容易坏掉。

忆往昔，路面坑坑洼洼，行路非常难。记忆里，曾经家乡的路多是泥土堆积而成，厚厚地积淀了不知几代人的脚印。晴天，太阳毒得让人喘不过气,仿佛一点星火就会引起爆炸似的。路被晒得裂缝,人、车一经过,便升起一团一团的烟尘。若遇到雨雪天气,便是泥泞不堪,坑坑洼洼,稍有不慎,便会摔倒,结结实实地裹上一层泥衣。记得有一年春节,踏着泥泞的路到老家去过年,父亲调侃说这不是拜年,是"拜泥",语气中却总有一份无奈与期盼。回想起以前,家乡只有土路和沙石路,交通十分不便,一到下雨天,小孩子上学必须让家长护送。村民们辛辛苦苦收获的水果、辣椒、蔬菜等农作物,由于路不好,没办法向外运输,时间长了都在家搁烂了。

过去,家乡穷得叮当响。十户九户穷,出门走泥路,晴天一身灰,雨天满身泥,家乡人吃够了泥路的苦头。后来,村里用石板铺成一条五六十厘米宽、一百来米长的石板路。路虽然很窄,但总要比泥路好。至今,家乡村口还有一段曲折不平的石板小路。路边的草已淹没了这路基。尽管是石板路,但这样的路该有多难走啊!

后来,家乡的路,逐渐地发展起来了,有了公路,也有了客车,却只有上县城才能坐车。那个年代也有了学校,但上学的路上还得步行,没有任何交通工具,来来回回一天要走十多公里。遇到河流,人们用搭石的方法把石头一块块地铺在河里,可时间久了,石头上长满了水藻,不少人一不小心就滑进河里,冰冷的河水透心的凉,不仅衣服湿透了,书包里的书也全都湿了,只好回家换身衣服,烤火把书烘干。在发大水的时候,周围不少村民做好事,他们穿个长筒靴踩在石头上,把学生一个个背过河。

后来,有的人家提前奔了小康,便用青砖红砖在门口铺起了窄窄的路，那条路上的人家，走路时眉眼里就多了一份自豪。走村串巷的妇女、上学的小孩，便会有意无意地走到那条路上去。可是，下雨后，有些松动的砖石下便会积水，人一踩上去，会措不及防地被溅上一脚泥水，只有苦笑。

再后来，几条重要的道路纷纷改成了碎石子路。习惯了土路上的磕磕碰碰，在石子路上行走、骑车，家乡人心中的喜悦中竟掺杂了几分拘谨。走在路上，听着细碎的石子在脚下"咯吱"作响，心里别提多惬意了。

随着乡村的改革，农村要实现机械化，农田需要成方连片。一些弯弯曲曲的小路，在农田改造中，都要改成机耕路，让拖拉机能在路上奔驰，一些石板小路改成了机耕路，一直通向田间。有了拖拉机，农民耕田实现了机械化，解放了农民的劳动力，提高了农民的收入。农民们从此尝到了修路的甜头。后来，在国家惠农政策的扶持下，家乡实现了村村通水泥路，道路两旁还有绿化带、人行道、路灯等设施。人们出行十分方便。农民把自家产粮食放在路上晾晒，把自家种的蔬菜、水果、辣椒等农作物运到市场上去交易，外乡的客户也来到田间地头，大量收购蔬菜、水果等农作物。农村的路变了，农村的面貌变了，村民的生活变了，一切都变好了！这时，我才体会到"社会主义道路越走越宽广"这句话的真正含义。

盼望着，盼望着，家乡迈进了生机勃勃的 21 世纪。政府对家乡的道路进行了整修，昔日的石子路摇身一变，成了平坦宽阔的沥青路。老人们站在路边，不住口地啧啧赞叹，孩子们张大了好奇的眼睛，在路边跑来跑去地看着。公路上，私家车也多了，银色的、黑色的、红色的车从路面上疾驰而过,车流像一幅美丽的画面。

随着惠农政策的深入实施,家家户户都盖起了新房子,有的买了摩托车、电动车,有的买了电视、电脑,还有的买了小汽车,家乡人都过上了好日子。村子有村民活动广场,广场上有各种健身器材,乒乓球场、篮球场、随时可见人们活动的身影。夜晚,路灯一亮和城市一样灯火通明呈现出一片繁荣的景象。

家乡从一个偏僻的小村镇成为四通八达的交通枢纽,短短的路,蕴含了家乡人的骄傲与梦想,长长的路,引领我们走向希望的明天!

人们的生活条件也越来越好了。公交车、小轿车、面包车满公路都是,孩子们去上学,要么爸爸妈妈用电瓶车送,要么就是自己坐客车去学校,徒步行走一两里左右就行了,而且不用踮着脚尖怕鞋子沾上泥巴了。下雨天,雨水顺着窨井盖从下水管道中流走,流到江河湖泊。在河上有各式各样的桥,拱桥、平板桥等,过河十分便利。

现在,家乡的路况让人自豪。向东,修建的双向八车道混凝土公路美观大方,直通高铁新城,道路中央和两旁的绿化带让人赏心悦目,向北,向东,向西,连接了其他乡镇。还有高速公路,更沟通了家乡与外面的大千世界。家乡的路凝聚了几代人的心血,见证了家乡的发展,折射了祖国的强盛。蕴含了家乡人的骄傲与梦想,公路上,私家车也多了,银色的、黑色的、红色的车从路面上疾驰而过,像一幅幅流动的图画。

家乡的秋天

我总是忘不了家乡，忘不了家乡的天空、家乡的麦田、家乡的草垛、家乡的小河、家乡的一切。我家乡四季的景色都很美丽，春天花红柳绿，夏天绿树成荫，冬天银装素裹，但我最喜欢的还是家乡那果实累累的秋天，更忘不了家乡的秋天。春华秋实，在我的心中，家乡的秋天是美丽的、迷人的，她比春天更富有诗情，更富有画意。

当第一片叶子悄悄落下来的时候，秋天就到了——天空是那么晴朗，空气是那么清新，雾气消散，天空显得更高了，蔚蓝的天空如同水洗过一样的清朗，偶尔有几缕白云飘过，好像碧海上扬起的白帆，仿佛洁白的玉兰花在盛开，恰似雪白的棉桃翩然绽放。

家乡的秋天，一切都变了样，树木都换了外衣，有的披黄，像是落满了金色的蝴蝶；有的挂红，似一团团火焰；虽然还有一些是绿色的，但已是绿苍苍的了，显得深沉别致。层林尽染，形成一道亮丽的风景线。

家乡的秋天，映入眼帘的是那一块一块、参差错落的麦田，已经收割完的麦田里砌着一堆一堆的麦草，每一垛麦草堆仿佛是一个小小的草屋，细细绵绵的秋雨落下来了，咦，是谁家的孩子躲在麦草堆下避雨呢。

家乡的秋天里，凉凉的秋风轻吻着你的臂膀，从对面的小坡吹过，从沟里的小河吹过，从院子外的树林吹过，从屋前的小溪吹过。凉悠悠的秋风，吹走了夏的燥热，吹走了洋槐树的绿装，吹枯了柳叶的裙摆，风干了狗尾巴草上的蚂蚱，让麦田角落里的青蛙闭住了嘴，那红彤彤的苹果林里，聒噪一夏的知了也躲藏了起来，无影无踪。

秋风，好像是一只无形的大手，悄悄地把万物都改变了样子，睹物伤怀，人的心也不免感慨一下子。秋风，是你教万物都收敛一下，为了等待冬的寒冷吗？

家乡的秋天里，太阳变得温柔起来，天空蔚蓝，南归的鸟儿们在白云下飞翔，偶尔发出一声低鸣。秋天的傍晚，夕阳西下，留着一抹明媚的晚霞，煮饭的炊烟从房屋顶袅袅地升起来了，远处的丘陵笼罩在雾气中，日光慢慢地黯淡了，秋夜的晚装在屋前麦田上空漂浮着的一层薄雾中，渐渐展开了，屋子东边一株枣树的树梢升起了一轮皎皎的月亮儿，月亮儿娇羞地在麦田中央印出一个影儿来。

家乡的秋天，是老农嘴上的一支纸烟，纸烟熏焦黄了老农的食指和中指；家乡的秋天，是一柄锃亮的犁头，犁头周围已泛黄，那是常年耕地留下来的泥土的黄；家乡的秋天，是一颗红彤彤的柿子、圆圆的核桃，好像一个新的希望，包含着农村人对于生活的美好期盼；家乡的秋天，是孩子们唱着的一首首儿歌，在每天上学的土路上唱着，在偏远的乡下小学堂唱着，在吹着寂寂秋风的院落里唱着。

家乡秋天的原野里热闹非凡，到处是一派丰收的景象。一望无际的大豆摇动着豆荚，发出了哗哗的笑声；成片的南瓜就像七彩娃娃的脸一样，有红的、橘黄的、黄的、绿的，还有灰色的；萝卜也从地底下钻了出来，露出红的笑脸；辣椒摆动起鲜红的风铃。农民们满怀着喜悦，心里乐开了花。

家乡的秋天，孩子们脱下凉爽的夏衣，换上了暖和的秋装。他们高高兴兴地跑出来玩，做着各种各样的游戏。这是一个迷人的秋天，收获的秋天，彩色的秋天。有人说气温宜人精神特别爽，有人说天高云淡心境着实宽，有人说五彩斑斓是一幅水彩画，也有人说是收获的季节。

家乡的秋天多么美好啊！我想，世界上最优秀的画家也难以描摹出如此丰富多彩的画卷，世界上最出色的音乐家也难以谱出这五彩斑斓的曲调。我爱家乡的秋天，我愿秋天给每个人都带来丰厚的收获！

中篇　家乡回忆

家乡的中秋节

家乡的中秋节，是除春节以外，乡亲们最重视的节日之一。我小时候总盼望着过中秋节，或许是因为那时候生活水平比较低，只有过中秋节时家里才会改善一下生活；或许是一到过中秋节就放假，总会搞一些娱乐活动，自己可以痛痛快快地玩一场；或两者兼而有之。

总之，过中秋节忙的是大人，但大人们忙归忙，每到过中秋节也都有一种心情的放松。当然，最高兴的还是孩子们，因为秋天硕果累累，融着人们收获的欣喜。圆圆的月光之下，圆圆的月饼，苹果熟了，鸭梨、葡萄等水果也都上了市。月光下，人们品尝着中秋节日的美食，谈论收获的话题。一边赏月，一边思念身处异乡的亲人。

家乡的中秋节，既是收获的季节，又是收获的开端。说它是收获的季节，是由于夏收才过不多时候。说它是开端，是因为秋天硕果累累，融着人们收获的欣喜。我想唯有经历过乡村生活体验的人，才会有这种情感、心境和内心深切的感受。

我喜欢家乡的中秋节。家乡的中秋之夜是个美好、祥和的夜晚。家家户户欢聚一堂品尝月饼和瓜果享受天伦之乐。"每逢佳节倍思亲",谁都希望在中秋佳节能够得以全家团聚,这是人之常情,但又总不能家家如愿。许多人因为忙于工作而中秋节都不能和家人一起度过。想到这里,我不禁想起苏轼的《水调歌头》中的诗句:"但愿人长久千里共婵娟。"

　　我喜欢家乡的中秋节。月饼的外观像大饼,很厚实,新鲜的面,新鲜的馅。不管是蒸出来的,还是烙出来的,上面都有着用农家的大碗所刻画出来的月的图案,其中又有桂花雕印出的花瓣。馅,也很特别,主料是红糖,里面放些芝麻、清红丝、果仁、葡萄干什么的。新做出的月饼,热气腾腾,一股清香味道扑面而来,令人垂涎欲滴!蒸的月饼,柔软可口,适合老年人;烙的月饼,酥脆绵软,年轻人对它情有独钟。

　　我喜欢家乡的中秋节。多少年过去了,虽然现在市场上的月饼琳琅满目,各种瓜果一应俱全,但是我还是喜欢吃家乡的中秋手工月饼。月饼的花纹虽然没有太多变化,总是那么的清晰,那么均匀,那么好看。所以一赶上中秋过节回家,总要吃上两大块儿,觉得又香又甜。

　　我喜欢家乡的中秋节。因为从餐桌上我看到了祖国经济的发展,人民生活的水平变迁。你看,餐桌上,出现了各类品种的肉、蔬菜、海鲜。"无酒不成筵席",喜庆的日子,中国人总要饮一点酒。过去,多是二锅头等普通的高度白酒,现在高档酒也顺理成章地上了百姓的餐桌。百姓日子的红火了。我愿意在这种意境中感受亲人的关爱,品味生活的哲理,体会家乡日新月异的变化。中秋节快要到了，今年的中秋月更圆、更明，更希望我的亲人愈加健康、我的家乡愈加美丽、富饶；也从内心期望祖国更加繁荣、昌盛。或许，这就是我喜欢家乡中秋节情结的真谛。

家乡的年味

不知不觉，农历大年三十就快要到了。

翻着日历，不禁想起家乡过年的习俗来。

我的老家在安徽省宿州市埇桥区郊区，离城里不过十几里路，家乡的年从腊月二十三就开始了，俗称过小年。

如今的年更富足、殷实，过年的形式也多样化了，从大年三十到正月十五，看春晚、吃饺子、观花灯、看社火、赏烟花，过年的日程被排得满满当当。从孩子们灿烂的笑脸里、从大红的对联里、从喜悦的鞭炮声中体会年味。

如今我的家乡人在年三十的晚上，都是一家人聚在一起看春晚守岁，包初一早上吃的饺子。包完饺子后，大人们准备初一早上全家人要穿的新衣。

初一早上讲究的是早起，小孩子早起穿新衣放鞭炮，大人们早起给左邻右舍拜年，初一谁家的炮放得越早越好，越吉利。一般从凌晨四点多钟就有人家起床放鞭炮。分了家的兄弟，年三十和年初一这两天中午要在父母家吃团圆饭，其余时间只是在自己小家庭里团圆过年。家乡人过年初一比三十要隆重些，初一早上家家户户吃饺子，一年中最丰盛的饭菜也在初一。

记得在小的时候，每逢年关将至，内心的那份期待与兴奋便与日俱增。虽然那时只有几岁，但是在模糊的记忆里，穿新衣、贴对联、放炮仗、吃饺子就是世界上最幸福的事情了。那时过年穿一身蓝色或者是灰色的中山装，已经是相当奢华了，对联是父亲亲手写的："爆竹一声除旧，桃符万户更新。"大红的纸、浓黑的字、是那样的透红与醒目。放炮仗是孩子们最兴奋的事情，炮仗是走十几里路到镇上花两块钱买来的，担心过年的时候受潮放不响，便自买来以后就小心翼翼地放到干燥的地方。母亲从腊月二十五就开始准备过年饺子了，馅的内容很丰富，肉、萝卜、粉丝，还有全家人的希望。那种味道那种滋味，任何山珍海味都无法比拟，过年的那一顿饺子，是世界上最好的佳肴美味。

年，在大人的忙碌与孩子们的期盼中如约而至，年三十晚上，激动与兴奋却久久不能逝去。按照母亲的要求，开始守岁，不能睡觉，每人便拿一本小说或是报纸看，直到大年初一的炮仗炸响。年初一，吃完年饺就开始发压岁钱了。那是在那个年代唯一属于自己的钱，虽然只有一块钱，但是这样崭新的钱，只有过年的时候才能看到和拥有。那时的年虽然清贫而平淡，可那种清贫的快乐与兴奋，让我刻骨铭心，那时候过大年是我永远的诱惑，就是那种简简单单、亲情弥漫的中国年，让多少游子梦牵魂绕，让多少人回味无穷。现在，只有在梦中、在尘封的记忆里时常去体味、追忆那份过年的滋味。

冬去春来又一年，一年更比一年好。但我还是钟情那远去的年味。

幽静河畔

家乡的端午节

端午节是我们国家重要的传统节日之一，端午节，又称端阳节、龙舟节、重午节、天中节等，源于自然天象崇拜，由上古时代祭龙演变而来。端午节，本是上古先民创立用于拜祭龙祖、祈福辟邪的节日。据传说战国时期的楚国诗人屈原在五月五日跳汨罗江自尽，后人亦将端午节作为纪念屈原的节日，同时个别地区也有着纪念伍子胥、曹娥及介子推等说法。端午节的起源涵盖了古老星象文化、人文哲学等方面内容，蕴含着深邃丰厚的文化内涵，在传承发展中杂糅了多种民俗为一体，各地因地域文化不同而又存在着习俗内容或细节上的差异。

我家乡的人们，也十分钟爱端午节。家乡端午节的习俗内容丰富多彩，不仅家家包粽子，还炸糖糕、喝雄黄酒、户户插艾叶、煮艾蛋，姑娘们还热衷于缝香荷包、绣红兜肚，有的还杀猪宰羊、捕鱼，热热闹闹，非常高兴、隆重祥和地过着端午节。

端午节，家家户户包粽子，大人小孩齐动手。大人们先是准备粽叶、糯米、粽绳和配料，如红豆、猪肉、香肠、红枣等。采摘粽叶也很讲究，人们先在河畔、塘边芦苇丛中采选叶宽片大，且不老不嫩的青苇叶，然后放在锅里煮，除去青硬气。煮时须控制火候——水稍沸，就立即将清香扑鼻的碧绿苇叶从锅里捞出、凉透，备用。事先把糯米浸在水里，备好配料。包粽子时将糯米和配料放入卷好的粽叶窝中，再用筷子淋水将其捣实后，才扎紧粽子。这样做的粽子煮熟才地道好吃。家乡扎粽子用的不是一般的线绳，而是河边长的一种天然蒲草。这种蒲草，出土就是三棱条形独茎，一般可长一尺多高，比麦秸还细的蒲草极具韧性，越用水浸越牢实，横拉竖扯也不易断裂。用这种草系扎的粽子，会散发出一种特别诱人的香味。

端午节吃糖糕，是家乡一个特色。在那些困苦的年代，一年到头，家乡人们平时都不做糖糕吃，只有到了端午节，家家户户必做糖糕，让小孩、老人吃个够。做糖糕时，先用开水和特制的细箩面，再放入少许的矾水，将和好的面"醒"一会儿，才做成一个个面剂子，在面剂子中包进红糖和炒好捣碎的黑芝麻和香料，两手揉圆后拍成直径不超过4厘米的圆饼，然后放在油锅内炸成微黄色出锅。这种色香味俱佳、外脆内软、又香又甜的油炸糖糕，吃起来回味无穷。每年都把做好的糖糕，在访友或走亲戚时，当作一种珍贵的礼品，赠送给亲朋好友。

端午节，家家喝雄黄酒。端午节的中餐，每个家里的长辈喝过雄黄酒后，就用手指沾酒杯里面的雄黄酒，在小孩子的额头上、耳朵眼边、肚脐处抹上雄黄酒。据说这样可驱邪避毒，免遭头痛、免遭肚子疼痛、免遭毒虫钻入小孩子的耳朵里。

端午节这天，家家户户都去割艾、插艾、戴艾。各家各户都在五六点钟起早割艾，早上7点左右将大门的两边或房檐上插上艾；老人的衣襟上、媳妇的发髻上、姑娘的辫梢上也戴上艾叶。大人们则用艾条编成手链或用五色彩线编成手链，佩戴在小孩手上，据说这样可以驱毒、避邪。

端午节这天，媳妇们忙着给孩子缝制红肚兜，红肚兜上必须绣上蟾蜍、蛇、蜈蚣、蝎子、蜘蛛这五毒图案，据说小孩带上可驱邪避毒，免生瘟疫。

端午节这天，姑娘们把缝制彩色香包，当作过端午节的一大避邪乐事。我的家乡是盛产香草、薄荷、半夏等多种中药材的地方，姑娘们将选好的中药材晒干、剪碎，装填在用彩色布缝制的包包里，清香提神醒脑。各色各样的香包，有寓意可祛病的葫芦形、可辟邪的桃形、可降妖除怪的猴形、长命锁形、爱心形等，应有尽有。香包的上下都装配彩缀，彩缀是用雪白的老蒜薹秆剪成约1厘米长的小段，由线穿成串，每一节蒜薹之间加一片用彩色布剪裁的直径约一厘米的圆形垫片，彩缀的下边再安上鲜艳的丝线穗子。姑娘们见面，常互比谁的女红活做得好，比谁的香包好看，比谁的香包最好、最香等，无比开心欢乐。

家乡的端午节，多姿多彩，民俗风情浓厚，虽然远去，但依然在我脑海里浮现。

记忆中的扇子

童年那炎热如火的夏天，老家屋后小河岸边的柳树上，蝉声总是"喋呀喋呀"叫不休。这时节，在外地上学的堂哥也刚好回家过暑假，我可高兴了，我就成了他甩不掉的"小尾巴"，也成了他的"跟屁虫"。整天缠着他讲故事，要他在竹竿梢上拴马尾毛结扣给我套知了。堂哥可有意思了，常在带我玩之前，出谜语要我猜，逗我。一次他出了妈妈教过我的谜语："'凉天不动热天动，有风不动无风动，不动有风动无风，不动无风动有风'。你猜是什么？猜不着就不带你玩。"我脱口说出谜底"扇子扇凉风，扇夏不扇冬，日日在手中，夜夜打蚊虫"后，故意卖乖地噘起嘴问堂哥说："对不对啊？哼，你想难我啊！"

在那年代蝉鸣的暑天，我家是人手一把扇子。大嫂心灵手巧，使用的是自己将麦草染成彩色后，编成葫芦形各样美观的扇子，在有的扇面上还掇上几朵香气四溢的玫瑰花，扇动时带有自然香味。爸爸用的是从货郎担上一个鸡蛋换一把的蒲草扇，这扇又轻又软，轻轻一扇，就带有蒲草的香风。最金贵的是二哥用的那把黑色白描花的纸折扇，我很想玩一下，可二哥像护宝贝一样，怕我玩坏。晚上，一家人在月下纳凉时，各摇手中的扇子，既扇凉风，又能驱赶蚊虫。待我偎在爸爸身旁睡觉时，爸爸就用蒲扇轻柔地拍我身上，在爸爸的呵护下，我度过了无数个童年炎热的夏日夜晚。

妈妈用的是一把大芭蕉扇，她考究地用花布条镶了边。扇面上绣有一枝牡丹花，很好看。这扇面大，风力强，凉风大。那年头，买一把芭蕉扇，在家乡算是一种时尚。妈妈也不常用这扇子，多供客人用。有人来走亲戚时，妈妈就叫拿上这把扇子。妈妈带着我去大姨家时就曾用过这把扇子。那年我6岁，在头茬甜瓜熟的时候，妈妈穿上平时在家舍不得穿的纯白洋布褂子、黑洋布裤子、雪白的袜子、黑布剪口鞋，头顶着自染的靛蓝底起白花的土布手巾，左臂挎只装有甜瓜的竹篮，右手持把芭蕉扇子。田间的庄稼葱绿翠翠，路旁边的小虫飞跳着。身穿崭新的蓝布褂裤的我一路手舞足蹈。妈妈时不时用那把扇子为我遮挡炽热的太阳。

后来，家乡的集市上有卖大家喜欢的芭蕉扇，价廉物美，麦草扇和蒲扇从此无影踪了。20世纪80年代初期，电风扇开始走进了普通农家，芭蕉扇也就"退居二线"了。

妈妈珍爱的芭蕉扇虽远没有大户人家的金扇、银扇、玉扇那样华贵，也没檀香扇、绢扇那样秀雅，但它也属四大名扇之一。老家乡下说四大名扇是杭州的檀香扇、苏州的绢扇、肇庆的牛骨扇、新会的芭蕉扇，还有一说四大名扇是牛魔王的铁扇、诸葛亮的鹅毛扇、相声演员的纸扇、老百姓的芭蕉扇。我突然就理解了当年妈妈为何那么珍视她的芭蕉扇子了。

  如今我自己的家里尚有三把芭蕉扇，是前年暑天去游皇藏峪时在路边碰上的，我爱人高兴，一下子买了三把，回来客厅里放一把，房间床头各放一把，随心就拿起扇子扇扇凉风，挥扇扇风自娱自乐。据讲人扇扇子的时候有利于人的身体健康，此话有理。摇扇使人的手、腕、肘、臂、肩胛甚至腰部的筋骨都得到活动。虽然它土气，但它有些作用，是现代化空调是无法替代的。要我说，扇子不仅可以扇凉、驱蚊，是装饰品、收藏品，还是锻炼身体的体育器材。

  人们的生活水平，就像芝麻开花节节高，生活越过越美好、越过越幸福。现在好多人家都安装了空调。我家也每个卧室都安装了空调，但我记忆中的炎热似火烧的夏日，用来扇凉风的扇子，不时在我脑海里浮现，难以忘怀。

幽静河畔

幽静的荷塘

我家住在宿州市埇桥区淮海南路恒馨·三里洋房小区，小区占地面积近百亩。小区共建有 9 栋 7 层至 11 层楼房以及 3 个大车库，还有公共设施、物业管理公司人员办公室、棋牌室、门卫室以及多处体育活动设施。小区居住 300 多户人家，居住人口 1000 多人。小区中间建设有占地面积约三亩的院中荷花池塘，铺设绿道多条，还建有过荷塘的栈道、亭榭。荷塘及连荷塘的小渠两岸栽有垂杨柳、月季花、牡丹花、玫瑰花等各种植物。

荷花池塘在小区院中间，呈扇形向西南散开，是建小区住宅楼时人工挖就，小而精巧，幽静自然而妩媚。

天蒙蒙亮，四周建筑都蒙了一层白白的云雾，时隐时现的，透着一层层亮光。太阳似乎要出来了。顺着绿道走到花草簇拥的美丽的地方，四周被垂柳环绕，郁郁葱葱的，中间是占地面积约三亩的一汪水池荷塘，仿佛像一块明镜镶嵌在小区中间，这里就是三里洋房小区院中的荷花池塘。

清晨漫步于小区荷花池塘上的栈道上、绿道间，看碧波荡漾的池塘中那摇曳的碧绿身影，一股纯净清香的荷花，花香四溢，让人不禁沉醉在这一片荷塘美景之中。

听岸边柳树上的蝉鸣，闻荷塘中的蛙声，赏荷花。荷花池塘里，有粉色的、红色的、紫色的、淡黄色的、白色的荷花竞相开放，院中盛开的月季花等与荷塘中荷花互相辉映，荷叶田田，荷花飘香。给宁静幽悠的荷花池塘，增添了勃勃生机。

走在荷塘岸边，使人心情顿时开朗起来，蹲在荷花池塘边仔细观察：荷塘池水很清，水草青青，清晰可见，池水似乎是在清风吹拂下随风荡漾，晨风吹过，池水荡起了悠悠细波，轻轻柔柔的、细细长长的，宛如少女的青丝，那样的温柔，那样飘逸清新，那样地让人牵挂。鱼儿很开心，慢慢地游着，摆出各种各样的姿势：那边几条把头露出水面，似人的仰游，优哉游哉；这边一群用尾巴搅着清波，来回穿梭。太阳出来了，池塘鲜亮起来，鱼儿更加活跃，有的甚至跳起来，溅起的水花银白银白的。

池塘岸边嵌着岩石，岩石向外是垂柳。从年轮上看，垂柳有10年的岁月了，皮质黝黑，枝梢披散及地；叶儿碧绿，枝条随风摆动，芊芊婀娜，风情万种。鸟儿在树上，有的占据枝头独自歌唱，有的双双在空中飞翔，有的在树层中穿梭来往。

垂柳下面是一圈鹅卵石铺就的小路，弯弯曲曲，绕池攀缘，路边是花圃，红白相间，竞相娇艳盛开，草坪是镶嵌在所有的空隙之间的，轻盈蓬松，脚踏上去，有踩在海绵上的感觉。

不一会，晨曦完全铺开，太阳终于升起来了，垂柳似乎被露水洗过，叶儿绿得要滴出水来。鸟儿有些累了，渐渐地趋于平静，池水熠熠闪光，水上笼罩着淡淡薄雾，五彩缤纷的金鱼儿跳得更欢了，跃出水面的鱼儿被太阳照得发出了亮光，露出水面的荷叶、荷花上，竟然被早来的蜻蜓盘踞。整个池塘鲜活而美丽。

　　自然是美好的，生活是多彩多姿的，在阳光的照耀下，它们无忧无虑、无牵无挂，一切来源于自然，一切融于自然。我们的人类能如此吗？我想是能的，这一切都取决于人们的生活心态与对美丽生活的向往。至此吟诗一首，以表心情：

　　　　洋房三里荷塘悠，五彩金鱼众畅游。
　　　　两岸堤边长树茂，荷花风吹满塘幽。
　　　　夏暑雨后凉风习，曲径通幽水颤流。
　　　　堤畔乘凉人攒动，聊天叙旧笑盈眸。

季夏之雨有感

七月，是酷暑伏热季节，一连多日炽热的太阳蒸烤着大地，让人夜不能寐，寝食难安。人们盼望一场透雨降降温，凉爽凉爽，驱赶一下暑热。

7月22日大暑的晚上，老天爷好像猜透了人们的心思，真的就下起大雨来。刚开始外面的雨淅淅沥沥，下得不是很大，不一会便哗哗地下起瓢泼大雨。透过窗子的灯光，看到外边的雨像断了线的珠子一般撒落下来，发出啪啪啦啦的响声，一会儿电闪雷鸣，刮起阵阵狂风，倾盆大雨从天而降。

夏天分为孟夏、仲夏、季夏。季夏是最酷热的时候，雨一开始下，空气是闷热的，热气往上升，一股子热潮在空中漫延，地表温度很高。刚下雨的时候感觉不到多少凉意，只感觉屋子潮湿闷热，浑身上下不爽，于是我起来推开窗户看外面的下雨情况，一股雨水随风飘进来，打湿了我的脸颊，感到格外凉爽。

看着倾盆的大雨，路上奔流的车辆在雨水中疾驰而过，听到了雨打树叶的清脆声；看到了乡村道路、城市街道雨水汇集，四处流淌的情景。

　　在我的印象中，雨在不同时节是不同的。春天的雨如同春姑娘似的轻柔，杨柳依依，淅淅沥沥。夏天的雨多是雷鸣闪电，大雨如注，来得急，走得也快，上午还是艳阳高照，中午或下午就是阴云密布，雨水倾盆。秋天的雨多是连阴雨，花叶飘落，一场秋雨一阵寒。冬天的雨有时夹着点点的雪花，发出雨夹雪的沙沙声，给人们带来更多的是寒冷。

　　我喜欢夏天的雨，夏雨大气磅礴，不拘一格，有时伴随着电闪雷鸣，狂风骤雨；有时晚上给你来个突然袭击，大雨倾盆，白天又是骄阳似火，晴空万里。

　　夏天的雨是暖的。我喜欢独自一人光着脚在雨中行走的感觉，细细品味雨的味道，是甜、是苦，还是涩、是酸。或在一个下雨的清晨，在路上慢慢行走，撑着一把伞欣赏路边的美景，看到树叶上的滴滴露珠，这时的雨对我来说是甜的；在前夜烦闷的心情中，一早醒来看见外面的瓢泼大雨，着急去上班，我会觉得雨是苦涩的。

　　在雨中漫步，滋润着心田，就是找寻生活的一种解脱，享受一种人生的乐趣。

　　早晨起来，雨还在下。我推门而出，忽然，几滴明晰的、圆圆的、亮亮的、大大的雨珠子，不偏不倚滴在了我的额头上，夏雨的凉意，从我的额头上闪电一般掠过我的身体，顿时掠走了多日的炎炎酷热，凉爽的雨幕就像是召唤而来的精灵，滋润着万物大地。我和家人跑到雨中，尽情淋雨、踩水，昂着头接受夏雨的凉爽，像顽皮孩童一般，是难得的惬意和兴奋。

中篇　家乡回忆

家乡的老榆树

又是一年芳草碧，绿莹莹的榆钱儿串满了枝头。随着年龄的增长，我老家的那棵老榆树总是日复一日伫立在我的心间，让我魂牵梦绕。

我的老家在安徽北部的宿州市埇桥区的郊区，地处黄淮海经济区国家小麦种植基地，那里住着我祖祖辈辈的乡亲。童年的记忆里，村前村后，屋前屋后总是围绕着许多的树，有柳树、杨树、槐树、椿树、杏树、石榴树、桑椹树等，当然还有直到现在我都叫不出名字的树。其实在农村那时候每家院墙外都站立着几棵这样那样的树，呵护着不富裕却踏实的家庭。在我老家院子的东南角伫立着一棵伟岸的老榆树，从我记事时它就高大挺拔，据我说父亲说这棵树已有六十多年的树龄了。它就像一把巨大的伞，福佑着树荫下几户老邻居，点缀着乡村的天空。60多年以来，这棵老榆树就像一个威武而又忠于职守的卫士，默默地守护着乡村的宁静。不怕天寒地冻，不畏冰袭雪侵，不惧电闪雷鸣，一直顽强地屹立在村中央。历经人世沧桑，阅尽人间春色。每次回到故乡，看到老榆树那熟悉的身影，漂泊的感觉霎时被乡土亲情代替，儿时的记忆刹那间从老榆树的枝叶里倾泻而出，归属感不由自主地涌上我的心头。

在我的印象中，每年快到清明时，就到了该吃榆钱儿的时候了。小时候一到这个季节，我早早就盯上了这棵老榆树，天天眼瞅着榆树身上的变化。随着天气越来越暖，路旁那几棵柳树、杨树早早发芽长叶，整个村庄也从淡绿的世界被春风渲染成深绿的海洋。这棵老榆树，也在春风的催促下，不紧不慢地苏醒着。一开始榆钱儿嫩嫩的小小的，开始在枝丫上探出头来，仿佛一夜间那一串串的绿绿的、圆圆的、扁扁的、香甜的榆钱儿就在我们的惦记中扑面而来了。随后的几天里这些榆钱儿也在家家户户母亲的巧手里，变成了饭桌上的美味，凉拌榆钱儿、蒸榆钱儿，榆钱窝窝、榆钱饼子、榆钱粥，常常令嘴馋的孩子们胀疼了肚皮。

榆树，是黄淮海平原极普通的一个树种。高大挺拔的枝干，粗糙的树皮，耐风耐寒，生命力极强。村里几位上了年纪的老人每每聚在这棵老榆树下时，都禁不住唏嘘感叹：这是咱们的救命树呀。在饥荒年月，别说这棵老榆树上的榆钱儿榆树叶曾经是大家非常向往的好东西，就连那坚硬的榆树皮，都是可以果腹之物呀！你看今天那老榆树身上的斑驳疤痕正是当年那个困难的年月留下的印痕。正是这棵老榆树，用它无私的奉献拯救了多少无辜的生命。我也常听母亲说，那年月，大家都挨饿，一冬天棉籽黑窝窝头吃的人咽不下也拉不出来，开春了，村里大街小巷的树都成了人们的食物，苦苦的柳芽和涩涩的杨巴狗都要硬往肚里填。这些榆树呀真是救命树，浑身都是宝。口感甜美的榆树叶和榆钱儿简直就是美食，最后连榆树皮都被剥光了吃到肚子里，一年又一年这棵老榆树依然顽强地活着，每年夏天仍然枝繁叶茂。后来年景好了，乡亲们都很敬重这棵不平凡的树，全村男女老少自发地精心呵护着它。每到傍晚，这里便成了小村的俱乐部。劳累了一天的人们或坐在露出地面的树根上，或坐在半截砖头上，唠着家长里短，说着酸甜苦辣，人们的乐趣和苦恼都收进了老榆树那深深的皱纹中。人对树是那样地依赖，树让人得以生存，树对于人何德之深啊！

近年来，随着国家惠农政策的进一步提高，村庄发生了天翻地覆的变化。村民们充分利用本地的资源，实施特色种植，发展了规模养殖，通过多种途径纷纷走上了致富路。小洋楼鳞次栉比，村村通四通八达。现代文明的气息充盈着整个小村庄，舒展在农民们的眼角眉梢。唯一不变的还是村民们对这棵老榆树的珍爱之情，依然那样浓。面对村庄欣欣向荣的新气象，老榆树看在眼里，乐在心里，如沐春风，更加枝繁叶茂，生机盎然。

每次回家，我都会驻足这棵老榆树下，怀着崇敬的心情伫立良久。抬头仰望着它那饱满如伞的树冠，用心抚摸它屡经风雨洗礼的脊梁，贪婪呼吸着它清香馥郁的乡土气息。老榆树呀，您与村庄同生共息，努力庇佑着这方淳朴的百姓。六十余年来，风霜雨雪中，您不移一步，站立着参禅般安静，默默地容纳着一切，又默默地奉献着一切。您的一生，就是一个乡下老人的一生，为了代代子孙繁衍生息，您饱经沧桑无怨无悔。老榆树呀，您才是天地间真正的立者。小时候，我不理解一棵树对人的意义，今天我明白了，做人就要像村庄里的树一样，不张扬，守本分。任他世事变迁，风来雨去。

家乡的烙馍

我家乡的人喜欢吃传统的面食，各种各样的白面馍，如酵母菌制作的发面馍、锅贴馍、油叠馍、花卷子馍、烤焦馍，笼蒸的水蒸馍，还有鏊子烙的烙饼馍，也叫烙馍。

各种白面馍我都爱吃，但情有独钟的是很薄很薄的鏊子烙的薄烙馍。鏊子馍，也叫擀的馍，也叫烙饼馍。以前在老家的人们，几乎人人都会制作它。

制作烙馍时，要有案板、小擀面杖、鏊子、挑馍的竹篾子等等炊具。制作烙馍的程序是：先和面，面和得软硬适中、制成长面剂子、然后再拽团一个一个的小圆圆的小面剂子，用手按两下，再用擀面杖擀饼、架起鏊子烧火、把擀饼放在鏊子上烙饼；烙饼俗叫"挑馍或者叫烙馍饼"，和面要和得软硬适度，达到"三光"的标准：面也光、盆也光、手也光，这是和面的起码的要求。面和好以后要醒一醒，然后用手拽成一个个小面团，叫作小面剂子，备用。巧妇能揪出大小一样的面团。

擀饼要把面剂揉圆按扁，放在两头细中间粗的小擀面杖下，娴熟的手劲，三推两推，随着小擀杖一来一回"呱嗒呱嗒"的节奏声，那面团在小擀杖下滴溜溜地团团转动。乒乓球大小的一团面，刹那间就成了一张直径30多厘米的半透明的薄饼，薄厚均匀、大小一致。巧妇们擀出的鏊子馍，大小薄厚就如一个模子脱出来似的，并且饼上没有一点干面粉。若上边干面多，饼就发黄，无卖相。

烙饼炊具鏊子是生铁铸成的，圆形，中心稍凸，边有三只初月形的或方形的矮脚。使用时，下面烧火加热，上面烙饼。

挑馍也是一个技术活。生面饼放在烧烫的鏊子上，必须不停地转旋、翻动——叫挑馍。挑杆是一根一尺多长、半寸宽的薄竹片。要一边加柴火烧鏊子，火必须大小要均匀；一边叮叮当当地挑馍。馍在鏊子上随着挑杆不停地转旋、翻转。饼快熟的时候，会先鼓成圆球状。熟手挑出的馍，馍熟透了，不青边，不焦煳，还有非常均匀的饼花，即浅黄色如粟米粒大小且均匀的小泡点。不仅好吃还好看，尤其是待客时，就要这样讲究。

一般擀、挑由俩人分工完成，娴熟的巧妇一人也可完成。案板上的面团逐渐减少，笊篱里整整齐齐的饼摞，渐渐增高。馋嘴的孩子们被香味吸引围着转。得到大人的同意，拿一张卷起就咬。真劲道！解馋！

鏊子馍卷菜的种类，有豆瓣酱、辣蒜泥、咸鸭蛋，有炒菜就更上档次了。若来了客人，就要用鸡蛋或肉丝炒豆芽、粉丝、菠菜、韭菜、茄丝、葫芦丝、瓠丝、胡萝卜丝、辣萝卜丝等。万不可用有骨、刺的菜。把菜摊在饼上，卷成一个卷儿，像吹火筒那样一口一口吃进肚子。

我家乡的人每逢农历"陆月陆",即农历六月初六的早晨,到棉花地里掐六枝棉花头嫩芽尖,切碎与芝麻、食盐,一起放进面粉里和成后,擀薄饼、烙熟饼,再放在灶洞里的灰火上慢慢烤干,脆酥香咸可口。老家人传说:"吃了含有棉花头的焦馍,就会一个夏天不拉肚。"所以,一般家家都做给小孩子吃。童年的我过完年就盼吃粽子,过完端午就盼六月六烙焦馍,吃过焦馍盼月饼。

每当夏季收完麦子的时候,去我的家乡,准能吃上鏊子烙馍或菜合子。每次烙鏊子馍时,我妈妈会在最后给爸爸烙一个菜合子,属"特贡"。菜合子味道鲜美,是由两张面饼中间夹上馅。馅是从菜园里新割来的、极新鲜的韭菜等。洗净晾干切碎,加入佐料,打个鸡蛋拌匀。在两张饼的中间摊匀,四周粘紧后放在鏊子上烙好这一面,翻过来再烙那一面。每烙熟一个,就把它放在一个用细秫秫梃子编织的笊篱里,上边盖一块潮乎乎的布,不让它散热。

我的家乡虽然偏僻,但能吃可吃的东西太多了,鏊子烙馍不算什么。可是只要小时候吃过家里的鏊子烙馍,长大后,尤其是老了以后,肯定会一再回忆。回忆什么呢?鏊子馍的讲究、制作技巧,或是准备和期待中的那种亲情。大人劝说、制止吵着急着要吃的小孩子们,眼巴巴的等待,最后说着闹着笑着吃完了,高高兴兴的,不知不觉就吃撑了。家庭的欢愉,真是用语言难以表达。

工作以后就很少吃到妈妈做的鏊子烙馍了。每次回家,妈妈知道我喜欢吃鏊子烙馍,头天晚上就张罗着准备鏊子、擀杖等。

现在，虽然在饭店、食堂也能吃到各种各样的烙饼馍，但是还是觉得只有妈妈做的鏊子烙饼馍最好吃，那里边带有妈妈的味道、包裹着慈母浓浓的爱。我还是向往家乡的鏊子烙饼馍，当我想起家乡时，在我的脑海里的家乡的鏊子烙饼馍便不时浮现，久久难以忘怀。

静静的运粮河

我家的北面有一条汴河,而家的东边不远处,还有一条小河,这就是运粮河。运粮河两岸杨柳翠绿,繁花似锦,河水静静流淌。

汴河又叫隋唐大运河,小时候就听了不少关于它的奇妙传说,也时常会在脑海中浮现古代浩浩荡荡的龙舟经过时的壮观,而运粮河却一直如一个谜团,藏在我的心头解不开,问大人这条河是来自哪里,又流向哪里,大人也只是含糊其词地说:来自北方,流向南方。

直到我后来搬家到三里洋房小区居住,小区东边200多米处紧傍的正是运粮河,运粮河也正是自北向南流到了这里又南下的。运粮河的整体流向是从濉河自北向南穿过宿州的城区,到达浍河,再由浍河流入淮河。

2012年,清水工程作为宿州市政府的十大惠民实事之一开始实施。清水工程对环城河和运粮河河道进行了河道清淤疏浚。由于政府污水治理得好,河水没有受到污染,水质也较为优良。特别是清晨,阳光穿过河边的柳树林,投向水面,清波潋滟,紫雾缭绕，白鹭成群，或盘桓于天上，或栖息岸边，恰如一方世外桃源，给人别样的宁静与情调，那微风中涌起的微微涟漪，如婴儿浅笑的酒窝；而那流淌着的哗哗的河水声，又如待字闺中的处子，轻轻呼唤着她的心上人来迎娶。

我喜欢独自漫步河边，驾一叶思绪的扁舟，一会溯源而上，一会又顺流而下。通过查找资料，探根求源，我揭开了运粮河扑朔迷离的面纱。运粮河其实并不长，从源头到入浍河口的不同河段，加起来也仅有 20 多公里，它北起苻离集的濉河，运粮河向东流了大约 5 公里就转向南下，到了宿城西北角注入环城河与汴水交汇，再沿西关城河浩浩荡荡地流向东南，绕道环城河南下进入蕲县镇的浍河然后注入淮河，自北向南温顺地流淌。

据《宿州志》记载，宿州它在隋、唐、宋三代，是"运粮河"的重要码头，在向这条黄金水道上供给粮食，运往京师。宿州运粮河的主要功用是运粮，辅助功能是运兵作战。宿州市南、北运粮河源源不断地向宿州地区供应粮食。

运粮河的温顺，归功于控制着运粮河水位的一小一大两道闸门，那是宿城南关的环城河闸和蕲县镇的浍河闸，两道闸都修建于新中国成立后，两道闸控制着运粮的水位。运粮河的长度虽然远比不上古汴河，但它那清清的水面掀起的波澜中，也蕴藏了悠久的历史和文化，自古及今也在运输粮食、运蔬菜以及农副等土特产品、灌溉、养殖、排涝等方面为宿州的经济发展发挥积极的作用，贡献了力量。

近些年来，随着地方经济的飞速发展，运粮河这名处子，她终于走出了她的"闺房"，揭去了朦胧的面纱，焕发了光彩照人的容光。宿州市政府在二环路所经过的运粮河的水面上架起了一座大桥,这使得运粮河越发令人神往。紧接着在运粮河流两岸建起了运粮河公园,运粮河公园位于宿州市城南,属于滨水公园,它是周边市民休闲锻炼的主要场所。运粮河公园园内,将功能区与滨水设置的阶梯式观景台、游步道、亲水木平台等进行了有机整合。配套设施有坐凳、垃圾桶、指示牌、健身器材、户外的演奏小广场、驿站等。照明设施系统将灯具分为地埋灯、草坪灯、河道LED灯带、投光灯、广场灯五个类别,着力打造从道路进入广场、绿地及滨水的丰富夜景。疏通了河道,砌起了石岸,亮化了水面,而更可喜的是在运粮河两岸修建了绿道,建立了运粮河水利景观带,供市民们,休闲、游玩、散步。

记得有一次我和朋友闲步运粮河,朋友指着这片水域,由衷地感叹道:"汴河与运粮河的交汇处,二龙抱珠,气势非凡。"我不解地问:"那珠呢?"他向宿州城方向噘了噘嘴,我顿时恍然大悟,那珠不正是古老而亮丽的宿州城区嘛!自小到大对运粮河的款款深情,让我也时常不由自主地拿起笔来,探究它的那悠久的历史,赞美它那诱人的灵气,讴歌它那母爱般的柔情。最后,就用本人的一首《五律·运粮河》诗句,作为对这份深情的诠释:

运粮河水静,来北勒狂缰。
波细朝霞映,茵茵翠柳杨。
凉亭生古韵,水榭起柔光。
惜别流淮去,人文一路扬。

中篇　家乡回忆

漫步小河畔

我回老家探亲访友，吃过晚饭，漫步在小河畔，夕阳已西下满天彩云如画，夕阳的霞光下，小村庄的房屋上、河边的小树上、路边的草丛上，都披上了一层耀眼的金黄色的纱。轻风夹杂着水草淡淡的腥味，亲吻着脸庞，使我不由自主地想起很多年以前和父亲一起在这河边垂钓的情景。

父亲那时使用的钓鱼竿是他自己用竹子加工而成的；鱼线、鱼钩、浮漂子都是手工穿上去的，鱼饵则是挖的活蚯蚓连泥土一起用个罐子装着，挨着小板凳一起放在河岸上。

父亲通常会在河岸边插上三四根鱼竿，然后坐在小板凳上观察浮漂的动静。我开始也沉得住气跟着父亲一起盯着浮漂，眼睛都不敢眨一下，生怕眨眼的工夫鱼就把鱼饵咬着吃了跑掉，时间长了，眼睛酸痛了，耐心也没有了，就自己跑回家去了。当我走到马路上看父亲时，他还是一动不动地坐在小凳子上望着小河面。

我也是钓到过鱼的，当时我去河边，就看见有一根鱼竿在一沉一仰地闪动，浮漂已看不见了，我赶忙提起鱼竿收着鱼线。可感觉鱼线那头沉甸甸的，拉不动，我往后退了好几步，猛地一提鱼竿，一条银白色的鲫鱼被我钓了上来，"啪"一声摔在草地上，活蹦乱跳。我激动得心都快跳出来了，手忙脚乱地抓住那条鱼拉着鱼线一扯，就把那鱼钩拽脱出来了，只是鱼嘴巴被扯了一个小缺口，然后我把鱼放进桶里面，也没想过鱼会不会疼，只欣喜地看着自己的战果，心里是满满的高兴。这是我第一次钓到鱼，也是最后一次。之后跟着父亲钓过几次都没有结果，慢慢地我对这种守株待兔式的钓鱼方式就失去了兴趣，也不再跟着父亲一起去钓鱼了。

我徜徉在夕霞的阳光中，天像海水一般的蓝，清凌凌的河水在阳光的照射下闪耀着金珠般的光芒，照耀得我双眼迷离。脚下宽敞的水泥路，仿佛变成了青草萋萋的田间小路。那蜿蜒曲折的小河两岸，都是错落有致的水稻田。村民们正在田地里插秧，卷着裤腿弯着腰，不一会就把泥黄色的水田描绘上了一片嫩绿色。

前面就是村头的小桥了，我小时候都叫它"小石桥"。那时小桥头有棵很大很大的老槐树，在祖辈们的记忆里就一直生长在那里，谁都不知道它的年龄。我们记住它的时候它已经处在了垂死的边缘。可能它太老了吧，树心早已被蚂蚁和各种虫子钻空了，雷也老是把它生长的新枝给劈断，所以它在我们的记忆里只是一截会长树枝的大树桩。不知道它是什么时候被人砍掉的，如今在桥的两旁早已是绿树成荫，大树桩只能在记忆里了。

我踏过小石桥，顺着河岸往下走便到了庙台子。我也不清楚人们为什么会把这段河叫作庙台子，这是一段高而平坦的地方。

很多年前河两边依然是农田，因为地势高，夏天发大水，庙台子两边的田地都被淹没了，而庙台子这一段的庄稼长得特别旺盛，每年发洪水的那几天，大人带着我们总是站在马路上观望那一片长势旺盛茂密、绿油油的庄稼。

此时此刻我走在整齐宽敞的河道上，再也找不到丝毫被洪水冲刷过的痕迹。河道的改造已疏通了河水的流向，庙台子两边已建成了新农村的一排排整齐的小楼。一条马路穿过小石桥的位置与两边的河道形成了十字交叉的结构。

或许是我离家太久的缘故吧，踏上了故乡的这片热土，就不忍再离去。花草意浓树木情深，多想与村庄为伴，绿水相依。我驻足在小河畔，消逝的岁月随着河水流向了遥不可及的远方。伸手触摸不到往日的忧伤，那些属于青春独有的忧郁深埋在脚下的泥土里。那些带着露珠的野草，就是过往蹉跎岁月的痕迹。

幽静河畔

细雨中漫步

春暖花开的四月的天气像极了小姑娘的脾性,阴晴不定,回寒倒冷。到了晌午的万里晴空变脸似的骤暗,豆粒大小的雨点儿被风裹挟而来。碧空如洗的晌午又怎会让人想到要带伞?看着周围匆匆忙忙的人群,我才意识到大家皆如此。不想淋雨的我亦加入了这浩荡的队伍,跑到邻近的屋檐下躲着,但雨还是被那细风刮了进来。

我随意地拍打着已被淋湿的头发,抖擞着想让身上的雨点脱落,却不由打了个哆嗦,寒意涌上心头。发觉雨中已少了许多人影,我决定开始下一段的"细雨漫步"。我不紧不慢地走着,忽而看见边儿上有扇铁门,那泛红的铁锈倒是给它增添了些许年代感。不过,更让我注目的是缠绕在铁门上的带刺的绿色翠翠的枝蔓,枝蔓上开着一朵朵鲜红的小花,大概是蔷薇吧。

我驻足停留,在雨里的沾上水珠儿的蔷薇说它艳丽而不免有些俗气,说它幽雅而却又少了分活力,思来想去,不如说它娇柔。我定眼瞧着那簇蔷薇,不由发了神。这便是他人口中的"雨中至美"么？确是有那么点儿味道了。我又朝着红色精灵们迈了两步，这红丝绒般的花瓣儿着实惹人爱怜，花蕊散着的甜腻香气，像一把扇子似的在我的心头舒展开来。幸见此番美景，我却不合时宜地想：盛开时如此明丽，花落的时候又会是何种景象呢？

霎时身前闪过一抹红色，想是不堪那雨水的重负，这朵蔷薇从枝蔓上脱离下来。望着这跌落的一抹鲜红，想到人们总是为花开欣喜，为花落惋惜，欣喜盛开着的，惋惜凋落了的。人生在世，当宠辱不惊，看庭前花开花落；去留无意，望天上云卷云舒。

这与在《岳阳楼记》中的"不以物喜，不以己悲"也有着异曲同工之妙，不因外物的好坏和自己的得失而或喜或悲。再繁华的花事终会开到荼蘼，再漫长的人生也会面临着结束。与地面亲密接触着的这朵蔷薇，依旧是耀眼的殷红色，不必去感慨它的凋落，不必去思考它是否枯萎。

诚如处于人生的暗淡时刻的你我，当泰然处之，静观其变。遇到不如意的人和事，我们不妨提醒自己："心中有花在，自然会盛开。"掉下的蔷薇无法回到枝头，衰败的鲜花无法重拾色彩。

人生在这世间，何必纠结已经发生而无法挽回的事情，眼光要放长远，不向前看，怎会发觉远方的意外之喜？我们都要有"悟已往之不谏，知来者之可追"的觉悟，这才是我们该有的处世之道。

空中还是飘着些毛毛雨，我缓过神，目光从这地上的红色蔷薇上移开，继续优哉游哉地在微雨里款步而行。在细雨中漫步，感到空气是那样的清新。因为这空气，经过细雨长时间的稀释，嗅不到晴日里那种汽车尾气的烟尘味；经过细雨的吸附，也呼吸不到白日里那偶发的雾霾。在细雨中漫步，是一种悠然自得，是一种赏心悦目，是一种别样情趣。那种感觉，无言以表。我继续在细雨中漫步，雨滴敲打阳台棚顶的"叮咚"声，砸在石子小道上的"噼啪"声，雨丝摩挲树叶的"沙沙"声，以及洒在水面上的"哗哗"声，林中鸟雀的"啁啾"声，加之我脚步的"嚓嚓"声，交织成一曲动听的交响乐。河面上铺展的那一幅沙画，不时地变幻着线条和画面，美轮美奂。我听着，看着，陶醉得不能自拔。

四月的天，是多雨的，四月的风，是飘逸的，四月的花，是含苞待放的，四月的人，是风情万种的，四月的雨不仅诱惑花蕊，也蛊惑人心，可躲过娇艳的晴天，也可逃过悍然的霹雳，我也难舍这雨，因为，是雨见证了我的一切。雨中漫步，掺着一份沉甸，露着一些洒脱，透着一丝唯美，全凭自身去感悟，不是吗？

中篇　家乡回忆

我家乡的雨

> 我一直很喜欢家乡的雨天，觉得雨给人带来的是悠闲的感觉，这是很久以前的事了。那时我还生活在我的家乡——淮北平原，一个无拘无束的环境中。
>
> ———题记

我一直很喜欢家乡的雨天，觉得雨给人带来的是悠闲的感觉，这是很久以前的事了。那时我还生活在我的家乡——淮北平原，一个无拘无束的环境中。

我家祖祖辈辈都生活在那片土地上，和许许多多生活在那里的农民一样，都靠着土地吃饭，过着日升而作、日落而息的生活，即使不是农忙季节，还是闲不下来。地里的庄稼是需要时时照看的，要经常进行田间管理，如果说真的有空闲的日子，那只有下雨天了。

家乡的雨，在夜里下，在白天下；在农闲时下，农忙时也下。你听，雨打瓦楞的声音，时而淅淅沥沥，时而噼里啪啦，轻重缓急，自有一份悠闲。不仅雨下得悠闲，人的心也跟着悠闲起来。

如果家乡的雨在夜里下，劳作了一天的人们在半梦半醒中听到夜雨敲窗，总会舒心地翻个身，再次安然入睡。人们梦中满眼青翠的庄稼苗正在茁壮成长。第二天迟迟醒来，一边咕哝着"雨还在下呢"，一边却满心欢喜地希望雨继续下。毫无理由的闲着对农民来说是件奢侈的事，或者说是件不太愿意的一件事，但是因为家乡的雨，一切都理所当然了，在天气不好的日子里，就是心安理得的休息日。在时急时缓的雨声中，慢悠悠地做饭、吃饭，然后还是不愿意离开饭桌。于是一家人依然围坐在桌边东一句西一句地聊着家常。如果有谁提一句"中午包饺子吃吧"，立刻会得到大家的热烈响应。在我的家乡，饺子是美味佳肴，可也是顿最麻烦的饭。所以每次母亲说要包饺子吃，我都举双手反对，母亲就说："你不是不想吃饺子，你是太懒惰了，你是不想干活。"确实如此，洗菜、剁菜、拌馅、和面、擀皮，然后还要一个个地包起来，为了吃一顿饺子，人们要花费一两个小时，太麻烦了。不过下雨天就无所谓了，外面的雨一直下着，天也一直阴沉着，就好像这一天不知何时结束一样，有充足的时间任由你打发。再说了，一家人们围坐在一起，一边慢慢地包饺子，一边拉家常，也是一种享受。

如果家乡的雨是白天下的，也别有一番趣味。人们觉得刚刚还是晴空当头，忽然就飘过几片乌云，刮起了大风，大家就知道要下雨了。于是赶紧停下地里的活，一个个急匆匆地往家赶，并不是怕人被雨淋着，农民每每风里来雨里去，才不怕淋点雨呢，主要是惦记着家里晒在外面的衣服、粮食、干草等,还有拴在田野里吃草的牛羊。伴着几声雷响,落下了几滴雨点,这时候就热闹起来了,拴在树上的牛羊一个劲地想挣脱绳子,躲藏起来,而且叫声凄厉,一声紧着一声,把绳子挣得直直的,一圈接着一圈地绕着树转。腿快的孩子跑过来,解开了自家牛羊的缰绳,牛羊们就像比赛一样,憋着劲地向前冲,拽得后面的孩子跑得直喘粗气。如果这时正巧又落了几滴大雨点,这一切又显得更加急切。牛羊归圈了,衣服收好了,干草也进了锅屋,一切都收拾妥当了,家乡的雨下得也大了,村里的人们也就安静下来,大人小孩子都站在门前看着雨一路倾盆而下,牛羊也站在圈中迷茫地看雨,又恢复了它们傻呆呆的模样。

我记得有一次农忙时节,我家正在场上打麦子,骄阳似火的天空突然就响起了雷声,只见远远的天边慢慢变黑了,于是大家开始忙碌起来。我母亲对我父亲说:"快下雨了,别打麦子了。"当时我父亲正坐在拖拉机上,拖拉机后面拖着个石磙子,一圈圈地绕着场碾轧麦子。他抬头看看天上的太阳说:"这雨离这儿起码还有好几百里路呢,还远着等轧完这遍再说,不碍事。"然后他就开着拖拉机继续在场上绕圈子。想不到这次的雨速度太快,一顿饭工夫不到,又白又密的雨点就哗哗啦啦倾倒下来。等到各家收拾停当,赶过来帮助我家时,我家场上的麦子已经顺着地上的雨水四处流淌了。而大爷大妈、姑姑嫂子们只好一个个蹲在场上,用手把麦子一点点收拢到一块儿,不过大家都笑哈哈地说"老天淋,老天晒",我父母亲听了也在笑。下午照样待在家里闲着,父亲看了会电视,然后呼呼睡到天黑,母亲找了几件旧衣服,缝缝补补了一阵也睡了会。好像中午麦子没有淋雨一样。不过这次以后，农忙时遇到雨天，母亲就多了一句打趣父亲的话："急什么，这雨离这儿还有好几百里呢！"说完大家都笑。

如果家乡的雨，在炎热的夏天下，只见窗外下着瓢泼大雨，黄豆粒儿般的大雨点，不停地落下来，打在窗户玻璃上，噼里啪啦的，我真担心玻璃会被打碎。小树在风中摇摆着，一会儿被风压弯了腰，一会儿又挺起来，好像在与狂风反复较量着。雨点落在房顶上，溅起珠子，渐渐地连成一条线。地上的水越来越多，汇成一条条小溪。天空黑沉沉、阴森森的。闪电像一把闪着寒光的利剑，在天空中飞舞，一个接着一个闪亮，把大地照得如同白昼一般。震耳欲聋的雷声不断地在我的耳边响起。天地白茫茫的一片。

现在，我已经离开家乡好多年了，身居闹市之中，再也不会欣喜地期待下雨了，更不会觉得城市的雨给人带来的是悠闲的感觉。每每下起雨来，我就担心上下班的路该怎么走。各种车辆拥塞，在雨中令人焦躁不安，一个个坐在公交车上的人们，奔跑在各站台间的人们再也不能从从容容。有时望着窗外的雨，就会不由自主地想起家乡里来，家乡也下雨了吗？小小的村落是否又静静地沐浴在雨中？庄稼是否在雨中悠然地生长？男人是否三五成群地围坐在一起，打打牌，聊一聊年景？女人们带着孩子，东一家西一家地聊家常，时时爆发一阵大笑？如果我还在家中，或许正坐在窗前捧着本闲书，随意地翻看着几页，过不了多久就会在雨声中甜甜睡去，也许梦中也下着雨，门前的月季节正落红满径；也许醒来时，就能吃到鲜美的饺子，但家乡的雨还在不停地下着。

中篇　家乡回忆

家乡的炊烟

我家乡那一缕缕升腾的炊烟，缭绕着我家乡的小河岸边的小村落，它是母亲的爱，是盼着远方儿女的情。

——题记

在我儿时的记忆中，故乡的炊烟总是飘满整个屋顶，或带着感伤深沉地漫步，或浅浅地在眼眸中远离，或直悠悠地往天空冲去，或左摇右摆地舞蹈。前不久，我看见了老乡家厨房的炊烟，它使我想起了我的家乡，特别是我家乡的炊烟，也如这样一缕缕的青烟，既温暖又深沉。

还记得老家屋顶那缕孤独的炊烟，母亲总是很早就起来给我们准备早饭，天刚蒙蒙亮，屋顶已被炊烟笼罩，现在对母亲的怀念，只有深深埋在心底，我的母亲是天底下最勤劳的女人之一。

清晨，半睡半醒的炊烟从老屋的烟囱里缓缓升起，老屋不大，是典型古老的土木结构，人字型横梁慵懒的躺卧在那，四角紧紧被淡黄色泥墙包裹，历经几代人仍顽强而屹立，这是我爷爷那代人的杰作,现在这储土舂墙架木成梁的手艺已随着科技进步而渐渐被淡忘。有时,清晨的炊烟,常常是要在烟囱中转悠几圈才向屋顶跑去的。但有时候,大风也会把炊烟从烟囱中裹回至老屋里,浓浓的炊烟常常在老横上绕几圈冲上屋顶,把老横梁熏得乌黑,这也是老横梁它屹立的原因,浓浓的炊烟就是老横梁的防腐剂……

晨风吹过,炊烟便乐滋滋地往老屋前飘去,老屋前是一块菜园,家乡一年四季的蔬菜瓜果皆出于此,绿油油,香喷喷,滋养着我们一家人,从未迟到。园中夹杂着几棵老桃树,每到这个季节,红油桃挂满枝头,像少男少女恋爱时害羞的脸蛋,这可是我儿时的最爱,老桃树见证了我的成长。我儿时常常调皮地站在父亲的肩上去摘桃,父亲的肩膀是如此的硬朗,一直托举起我的人生。甜中带酸的桃子现在想起依旧让我垂涎,不知老桃树是否已老去?是否还是硕果累累?它是否在等待着我回去?

我家乡的炊烟拂过菜园便在乡间欢乐调皮地起舞,一阵风过后便消失在云雾中。家乡的炊烟,护佑着我们幸福温馨的一家人。我儿时,生活在那充满欢乐的年代里,没有太多的悲伤,没有太多的烦恼,但是,物是人非事事休,现在却有太多的怀念与感慨,它就像站在桃树下的我,忘不掉那味道,感受不到那份记忆,只能深藏起来,慢慢回忆。每当深夜,母亲便出现在我的梦里,晨曦中生起火炉,滚滚青烟懒洋洋升上屋头,她常把红薯烧给我吃,把一碟碟香喷喷的小菜端到桌上,把菜园子打理得井井有条,蔬果飘香。那时,我是天底下最幸福的小孩。

我家乡小河岸边的小村落,傍晚萦绕着饭菜的香味,各家各户的烟囱陆陆续续地飘出炊烟。大孩子们在厨房里与父母共同准备饭菜，小孩子在房前的空地跑来跑去。铁铲与锅的乒乓声，菜入热锅的滋啦声，使人不禁垂涎。隔壁见了炊烟，便知要吃饭了，于是匆匆下厨，生火切菜，由此一家开饭，一家子围坐一桌，边吃边拉家常，时而招呼路过的人进来。这炊烟没有散，同饭香缱绻在人们心中。白发亲娘在门前望着远方，游子正从大道上飞奔而来。厚厚的炊烟环绕着小河岸边的这座小村落，如母亲怀抱着孩子。

我家乡的炊烟使我永远无法忘却，就像母亲的样子，总会在我的梦里浮现。家乡的炊烟如母亲般怀抱着大地，环绕、保护、照顾着人们。在缥缈的炊烟下，每一缕炊烟都是温暖和娇柔无比的母亲的气息。

家乡过年磕头

家乡有过年磕头的风俗。据民间相传，古时候有一种叫"年"的怪兽，它的头长着尖角，凶猛异常。"年"一直深居海底，在除夕的时候就会爬上岸来吞食牲畜、伤害人命。因此每到除夕，大家都扶老携着幼，逃往深山，以躲避"年"的伤害。直到有一年除夕，大家像往常一样逃离村庄的时候，有位白发老人留了下来。当"年"准备闯进村子肆虐的时候，突然传来一阵爆竹声，"年"浑身战栗，再也不敢进村了。然后那位白发的老人身披红袍出现在"年"的面前，"年"竟然仓皇而逃了。原来，"年"最怕红色、火光和爆炸声。从此以后，每到除夕，家家户户都贴红对联，燃放爆竹，户户灯火通明，守更待岁。最后转变成中国最隆重的传统节日：过年。而行磕头礼是对保护我们的长辈的感谢，久而久之，过年的时候就会向年老的长辈行礼磕头，向祖先行礼磕头，逐渐形成了过年磕头的风俗。

我小时候天天盼过年，盼着添新衣服、吃肥猪肉、放小鞭、看耍小龙船。那时候我家乡的冬天很冷，特别是过年前后几天，正常在-10℃左右，河水结成厚厚的冰，每户人家都在离自家最近的河边砸个圆圆的冰窟窿，用于生活取水（那时的河水清洁卫生）。小朋友们从冰窟窿的边缘看到冰很厚，会在冰上玩，进行滑游刺、打陀螺比赛，虽然不正规，但其乐无穷。开心的事太多太多，举不胜举，其中最激动人心的事情，当属"过年磕头"了。

我小的时候，家乡的村里5至10岁左右的小孩，大约有四十多个，年初一对于我们来说最重要的事情就是磕头。按理大年三十晚要守岁，但因为第二天要早起磕头，一般大人早早就叫小孩睡了。

我记得每年大年初一，天还黑蒙蒙的，北边大爷家的小欢子姐妹就来到我家磕头，这时我家大人就会赶我们起来。奶奶在世时，我们起床头件事就是来到奶奶床边，双腿跪下，喊声："奶奶，给您磕头！"奶奶喊着我们的小名叫快起来，这时还不能立即起来，需要停留两三秒，以表诚心，给奶奶磕完头后，大人就催促赶快出去磕头。

我们村子基本上都是姓王的，磕头几乎是家家到，从最近的人家开始，首先大婶家，喊声："大叔、大婶，给您磕头！"还未有完全跪下，就会听到"快起来"，这时我们就会顺势起来，反正磕头是假，想要东西是真，大婶会叫我们到她家大桌边，拿大约10片左右的大云片糕，另加一大捧花生，这是我们磕头收到的最大礼物，其分量相当于其他家的几倍左右。

对于其他远房的小孩，大婶家也很客气，虽然给的比我们少点，但与我们村子其他家相比，给的分量肯定是最多，小孩磕头,可以漏几家,但绝对不能漏大婶家,不能说其他人家小气,因为他们家情况与大婶家没法比。在我们的磕头人群中,有一个和我们年龄差不多但长我们一辈的,叫二杏叔,每年也出来磕头,每到晚辈家,他也不吭声,也不磕头,就站在人家门后,等人家给东西。

在磕头的人群中,少不了一些淘气包,如谁家给的是爆米花,会把爆米花洒在人家门口,有的还会编顺口溜奚落人家。在磕头的过程中,可以拾到好多未引燃的小鞭炮,这是磕头最好的副产品。

十岁到十三四岁的孩子,一般是不出去磕头的,不好意思再向人家要东西了,但到了十四五岁,又开始正儿八经地出去磕头了,但磕头的范围要大大缩小,一般给在自己家老爷爷辈分以内的长辈磕头。

我记得在上初中后,我每年大年初一,天蒙蒙亮,家里大人就撵我们到几个伯叔家磕头,这时磕头不是磕了就走,必须要等一会儿,和长辈们聊几句话,然后我们才能到另外一家。

在我参加工作以后,也常常回家,有一年我问父亲:"现在我们村子过年还有人磕头吗?"父亲告诉我说:"现在村里过年磕头的少了,小辈犯上的事经常发生。"这不由得引起我对磕头风俗规矩的向往。现如今,规矩已经没有那么讲究了,过年磕头大多是走个过场。磕完就走,很多老人也阻止孩子磕头,说人到了就是磕头,但年毕竟是要拜的,老祖宗的东西还是要继续传承下去,这既是一份孝心,也是一种流淌的文化。

家乡的红芋

我的家乡坐落淮北平原，安徽省宿州市埇桥区城东北十多公里，新汴河的南岸。这里有广阔的黑土地，现在是国家小麦等粮食作物生产基地。我小时候就生活在新汴河南岸的小村落里，这片黑土地上自古盛产红芋，祖祖辈辈靠着红芋生活。在那艰苦的日子里，人们曾流传着个顺口溜："红芋饭呀红芋馍，离了红芋呀不能活。"在这片土上养活了一代又一代的朴实无华又真诚的农民。

红芋又名红薯、甘薯、甜薯、地瓜，属管状花目，旋花科，一年生草本植物，茎秆长达 2 米以上，通常匍匐于地面上，叶片通常为宽卵圆形。明代著名中医学家李时珍在《本草纲目》中记载红芋有"甘薯补虚，健脾开胃，强肾阳"之功效，并说海中之人食之长寿。中医视红薯为良药。红薯是一种生命力极强的植物，好种易活，耐干旱。

俗话说："沙地里长萝卜，黑土地里长红芋。"意思就说是土质决定这两者的产量和质量。河湾上的沙土地长出来的萝卜水分足，含糖量多，又脆又甜；黑土里长出的红芋口感好，含淀粉量高，又干又面。

初春，村民会把珍藏了一冬的优质红芋小心翼翼地从地窖里取出来，我们家乡人们都叫掏红芋。掏红芋是小孩子的专利，原因是为了便于贮存红薯，农村设计的红芋窖都成瓮形，肚子较大，口小，小孩子进出方便。大人喊一声：掏红薯啊！小孩子就乐呵呵地跟着去了。打开红芋窖口，需要停上一段时间，怕的是里边氧气不足，大约感觉时间差不多了，大人就把一条大绳捆在小孩子腰上，提溜着慢慢放进红芋窖子底，再放进筐子，由小孩子把红芋一个个拾进筐子。随着一声："拉！"满满一筐红芋就被徐徐拉出窖子。掏完红芋，捡红芋的孩子往往会被发两个最好的红芋作为奖励，他们为得到的劳动果实乐得合不拢嘴。

掏出的红芋稍做晾晒，然后被均匀地摆在铺着农家肥和秸秆末的长方形池子里，再给它们盖上一层厚厚的棉被——农家肥和秸秆末的混合物，盖上塑料薄膜，我们叫下红芋母子。隔上半个月二十几天，红芋的嫩芽就争先恐后地长出来了，排得整整齐齐。用手轻轻一提，就能从母体上拔下来，拔下的芽就能直接栽种。红芋的幼苗会被栽种在一垄一垄平整过的土地上，挖坑、撒肥、埋秧、浇水，最后大功告成，种植的叫芽子红芋，用不了多久，红芋秧就能爬满地。把秧子剪下，再剪成四五厘米长的小段，趁雨天地湿时直接插在地上就可，这种扦插的办法种植的叫拐子红芋，这种拐子红芋更容易保存，能在地窖里保存到第二年初夏，依然新鲜如初。在曾经那缺乏吃食的年代里，它是上等的美食佳肴。

盛夏，满地的红芋叶子生机勃勃，像绿茸茸的地毯。每当这时，家家户户都要美美地做上几顿红芋叶蒸菜来一饱口福。掐下鲜嫩的红芋叶子，细细地洗过，切上几刀，拌上面粉，放在笼上蒸十来分钟就能出锅。在擂臼里捣些蒜泥，细致的人家还拌上芝麻酱、青椒末等，加水调匀后滴入地道的手工小磨香油，一道美味的农家菜——红芋叶蒸菜就做好了。吃上一大碗红芋叶蒸菜，美滋滋的，心里那个爽快劲啊，简直比吃顿红烧肉还过瘾。

　　红芋叶子除了能做蒸菜以外，最简单的吃法就是清炒，放在面条里面，清香、爽滑、营养。几乎每个夏季，各家都要日日与红芋叶子打交道，既是绿色食品，又能自给自足，很方便，既当菜，又是粮。

　　深秋来临，冬小麦种完以后。下了霜，红芋叶子被打得蔫巴巴，枯萎着，就是收获红芋的最佳时节。我们这里叫扒红芋，老人们说："霜打的柿子，霜冻的红芋。"说是过霜降以后收获的红芋才好吃。这时早已是场光地净，小麦也播种完毕，人们可以腾出手来专门扒红芋，割净红芋秧，顺着地垄子，用犁子犁上两趟，一个个粉嘟嘟、胖乎乎的红芋都躺在地面上。筐子篮子全部用上，肩挑、背扛、手提，于是用不了多久，大车小车的红芋上满满地写着人们的喜悦的心情，趁着晴朗干燥的时日，人们争分夺秒地切红芋片，晒红芋干。用一种特制的工具把红芋切成约半厘米厚的薄片，均匀地撒在刚种下小麦的田地里，既通风透光，干得快，又不影响小麦的出芽，真可谓是一箭双雕。制成的红芋干更容易保存。滴水成冰的冬日里，每家天天都要煮上一大锅的红芋干稀饭。用干木柴烧火熬出的红芋干稀饭香味浓，营养高，色泽鲜。每个清晨和傍晚，红芋干的香味便随着袅袅的炊烟飘飘洒洒，弥漫在家乡村庄的各个角落。红芋干还可以磨成面，做红芋面糊糊、红芋面窝窝。每次母亲蒸馒头，我们都要嚷着多蒸几个红芋面窝窝解馋，甜滋滋的，红芋面有点粘牙，却久吃不厌。也有人家把多余的红芋干卖给一些专门的收购点，那是用来制作粉条的。打浆，和面，漏粉，干燥之后就做成粉条，黑土地里的红芋出粉率高，做出的粉条正宗。

由于种植量大，红芋的收获一般要持续时间较长，小孩子起不上太大作用，只是帮忙捡捡红芋或是红芋干，其余时间都是自由支配的。于是，小孩们无聊时就在田埂的陡坡处挖一个小坑，埋上红芋，找来柴火，烧上一堆篝火，可闻到香味飘出，馋得口水直流。一停下火，就迫不及待地扒出红芋，剥掉皮，不管三七二十一，吃个痛快，再看看他们的脸，都变成了小花猫。在那缺吃少穿的年代里，红芋是人们的救命粮。

如今，人们依靠红芋生存的时代一去不复返了。红芋叶子蒸菜，它变成了宾馆饭店餐桌上的一道稀有佳肴，喜欢怀旧、有着乡土情结的人依然钟情于这道菜肴；闹市街角，飘着的烤红芋香味伴着小贩清脆的叫卖声，萦萦绕绕。买上一个，轻轻揭开皮，黄黄的瓤，扑鼻的清爽的甜香，咬上一小口，沁人心脾。儿时的那村庄，那田野，那汴河岸边，一齐扑上心头，挥之不去。

中篇 家乡回忆

家乡的老井

我家乡的村庄的东头有一口老井。它为啥叫老井？在我小的时候，我就问过我的父亲，他说："咱们村庄的那口老井什么时候挖的，我也不知道。就知道咱们村里多少辈人从记事起就吃那口老井里的水。"

小时候我家乡的村庄当时20多户，100多口人，人畜吃水都靠村庄东头的那口老井。亲不亲，故乡人，甜不甜，家乡水，村里像我这个年龄的人都是吃那口老井的水长大的，所以记忆尤其深刻。

那口老井是用青石块圈成的，石块上还带着錾子凿过的条纹，相当结实，井沿边上铺着几块大石板，井深3米左右，低头朝井口望去，两边的井壁上长着几株叫不上名的蕨类植物，给那口老井增添了一丝生气。祖祖辈辈的人们每天担水，已经把它踩踏得非常光滑。夏天从地里干活儿回来，碰上谁正打水，蹲到桶边喝一口，井水拔凉，解渴解暑。冬天井沿边结冰，打水相当滑，尤其要小心。天气暖和的时候，村里大姑娘小媳妇洗被单子、洗衣服都在老井旁边。

我家乡的人们，每年都约定好，过完年后定时组织劳力掏井。掏井前一天家家户户都多存一些水。掏井这天，组成两个班组的劳力，一组的劳动力们一刻不停把水往外打，见底后由另外一班组的劳动力下去人把井里的泥清出来。有时候还清出来一些掉到井里生锈的铁桶及其他杂物。

打水也是个技术活，那个年代的大人们都有很娴熟的提水技术，用绳子钩住水桶的铁钩，桶底朝上"砰"的一声丢进井里，左右晃荡两下，再用劲一拉，一桶清凉甘甜的井水就打上来了。然后再接着打第二桶。两桶水打完担着就走，不影响下一位打水。

现在我还记得清清楚楚，担着水走路急不得也慢不得。要走得急了，一桶水溅出去可惜了。担水是每家男人每天早上的必修课，刷缸是也女主人每天早上的首要任务，把水缸一歪，用刷锅的高粱毛刷子在缸底反复刷几下，浑水倒到盆里，男主人无须吩咐，担起铁桶就去打水去了。一般两挑水够一家一天使用，有牲口人家还得另外多担几挑。

从我五六岁记事的那时候起，就知道每家都有一个钩担，一对洋铁桶。只有村里木匠大伯家是一对木桶。我家的是一个桑木钩担配一对洋铁桶，长年累月的使用，使它形成了自然的弯曲弧度，现在还在家里放着，洋铁桶容易生锈漏水，换过几次新的，后来才改成红塑料桶。

我小时候的记忆中，每天早上，村里的成年人便担着水桶，接二连三地来到水井旁，提上清澈的井水，哼着小曲，一路洒下细碎的水花，把水担回家去，担水人嘴里轻快的哼唱声和扁担吱吱扭扭的伴奏构成了乡间最美的和弦。待傍晚时，井边最为热闹，因为我们小学生也加入了担水的队伍。村民们边提水，边聊着一些家长里短、人情世故、道德伦理，我们也会时不时地被那些大人们夸上几句，特别是家里有小孩却不帮家长做家务的大人。我们听后担水担得更欢更有劲了。

当时离村庄有半里多路的村东头的菜园，有一眼机井，用水泥管圈成，井深有几十米，小时候站到边上向下看，有点叫人害怕，大人看见了赶紧嚷，不让站那里。这个井用驴拉水车，因为有水车在机井上架着，井也有几十米深，它只用来浇菜，现在好像也荒废了。

20世纪80年代中期前后，压井开始在农村流行，我老家的压井就是那年暑假挖的，父亲在县城杂货铺店里买的压井头和白塑料管，用了两天时间，挖了八尺深，挖好后黄杏叔帮忙用砖砌了个水箱，然后下塑料管子封土，架上压井头，大功告成。压出来的水清澈甘甜，煮绿豆一滚糊烂，半个村的乡亲都常来我家担水。

家乡自从结束担水的历史后，桑木钩担和一副桶，除了春天栽红薯栽烟叶外，已经完成了它的历史使命并光荣下岗，寂寞地伫立在院墙的角落里。

家乡村庄上，打压水井的越来越多，担水的越来越少，最后井水浑浊，已经不能饮用，井沿边上圈的石头也不断地掉到井里，前几年我回老家去的时候，井已成了平地，彻底从我们村庄上消失了。谁可曾记得，它为村庄老少爷们100多口人的繁衍生息，立下的汗马功劳呢？

　　历史在前进，环境也在发生变化，曾几何时风光无限，家家都有的压水井早就不出水了。偶尔下点雨渗下去，压上来的水烧开后，壶底净是白沫，苦涩无味，人畜不能饮用。压水井也都已荒废。为解决几个村庄人畜饮水问题，前几年县里出资为村里打了一口百米深的机井，用无塔供水送到各家各户，水龙头一拧，自来水就出来了，方便干净。老井、钩担、水桶、水缸、压水井头，随着时间的推移，都已经成为历史，成为记忆当中的一个符号了。

　　我的那些乡恋、那些童年幸福记忆，是我永远也走不出的温暖港湾。随着年龄的增长，只会与日俱增，那些烟波浩渺的一草一木、一人一物总会时不时地触动着我的思乡之情。长大后远离了家乡的我，每当遇到停水又等着洗菜做饭时，依然还会想起家乡的那口老井。

中篇　家乡回忆

老家的石磨

　　老家的石磨，曾是我家唯一可值得骄傲的东西。那时候我家里穷，有许多方面比不过人家，唯有石磨却是我们邻居没有的。老家的石磨使我感慨颇深，每次回老家我看着那盘石磨都会凝视许久。昔日有关石磨的往事浮现在我的脑海里，久久不能忘怀。

——题记

　　我回老家时看到我们家以前常用的石磨放在我家院子西墙西北角里，已经积了厚厚的一层灰，显然已是很久没用过了。我就问父亲，怎么这石磨长时间没用了吗？父亲说："现在谁还用石磨，平时用的米粉、豆腐啥的都是买的，即使过年时要磨较多的粉，也是拿去机器加工的，那多省事。"据我父亲回忆说："这一盘磨，也不知道它多少年岁了，它是祖上多少辈子传下来的。"

　　据父亲说，在二十世纪五六十年代前，我们所食用的面粉都是用石磨来加工的。直到二十世纪七八十年代，这种石磨面粉才渐渐被机械磨粉所取代。

幽静河畔

我小时候的记忆中，石磨曾是我家唯一可值得骄傲的东西。那时候家里穷，也许多方面比不过人家，唯有石磨是我们附近邻居没有的，平时谁家若要磨豆做豆腐，节日里要磨粉做米粿等，都会拿到我家借石磨，这时候我母亲很热情地答应："把你家的粮食拿来磨吧，这干净的。"她一边说一边掀开盖在石磨上的塑料布，然后用干净的抹布再擦个遍。确实，有了石磨，与邻居之间的关系格外融洽，有时到邻居家临时借点粮食或者油之类的，他们一般都不会拒绝。

凡是邻居们到我家来磨粉或磨豆浆等，我母亲经常会帮着添料，磨豆浆时还要添水。她们一个推石磨，一个添料，然后边干活边聊天拉家常，时间特别过得快，人也不觉得累，不知不觉中便已磨好了。但是她们的话题，好像远远的还没有聊结束。

我小时候，看到大人们推石磨觉得很好玩，几次都跃跃欲试。推磨时双手抓住磨杠，随着屁股和腰前后摆动，在磨杠的作用下，石磨就不停地转动着。然后米粉或豆浆就会随着石磨的旋转往边上流进大木圆桶里。

我10岁那年，有一天下午放学回家，母亲正在磨玉米粉，她一个人既要推磨，又要添料，看我回家，她叫我帮她添料，并告诉我她每推两圈，我就要舀一小勺玉米放进石磨上面的漏洞内。不一会儿，邻居大妈叫我母亲去看看她的鸡好像吃了什么农药了。母亲离开后，我却异想天开地想试着推石磨，由于人小个子矮，双手要抬高才能抓着磨轱档，一使劲，石磨转了，当时心里很高兴，心想推磨很简单，其实是因为石磨里面有玉米，推起来它要轻得多，可是石磨的把柄转到正前方的时候却不动了，我使好大的劲,那个弯仍是转不过来,我只好站在旁边再使劲,就这样转了几圈后,却忘了添玉米进去,里面的玉米流完了,石磨更重了,然后我再拼命使劲。石磨突然"啪"的一声,磨轵档的榫头从石磨把柄上脱了出来,重重地撞击到装玉米的畚斗里,将畚斗打翻,玉米散了一地。更要命的是,这时候母亲刚好回来,看到眼前的情景,不用说,被训斥是逃不过的。

老家的石磨使我感慨颇深,每次回家乡我看着那石磨都凝视许久。昔日有关石磨的往事浮现在我的脑海里,久久不能忘怀。

幽静河畔

彩色的秋天

  彩色的秋天，秋天是一幅美丽的画卷。秋天是黄色的，大地到处都是黄色的，黄色的稻穗、叶子。秋天是火红色的，枫叶红了，柿子、苹果、辣椒、高粱等都红了，像红红的灯笼。秋天依然也有绿色，山绿、树绿、水绿。秋天也是金色的，一望无际的稻田像铺了一地金子。白色是秋天的骄傲，秋天，正在开放的白菊花与正在采摘的白花花的棉花，一片洁白如玉。秋天是斑斓的，是秀丽的，是彩色的。

——题记

  有人说，春天是绿色的，夏天是红色的，秋天是黄色的。要我说，秋天是五彩缤纷的，黄色、白色、金色、绿色、红色都有，黄的像金，绿的像玉，红的像火。

  秋天是色、香、味俱全的季节。这之外，还有声与光，那是秋声与秋日。此时，绚烂秀丽色彩缤纷的秋色使人眼花缭乱，蝉的鸣叫声使人应接不暇。

秋天是一幅美丽的画卷，有自己独特的颜色——黄色。你瞧，大地到处是金黄的颜色，黄的谷子，黄的树叶。天上、地上，几乎变成了金黄色的世界。田地里的禾苗有些淡淡的黄色。你再瞧，杨树叶子黄了，挂在树上，好像一朵朵黄色的小花；飘落在空中，像一只只黄色的蝴蝶；落在树旁的小河里，仿佛是一艘艘金色的小船。银杏树叶变黄了，你看那色彩斑斓，树叶枯黄，一片片树叶从树上掉了下来，在空中飞舞。柳树的叶子变黄了，随着秋风顽皮地在枝条上荡秋千，而后，像一只只长着金翅膀的小蝴蝶，轻飘飘地扑向了大地，叶子落在湖面上，不停地漂呀漂。树叶落在地上，到处是金黄的颜色，像给大地铺了一层金色的地毯。

秋天是火红的，火红的颜色使那秋色更迷人。枫叶红了，柿子红了，苹果红了，高粱红了，辣椒红了，红红的脸蛋像火红火红的灯笼。瞧，那鲜艳的月季花、海棠花团团簇簇，红花绽放，犹如火焰在燃烧。苹果树上长满了涨红了脸的苹果，鲜红得就像小姑娘害羞的脸蛋。庄稼地里片片的红高粱时时摇曳着丰满的穗头，风吹来，好似波动着的红色的湖水，引得人们前来欣赏。我更喜爱那秋天的枫叶，红红的，在阳光的映射下流露着大自然的清新，形成星星点点的火红，就像一只只红手掌向大地扑来，投入大地的怀抱，阵阵秋风一吹，满地的红叶，好像朝霞洒满了一地，真是美极了。

秋天依然有绿色，树是绿的，草地是绿的，山是绿的，水也是绿的；还有那苍松翠柏，那数不清的绿笋竹林，在秋雨的浇灌下茁壮成长，更加翠绿。你看那灵鹫山的南边、新汴河的两岸、河堤坡之上绿树成荫，生态园林的绿色屏障绘就成为一道道靓丽的风景线。

秋天也是金色的。秋天来了，大地穿上了一件金黄色的新装。田野里，一望无际的稻田像铺了一地的金子。稻谷笑弯了腰，玉米笑开了怀，露出金灿灿的果实。黄澄澄的谷子，被谷穗压得直不起腰，可它还是使劲地随风摇曳，好像是在为金色的田野唱着赞歌。微风中摇曳，金黄大豆摇摇摆摆，在风中沙沙作响，田野里像演奏着一首大自然的合唱曲。秋天是一个金黄色的世界，一片片金色的落叶安静地躺在地上，远远望去，大地仿佛铺上了一层金色的地毯，时时飘过一阵风，它们便翩翩起舞，飘荡开去。你看，树林叠翠流金。有的树脱去绿色的衣服，换上金色的纱裙。秋姑娘穿着金黄色的大衣风尘仆仆地来了，在田野山川间，在果园花丛中，像一阵风似的穿梭，给人们送上一幅幅画。

白色可是秋天的骄傲。秋天，正是白菊开放和棉花采摘的时候。走进田园菊海，看着那一小片白白的菊花，都能让人高兴上好一阵；走进棉花地，手拿着洁白柔软的棉花，心里暖洋洋的。

坐看秋天的景色，凝望一池秋水，静听潺潺的汴河流水，眺望灵鹫山的红叶，仰望云卷云舒，山、云、树、水之影重重叠叠，纯净无尘的秋色在心中逐渐升起。

秋天，那绚丽缤纷的大好秋色，真使人眼花缭乱，应接不暇；秋姑娘秀出了她那独特的风格，让人陶醉。常言道，春华秋实，万物始春而成于秋，秋天洋溢着丰收的喜悦，孕育着成功的希望。

秋天拥有色彩斑斓的浪漫，也拥有金秋成熟之美。秋天，充满希望，比春天更富有灿烂绚丽的色彩；秋天，没有夏天那样热烈，但比夏天更富有情趣；秋天，没有冬天那样安静，但比冬天更惬意。

我喜欢明朗清新的秋光、秋色、秋韵及秋凉。这个情结仿佛与生俱来，不管年岁和阅历怎样递增，一直没有改变过。犹爱沉浸在秋天的迟暮，一个人独坐，一个人寂寞，任由披着黑色的大氅、疾驰而来的夜晚急急地遮住了夕阳的余晖。夜风乍冷时，仰望穹空星稀，喘息都比任何时候舒畅。秋天的景色非常美丽，它是五颜六色的、灿烂秀丽的，它让人看了心旷神怡。

幽静河畔

家乡的汪塘

在我儿时的记忆中,家乡的村庄里有三四个汪塘,它或在村前的路边,或在村子南边,或村东的野外。那时的汪塘里面大都是有水有鱼的,即使干涸了,一两场雨过后,用不了几天,水面上又会见到成群结队游荡的小鱼。小时候的我觉得奇怪,常问大人们鱼是怎么来的。他们给我的解释是:草籽变的,或是顺着雨水从天上掉下来的。我竟对这样的答案深信不疑了好多年。

——题记

在家乡的汪塘里会有鲫鱼、鲤鱼、大鲶鱼,更多的是被我们叫作"麻睨叮子""噘嘴鲢子"的这两种鱼。麻睨叮子,头和身子长得圆圆的肥嘟嘟的,在汪塘的边上就能看见它们静静地趴在岸边,它们好像不怕人,只要用双手轻轻地下水一捧,就能捧住好几条。噘嘴鲢子是一种在水里游得飞快的鱼,当水面上有食物的时候,就会有一条或者几条迅速地游过去吞食,这时若有人投下一颗石子,或者别的什么声音惊动了它们,它们马上就会四散而逃,再也看不见踪影。

我小的时候特别喜欢看别人撒网捕鱼,屁颠屁颠地跟着大人们东汪南汪地转,帮着拎桶、拾鱼。看到一网上来,白花花的鱼儿乱蹦,我欢呼雀跃地跟着人家忙活,多久也不觉得累。一直到天黑,我才会恋恋不舍却又无可奈何地拖着满身鱼腥、泥泞回家,之后自然少不了父母的一顿斥责。

七八岁时我跟小伙伴尝试着去捉鱼,有时几个小伙伴在岸边的水草丛或芦苇丛中,用两只小手小心翼翼地摸鱼,也能摸到一些小鱼小虾。偶尔碰到大鱼,"扑通"一下子就让它逃走了,在"有大鱼"的呼喊声中,小伙伴迅速地包抄过来,在出现过大鱼的地方摸来摸去,但更多的时候是在一阵惋惜声中,一无所获。

有的时候,我们几个小伙伴在浅滩上用泥巴圈成一个个方阵,在靠近深水区的地方留下出口,出口处用柳树枝遮盖,然后在方阵中放上诱饵,等鱼儿上当。我们就潜伏在远处观察,一个个屏住呼吸,神情专注,等看到有鱼群进入了埋伏圈,不知谁喊一声:"上!"一个个小伙伴飞奔到阵口,堵住出口,然后不慌不忙地瓮中捉鳖。有的小伙伴跑得飞快,加上河岸地滑,就摔个屁股蹲,咧咧嘴想哭,大家就赶紧哄他说:"快来,一会儿给你分一条最大的。"摔倒的小伙伴立刻就欢天喜地了。有一次,我们决定在池塘边分享战利品,找来柴火,烤鱼吃。那些被烤得糊了吧唧的东西,真让人难以下咽,想要勇敢地吞咽下去,又怀疑吃了这会不会死?马上就有人说,它生着吃也没事,烤的更没问题。大家在互相安慰中散去的时候,又约好明天老地方集合,不见不散。

因为我们年纪小,也就无法得到大网一类的工具,即使有,也无法使用。出于对捕鱼的渴望,我们也自制了一些工具。我用家里盛粮的空竹篮子,在里面放上猪骨头、石块,拴上长长的绳子,然后把竹篮子沉在池塘里,等过一段时间,迅速地拉起,就会捕获一些小鱼、小虾。有一次还捉到了一只可爱的小乌龟。可是好景不长,我把家里的篮子弄破了,被严重警告不许再用,后来就用盛罐头的玻璃瓶子代替,但是效果却差了很多。每每捉到了小鱼、小虾,就带回家养起来,等攒多了,妈妈就给我做一道菜"油炸小鱼"。先把鸡蛋、面粉、食盐搅和均匀了,再把小鱼沾满了面糊,放进油锅里炸。等金黄色的炸鱼端上饭桌的时候,我会热情地招呼家里的大人们来吃,同时我也会吃上一大口,故意发出很大的"吧唧吧唧"的声音,这时的我特有自豪感。一直到现在,每当我回忆起来那时的炸鱼,都认为那外脆里嫩的炸鱼是天下最美的美食,使我难以忘怀。

再后来,我学会了钓鱼。那时候家里都很穷,买不到,也买不起鱼竿,就自己做。用一根普通的竹竿,把母亲做衣服的针,用火烧红了,弯成鱼钩。鱼漂是用玉米秸最上面的细秸秆做的。就是这样简单的工具,半天也能钓到好些鱼。有一次,上钩的鱼太大了,自制的鱼线禁不住鱼的重量,断了。那一尾鲤鱼在空中挣扎了一下,划了一个美丽的弧线,在我的惊叹和唏嘘中,它就带着我的鱼线、鱼钩逃得再也不见踪影了。后来和小伙伴们谈起这事的时候,他们都说那鱼得有一斤多重,到现在我想起来都还觉得很遗憾。

逮鱼最盛大的节日是"翻汪",就是要把汪塘翻过来的意思

(我们淮北平原农村的人们把汪塘叫作汪)。翻汪要等到汪塘里面的水快干涸的时候，会有几十个人同时涌入汪塘，徒手或拿着舀子、盆子、抄网等各样工具的，我觉得最实用的还是筛子。汪塘里不时传出人们逮住大鱼时的欢呼声，到处是脸上、身上、脚上沾满泥巴的人们，但每个人脸上都洋溢着欢笑，就像过喜庆的节日一样。黄昏的时候，炊烟袅袅家家户户飘出炖鱼的香味，弥漫了整个村庄。

　　我的家乡，我家乡的汪塘，家乡汪塘里的鱼，它一直萦绕在我的心头。我参加工作以后，去市场买来小鱼炸好，让我女儿吃的时候，我看到她那咂舌不喜欢吃的样子，忽然觉得，我无法让她理解乡愁是什么，就像我无法把她带回到我的儿时的时光一样。儿时的岁月也让我久久难以忘怀。

幽静河畔

家乡的老屋

　　想念像是一杯没有加糖的苦咖啡，带着记忆的苦涩，却又飘着记忆的醇香。

　　　　　　　　　　　　　　　　　　——题记

　　我的老家位于淮北平原的宿州市埇桥区东北十多公里处，家乡的老屋已经有很多年没有人住了。并不是老屋破烂得不能挡风遮雨，而是我们兄妹姐弟几个，毕业分配工作进城以后，老屋就由我的一个叔叔用作摆放农具等杂物的闲屋了。

　　据我的父亲说，家乡的老屋是我的祖父在他出生那年盖的，大概有好几十年的历史。所以父亲去世之后，母亲就把父亲安葬在离老屋不远的河沟边，为的就是让父亲能天天看得见他难舍的老屋。

　　在我儿时的记忆里，老屋已经是千疮百孔，墙上泥土做的土坯有许多地方脱落了，茅草和细芦苇铺的顶有许多地方凹进去了，形成一个又一个烂草屋顶，好在有芦苇做的席子当天花板，不至于能"开天窗",从它外表就能看出岁月的沧桑。

父母亲对老屋特别呵护,每当墙上土坯遇风雨脱落了,无论什么时候,父亲都吆喝我们帮他和泥墙。我总是喜欢用脚踩烂泥,用泥土围成圆圆的土堰,里面放满水,再放些碎草,脚不停在上面乱踩,直到将泥和得浓稠而润滑,只有这样的泥抹上墙去才能经得住风吹雨淋。这个活每年都得干一两次,每次干这活,我们都挺难为情,生怕别人笑话。父亲总是拿一双大眼睛瞪着我们,半天下来头上、脸上、身上全是泥,父亲这才呵呵笑起来。

老屋共有五间,三间堂屋、两间厨房,上首是父母亲住的,中间是客厅,下首是姐姐的闺房。我和哥哥的天地在厨房里。无论春夏还是秋冬,每天清晨,第一个吱吱呀呀推开门的总是母亲,她轻声叫我和我哥的乳名,看我们夜里有没有把被子踢到床底下,望着母亲在灶上忙上忙下的身影,我们总是闻着母亲做的饭味飘香,躲在被窝不肯起来。屋内常常充满欢声笑语。因为我们家里有年龄相差不大的三个小孩,我是这个家里的最小的"男主角",我们一家人围坐在一起吃饭,常常被我的天真调皮的语言和动作逗乐。吃饭时母亲喜欢和我联合起来捉弄父亲,惹得父亲在一旁干着急,哥哥姐姐则坐在一旁看热闹。

我们就在这老屋里,每天到了夜晚,一家人为了节省点灯油,母亲一边看着哥哥做作业,一边瞄着姐姐看的一本没有封面的小说,嘴角边露出一丝笑容,一边开始把从老屋后面采摘来的棉花拿出来,细心地从里面抠出籽。有时候,我们会停下笔,呆呆地看着父亲坐在灶膛前,把柴火锅烧得旺旺的,火光把他那古铜色的脸映得通红,像木刻似的。锅里的红芋溢出了诱人的香味,母亲伸出手指在我额头轻轻地点了一下:"又馋了。"我舌头一伸,就看见母亲迅速地掀起锅盖,拿起一个熟红芋在左手和右手里来回倒腾,跑到我面前,微笑着说:"吃吧。"

别人家一到雨天,屋前屋后都被踩得稀烂,而我们家则一点也不泥泞,父亲不知从哪里弄来沙土,铺在老屋四周,让雨水直接滴走了。

雨过天晴,天空出现了一道彩虹,清新的空气下,时常有蜗牛爬到我们家的晒谷场上,我们抓了来,让它们背着壳用角斗架,可是它们很胆小,角一碰上就缩回去了。场上有很多小洞,那是小毛虫的家,我们常撅着屁股趴在地上,将细细的小青蒜伸进去,我嘴里念叨着:"毛虫乖,毛虫乖,你赶快上来,你上来,哥哥给你穿嫁衣,妹妹给你穿嫁鞋。"果然,一提小青蒜,一个小家伙咬住蒜苗就上来了,那神奇的感觉简直绝了。

在我读高中那年,家乡的老屋破得真能"见天窗"了,这时村里许多的人家都盖起了瓦房。有一天,父亲围着老屋转了好几圈,满脸的严肃,突然,他把旱烟斗往脚板上一磕,决定要翻修老屋,母亲流着泪:"你疯了,哪来的钱啊?"父亲说,他在砖瓦场干了一年,没要一分钱,全要了砖瓦。父亲又请了几个人,把老屋的顶全换成瓦片,门和窗都用砖头包起来,看上去很气派。我深深知道父母亲把节省下来的钱都供我们读书上学,不然我们家也该住上大瓦房了。

如今每一年,我都要回老家几趟,我不但要看望在另一个世界里的父母亲,还有看那魂牵梦绕的老屋,因为他不但是我成长的见证,更是埋有我衣胞的地方。

故乡的老屋,时间和岁月肯定留不住你,但你永远在我们的心头珍藏,在我们的心头永远也挥之不去,永远留在我儿时的记忆。至此作诗《七绝·蓦然回首》一首表达此时心情:

　　回首蓦然六十秋,几多欢乐少愁悠。

　　老屋厅堂品美酒,梦里家乡醉中游。

幽静河畔

怀念我的故乡

　　春天的故乡就像是一幅水墨画，淡雅而古朴。夏天的故乡，有夕阳西下时，霞光染红的整个村庄，有青翠的树木和绿油油的田野。秋天的故乡，是人们在金黄色的田野里，挥舞着镰刀收割着金灿灿的稻谷与大豆。冬天的故乡，是我们儿时欢乐的天堂。在雪地里奔跑、追逐、打雪仗，安静的乡村也因此热闹起来，充满了勃勃的生机。

——题记

　　在奔驰的大巴车上，透过窗外的茵茵绿草和翠绿色的田原，我的思绪随着飞转的车轮，回到了二十多年前儿时的故乡。
　　那时处处弥漫着青草的气息，天空中悬挂着清朗的圆月，嘹亮的鸡啼唤醒故乡忙碌的每一天。丰盈的庄稼，绿油油的蔬菜，五彩缤纷的果花、菜花，满地的野花吸引着肥胖的蝴蝶、蜜蜂，就连萋萋芳草都是那样的鲜嫩欲滴。涓涓溪水从村后流过，无数的鳝鱼、油麻鱼、草鱼、鲫鱼、蝌蚪欢跃出宁静的水面；树杈、枝头自由歌唱的小鸟、知了，夜间田野此起彼伏的蛙鸣，冬去春来安家的燕子，大大咧咧刨食草虫的鸡鸭，家家户户满圈的猪牛，甚至连家门口的竹林下都有巨大的蟒蛇在正午的烈日下栖息乘凉。

春天的故乡就像是一幅水墨画，淡雅而古朴。村后的小河水潺潺地流淌。一座座村民的住房和一条条小巷口散落在河边，安静而美丽，犹如一个世外桃源。

自我记事起，每到清明时节，父亲都会领着我去田野的沟边上给爷爷上坟。父亲边走边和我讲一些爷爷的故事。父亲讲的时候也不回头，我跟在父亲身后静静听着，望着父亲高大的背影，依然能感到他满脸的慈祥。春天的田地里，景色如野花一样，美得自然、随意。一个中年汉子和一个拎着篮子的孩子就这样缓缓走在洒满午后暖暖阳光的地里，拂面的春风吹动着路边的青草和绿树的枝丫，我心里暖暖的。

有一年的夏天，母亲生病在镇里的医院住院，父亲每天早上都要徒步十几里到医院照顾母亲，傍晚再回家照顾我和姐姐。每天下午，我和姐姐都会坐在老屋的西墙下，看着太阳一点点落下去，看着门前的小河水缓缓流淌，等待着村东的路口出现父亲那熟悉的身影。记得就是这样一个黄昏，当父亲的身影出现时，循着目光，我发现并不宽阔的河面泛起粼粼的、金黄色的波光。波光里隐约着房屋、篱笆的影子。抬眼望去，夕阳西下却变成了一个金黄的圆饼，霞光染红了整个村庄，青翠的树木和远处的田野，整个世界笼罩在一片肃穆和神秘之中，仿佛是一种幻境，却美得让人眩晕。八九岁的我瞬间被这仙境般的画面震撼了，有种不真实的感觉,这是记忆中关于夏天最美的图画。

故乡最忙碌的是秋天。人们开始在金黄的田野里挥舞着镰刀收割金灿灿稻谷与大豆,父亲去地里割稻谷、豆子的时候,我常央求他带着我。无垠的田野,在湛蓝的天空映衬下显得空旷而辽阔。我坐在马车旁仍感到自己的孤单和渺小,总是在秋日夕阳的余晖拉长父亲的身影时,我才躲在父亲的影子里捡拾稻谷、豆粒。

豆谷满仓时候,故乡最漫长的冬天来了。大人们蛰居家中打发那些悠长且悠闲的日子。孩子们的世界却是充满欢乐的,不因冬日的寒冷而失去色彩。

冰雪覆盖的大地是我们欢乐的天堂。在雪地里奔跑、追逐、打雪仗,安静的乡村也因此热闹起来,充满了生机。村子的东边庙台子边上,有一个近百米的斜坡,那曾是我们儿时的乐园。斜坡上厚厚的积雪被踩得坚硬而光滑,父亲给我做的那个敦实而精致的雪爬犁,是我冬天最快乐的伙伴。我们从坡顶趴在雪爬犁上滑下去,呼喊和尖叫声在空中弥散。

雪花是故乡冬天的常客,冬季的天空如果没有雪花的飞舞就没有了灵性,仿佛就不是一个完整的冬天。鹅毛般的雪花纷纷扬扬,从天而降,煞是壮观。常常一下就是一整天。我趴在窗子上,痴痴地望着飞雪的天空,浮想联翩。雪是冬的精灵,有了雪,冬的季节不再干枯,不再仅是北风凛冽,地冻天寒。蛰居屋内,因窗外雪花的舞蹈和银白的世界而让人感到炉火的温暖、酒的醇香、亲人的温馨。如今,每到冬天,我都在心里默默祝愿,愿这个冬天的天空永不寂寞,愿洁白的雪花能经常在天空舞蹈,愿这个冬天亲人不分离，愿每个人的心中都能暖意融融。

如今，踏上故土，一束束橘红的光焰次第进入我的眼帘，宽阔的公路，鳞次栉比的楼房，川流不息的车辆，熙熙攘攘的人群，华灯璀璨的街道，像连绵不断的画卷一样令人赏心悦目。

匆匆扔下行囊，带着深深的眷恋，去捕捉故乡人真实生活的踪迹，解读他们心灵的密码。今日的故乡人，他们依旧轻松地管理着一部分土地。我感受着他们执着的热情、慷慨的帮助，我为他们冲破土地的囹圄而兴奋，对故乡人振兴家乡的愿望和激情充满信心。

粗茶淡饭的岁月没能冲淡故乡人内心的宁静。满眼的绿荫、他们的纯朴、慷慨和友善渗透于我的血脉，他们对生活的期盼、对命运的抗争、对土地的热爱赋予我太多的灵感，使我的血液里永远有着故乡泥土的气息，丝丝萦绕着的乡情是我永远无法挣脱的牵绊。

多少次与亲人的相逢与离别，都牵动着我一段不能忘怀的过往，牵动着多少情愫，牵动了许多少愁肠。每一次的相逢与离别，让我加深了对故乡的思念与牵挂。思绪万千，久久地停留在故乡的思念与牵挂中，我不知道应该如何去慰藉这片生我养我的土地，只能遥寄一束祝愿，无论何时何地，故乡依旧存在于我心中。无论游子走得多远，只要被溪水浸润过，心灵都会牵挂故乡的明月，都会深深怀念故乡泥土的芬芳。

月是故乡明，人是故乡亲。如今，我只能遥寄相思的一束乡愁，把它种在心底，让它萌芽，把它种植成一株粉红色的回忆，把它种植成自己心中永恒的记忆。让它穿过相思的门，把那些温柔如水、冰心玉壶的思念，传达到远方，传达给我心中日夜思念与牵挂的故乡。

时光仍在静静流淌，岁月慢慢变得遥远。离开故乡二十几年了，父母亲病逝也十几年了。那遥远的故乡，善良慈祥的父母亲常常会出现在我的梦境里。时间可以带走故乡的一切的过往，却留下了我对故乡深深的怀念。

中篇 家乡回忆

家乡的打麦场

打麦场一般选在村子附近，人们腾出一块空地来，然后用锄头翻一遍土，用耙子推平，再泼上水打湿场面，接着在上面扬上一些碎碎的麦秆，再用石磙反复的碾压，直至打麦场表面平整结实。

——题记

我回老家路过家乡的打麦场，上面长满了的杂草，曾经偌大的一块平整的场地（也是我们村子里的最大的一块平坦的地方），荒芜得如同一块小小的草原，丛生的野草在春天的阳光下快乐地生长着，只有石磙孤零零地躺在那里，寂寞无边地盯着杂草覆盖的打麦场发呆，偶尔飞来一两只麻雀在石磙上蹦蹦跳跳地叽喳着，石磙的心情才开朗了一些。现在的打麦场，已不像以前的打麦场了，现在也难觅一丝当年热火朝天的影子。只能在记忆中打捞零星的碎片，去佐证打麦场过往的繁华。

从前，当进入麦子即将成熟的五月，太阳暖洋洋地照着，和风轻轻吹着，父亲与乡亲们一起，把打麦场上的星星小草用铁锹或铁铲铲去，清理干净，然后从附近的汪塘里挑来一担担水，把打麦场用瓢泼湿，软化泥土。这泼水的活儿看似简单，却是一门技术活，泼得太湿不行，太干也不行，完全凭经验掌握火候。当差不多干湿得当时，就牵来自家的牛，套上石磙，以圆形为运动轨迹，一遍又一遍地碾压打麦场。碾压打麦场是个辛苦的活，人要一手牵着牛绳，一手举着牛鞭，全程陪同牛与石磙不停地转圈。这个活儿要体质非常好的男人才能胜任，身体差点的人走不了几圈会晕得天旋地转，扑通倒地。碾压一回打麦场下来不知道要转多少个圈，直到把打麦场碾压得平整光滑如一面镜子一样，才能停止。再让太阳晒个一天半天，打麦场便会如水泥地面样，平展得没有一个小坑或缝隙，一粒芝麻都难以丢失。这样做是为了方便打粮，防止打粮及晒粮时的浪费。

父亲碾压打麦场时，我们一帮小孩总是跟在石磙后面追赶，觉得很好玩，待转上几圈后顿感到天摇地晃，瘫软在地动也不敢动了，打心眼里佩服父亲耐晕的能力。当明镜般的打麦场呈现在眼前时，打麦场成了我们嬉戏的天堂，在打麦场上追赶，用鞭子把旋转的陀螺抽得震天响，比翻跟头，比打滚，比跑步……打麦场上充满了我们童年的欢声笑语。

打麦场整理完后，开始收割小麦了。那时是没有收割机的，收麦子全靠镰刀，割麦子捆麦子，再把麦捆挑到稻场，是十分辛苦的农活。平常寂静的农田突然间热闹起来了，到处是忙碌的人群。麦捆挑到打麦场后，被一堆堆码了起来。码麦垛同样是个技术活，像泥瓦匠砌墙样，砌歪了易倒。堆麦捆的难度又比砌墙大多了。砌墙的砖才几斤一块，体积又小，便于灵活操作。而一个麦捆有二三十斤重，体积又是一块砖的几十倍之多，麦秸滑溜难码，要像砌墙样把麦垛码好，其难度可想而知。父亲总能把麦堆码得整整齐齐，风雨不漏。麦垛码好后，人们抢着去犁田插秧，然后再去打麦场打小麦。

打小麦以前是用石磙碾压的，后来随着农村机械化进程，改成用脱粒机打。脱粒机是多人才能完成的工作。人们用手扶拖拉机作为动力，手扶拖拉机响起时，套上脱粒机的皮带，脱粒机轰隆隆地高速运转起来。脱粒机宛如一头愤怒的硕大野兽，它吃进去的是麦秸秆，吐出来的是金黄麦粒及飘向一边的麦秸。这个过程需要许多人密切的配合，拆麦垛的，传递麦捆的，往脱粒机工作台上供应麦捆的，在工作台上解绳子的，往脱粒机里喂麦秸秆的；脱粒机下边又是一溜人，用羊叉挑开麦秸的，翻麦秸抖麦秸（防止中间夹带小麦）的，把麦秸打捆的，挑着麦捆走开的，码麦秸堆的，把打出来的麦子转移到另一边的，整个场面需要20多个人方能打过锣来。那繁忙的场景非常热闹，如火如荼。往脱粒机里塞麦秸秆的人，是整个过程中最关键的一个人，他速度的快慢直接决定着工作效率的高低，及生产成果的多少；这个工序一定要挑一个年轻力壮、手疾眼快又胆大心细的人来担任；这个工作本身带有很大的危险性，向脱粒机里喂麦秸秆时，有时一不小心就会碾掉人的手指、手掌，甚至手臂，带来终生的不便和痛苦。打麦子时是乡邻间最团结最齐心协力的时候，大家每户出一个人，相互帮助、协同作战，打完了这家打下一家。是不需要工钱的，打谁家的麦子就在谁家吃一天的饭，喝一天的酒。主家拿出最好的菜、最好的酒盛情款待。大家敞开肚皮吃喝，真正的是大块吃肉大碗喝酒。大伙划拳行令，推杯换盏，笑声震天，场面非常热烈。

扬麦子一定要借助风势，刮个三四级的小风最好。待风起时，撮一掀麦子用力抛向空中，空中的麦子呈上大下小喇叭状地散开，有若天女散花状落下时，麦子与秕子已分开成两堆。之后便是晒场了。晒麦子往往是父亲最高兴的时候，望着满地饱满的麦子，似一粒粒金子在阳光下闪耀着金黄的光泽，让父亲想到卖麦子后那一沓沓厚厚的钞票，想到孩子们的新衣、学费，一家人的生活费及人情债等开销暂时有了着落，他也会露出一丝非常难得的微笑。殊不知，为了这些麦子，这点微薄的收成，他们等待了大半年的时间，付出了太多的心血、太多的汗水、太多的不易啊！

一般情况下，麦子要在太阳底下晒两天，经过两天好太阳才能晒干。还得在打麦场上过一个夜晚，夜间看场子是成年男人的事，不关女人与小孩的事。我却总要缠着父亲与他一块看场。看场对于小孩而言是既刺激又好玩的事儿。听父亲讲过不少关于鬼的故事，一到天黑吓得不敢出门，虽然害怕却又喜欢听。最唬人的是一个小孩夏天随大人睡在露天下，被狼叼走的故事，让人恐怖万分。越是这样就越是好奇，想到繁星点点的夜晚，和父亲一起睡在打麦场上看场，体味其中的惊险，天亮后在小伙伴间炫耀一番，迎来他们的啧啧称赞及五体投地的佩服。其实打麦场的夜晚并没有传说中那么恐怖，皓月当空或星光灿烂的夜晚，打麦场上有多家乡亲同时看场，有的身边还跟着看家犬做伴，一旦有个风吹草动，凶猛洪亮的犬声此起彼伏，划破了安静的夜空，看场的人早已惊醒，纷纷抄起身边的扁担或棍子怒吼一声，吓跑图谋不轨的人或动物。在那个年代的治安是十分好的，在我们小小的村庄，有路不拾遗之风尚。更勿谈什么盗窃之类的为人所不齿的丑事，几乎闻所未闻。看场的乡亲一般会抽一根纸烟，聊上几句家常话便入睡了。他们太累了，几乎一躺下就鼾声大作了。我在父亲身边久久难以入眠，听着他们悠长响亮的鼾声，好奇地瞅着天上的星星，瞅着黑黢黢的麦垛、村庄、树林，想到鬼的故事，竟然有些毛骨悚然；却又盼着出现一些状况，鬼或狼现身一下，让我见识一番。在这样的胡思乱想中我渐渐进入梦乡。

麦子晒干就要归仓了。装袋子时我们是能帮上忙的，帮大人牵袋口，大人朝板车上装满麦袋，我们赶紧帮助推车，忙得我们满头大汗，却又兴致盎然，不知疲倦。

这些都是打麦场打麦的记忆。每年的七八月份收稻谷、打稻谷时的场景与收大麦时的情景有所不同。要经过把稻谷的秸秆厚厚的平铺在打麦场上，牵来牛套上石磙，无数遍的碾压，再起稻谷草、捆稻谷草、扬稻谷子等工序。

放暑假或各种节假日，我们一群小孩在打麦场上学骑自行车，打羽毛球，捉迷藏，追逐戏耍；冬天就在雪白柔软的打麦场上堆雪人、打雪仗、学滑冰。欢声笑语此起彼伏。长成十七八岁的小伙子时，我们正血气方刚，浑身似乎有使不完的劲。我们一群男孩又在稻场上比赛掀石磙，就是让石磙大头朝下小头朝上地立起来，看谁让石磙立起来的次数多，多者胜出，赢得大家一片喝彩声。一个石磙少说也有四五百斤，把它立起来确实需要很大的力气。这是一项历史悠久的乡村式的体育活动，从哪朝哪代何年何月传下来的，谁也说不清。掀石磙一需要力气大，二需要掌握技巧，方能成功；有的力气大的人扎一马步，弯下腰，两手如钢爪一般死死抓住石磙小头贴近地面的下端，发出雷鸣般的吼声，双臂同时用力，一声"起！"石磙乖乖地倒立起来。掀者用力时面红耳赤，双眼发光，手臂上的青筋凸起，似乎他力大无穷。力气稍逊的人蹲下马步，一手牢牢抓住石磙小头的下方边沿，一手用力按住石磙大头的上方，用肩紧紧顶住石磙小头上方的边沿，双手及肩同时用力，大呼一声，石磙立了起来。这种属于力量与技巧的巧妙结合。

后来，我长大后便离开了我的家乡，距今已有很多年了，父亲也去世多年，心中的悲痛渐渐减轻。回家的时间愈来愈少。不清楚从何时起，乡亲们收割庄稼时用上了收割机。收割机确实是好东西，它集割麦打麦扬麦于一体，极大提高了工作效率，也极大降低了乡亲的劳动负荷。这样一来，打麦场就注定无人问津、无人光顾了。打麦场上野草疯长着，再也不像当年的打麦场了。

打麦场与石磙寂寞无聊了好多年，在宁静的夜晚仿佛能听见它们叹息的声音。它们不晓得自己还要寂寞多少年。这些年农村发生了许多变化，青壮年们都去城镇谋生打工，他们在城镇购房定居，成了新市民，自然而然地带着年幼的儿女去城里上学。农村连小孩也没有多少了。打麦场上再也寻不到当年孩童们打闹的玩笑的身影了。

也许打麦场和石磙会异常怀念从前热闹的场景，并在回忆中度着光阴。不久的将来，石磙或许会被当作文物，送进博物馆供人观赏。而打麦场由于块头太大无法搬移，只能躺在故乡的一隅，任游子前去感叹。这是打麦场的命运，是历史的选择，也是它历史使命的结束。

幽静河畔

记忆中的石碌

几千年来，我国古代劳动人民用自己的勤劳和智慧，创造、发明了许许多多生产、生活所必需的工具和器械，极大地提高了劳动效率和生活质量，同时也推动了社会的进步。其中石碌——主要用于碾压麦子、稻子、谷子等脱粒的农具，人们把从田间收割来的谷子、稻子或小麦等在打麦场上碾压，进行脱粒，它还可以用于夯实地基。它由水平放置的石制圆柱和木制的框架组成。

——题记

我家乡的家门前打麦场的角落里，放着一个已好些年没用的碾压麦子与稻谷脱粒的石碌。听我父亲说这石碌有好多年的历史，他说小的时候，就常看见祖父赶着老黄牛，拉着石碌碾着稻子。到了我能记事的时候，我也常看见我的父亲赶着黄牛拉着石碌，碾压着谷子、麦子、稻子进行脱粒。我父亲牵着黄牛，黄牛拉着石碌，沿着打麦场转圈。凡是石碌碾压经过的地方都发出"噼呖啪啦"的声响，麦稻谷粒就慢慢从稻谷穗子上脱落下来。

中篇　家乡回忆

　　记得那时我和小伙伴们年纪都不大。我父亲赶着黄牛拉着石磙碾压麦子的时候，我就经常跟在石磙的后面跑啊跑，一双小赤脚踩在软绵绵的麦草上，可舒坦呢。我和伙伴们调皮地拉着牛尾巴，牛儿怒了就不听话地乱跑起来了。我父亲也怒了，眉毛一皱，收起笑脸，愠怒道："去，一边去。"我知道父亲的脾气，他最心疼小孩了。因此，我不怕他，继续跟着在铺满麦子的打麦场上"横冲直撞"。父亲也无奈，怕我们被石磙碾压着，被牛儿触碰着，于是只能停下来。

　　我父亲就轻轻揪着我的耳朵，训斥道："谁教你这么调皮的？"我嬉笑着说："我父亲说的啊，你说过小孩不调皮才没出息呢！"听这话，我父亲就松开手，骂我一句，吩咐我去玩，然后他就到树荫下喝茶休息去了。

　　碾压完麦子，我和伙伴们就沿着石磙转。石磙有二尺来长，直径一尺，重好几百斤，可儿时的我却爱玩这超重量级的"玩具"。石磙停稳在打麦场的角落里，我和伙伴们就一起推动石磙运动。我们一起喊着："预备，一、二、三，动！"石磙就被我们从打麦场的角落推到打麦场的中央。后来，我们出主意，每个人单独推动石磙，如果谁能推动石磙沿打麦场转一圈，谁就可以被评为"大力士"。

　　要想单独推动石磙运动，还真不是件容易的事。我们好几个伙伴使出了吃奶的力气，推了好几次都没推动。我父亲在一旁看着，端着茶杯，微微笑着。他那样子，似乎在笑我们这帮傻孩子，连牛儿都要使把劲才能拉动的石磙，一个小毛头孩儿怎推得动呢？轮到我了，我没有立即推，我去屋里取了一根钢筋，然后在石磙的一侧垫上了块砖头,再将钢筋插进将砖头作为支点撬动。一点一点,由于石磙的表面光滑,只要微微一撬就会滚出好远。如此反复,我终于达到了让石磙沿打麦场转一圈的目的。

我大声朝伙伴们喊着:"我是大力士,我是大力士,你们都得服我!"伙伴嚷嚷着说我投机取巧,说我使诈,不能算数。没办法,我让我父亲评理,父亲捋着胡子说:"应该算数。""为什么?"其他伙伴齐声问。我父亲又说:"二猫虽然投机取巧了点,但他用智慧赢了你们。你们想想,这么大的石磙,凭你们一个人的力量推得动吗?"伙伴们挠着脑袋瓜子,然后又问我:"二猫,你那法子谁教给你的啊?"我说:"自己想的呗。"我父亲就瞅了我一眼,其实这法子是我父亲教我的杠杆原理。但我在伙伴面前却不能承认。

再长大一点,我父亲年纪大了不能赶着黄牛了。轮到小叔赶着黄牛拉着石磙碾麦子,我怕小叔,于是也不敢去"捣乱"了。也是自己长大了的缘故,对石磙不是很感兴趣。但似乎还是对石磙有一种特殊的感情,每天一出门,我就能看到它。每晚放学回来,我让小叔把石磙竖起来,我就趴在上面写作业。记得我在一篇作文中写道:"石磙啊,如此普通的石磙,许多人甚至不知道你的存在,但你却一直默默无闻,在老黄牛的拉动下,一圈又一圈,碾出岁月的道道痕迹,印出父辈们生活的沧桑。"

也不知从哪年夏天开始,我突然发现原来一直用石磙碾麦子的农家场面,已突然消失了。代替石磙的是更先进的脱粒机,一亩麦子,几分钟就被脱完了。这才感叹,时间过得飞快,岁月、生活也变得越来越快了。

有了脱粒机，有了先进的农业作业工具，石磙已失去了它的用武之地，又静静地躺在打麦场前的那个角落里。前些日子，竟然有一个外地人找到母亲，问我家的石磙卖不卖。母亲想想，现在石磙也派不上什么用场，搁在那儿还碍事，加上买家七说八说，她决定卖掉。后来我知道了，坚决不同意她卖石磙。母亲问我理由，我说我也没有理由，就是不想卖掉。

我不卖掉石磙，其实也有很多的理由。第一，是它见证了我的成长，看到石磙，我就会忆起往日的点滴。第二，现在生活好了，不缺卖石磙那几个钱。想我家在生活最艰难的时候都不曾卖，更别说现在了。第三，我的一些城市里同事与朋友到乡下，我就跟他们介绍石磙的历史，让他们了解农家。有石磙的存在，我永远也忘了自己是个农家子弟，我的根永远在农家。

对于石磙的感情，我不想用过多华丽的辞藻来形容，只是有一种永远都不想淡忘，永远都不想让它消失的情结，永远留在我儿时记忆之中，久久不能忘怀。

幽静河畔

我家的缝纫机

每个老物件的背后,都有着真实岁月的痕迹,记录了时代的真实生活。每个老物件背后,都有着难忘的家庭故事,承载了年代的善美情怀和精神财富。

——题记

在我家里,有一个奇特的"桌子"。远远看去,它就像一张漂亮的书桌。宽宽的桌面上有个像起重机吊臂一样的铁家伙,铁家伙的右后方安有一个支架,架着两个圆盘,圆盘上托着线圈。底下还有一块锈迹斑斑的脚踏板,旁边有一个齿轮连着踏板。只要一踩踏板,机器就会"嗒嗒嗒"作响,这个时候它就进入工作状态了。在我看来,这台缝纫机笨重、陈旧,造型也不好看。可是,我的母亲一直把它当作一个宝贝。母亲把它放在自己的房间,和写字桌并排,就在窗台前,光线充足。每次母亲坐到缝纫机前,总会先细心地检查一遍,然后才踩动踏板,缝补衣服。缝补结束,她还要把缝纫机台清理干净,然后把机台放进去,并盖上她专门为缝纫机裁剪的"外衣",防止灰尘侵袭。

家里自从有了缝纫机,母亲就结束了凑在煤油灯下缝缝补补的日子,每次下地或赶集回来,母亲都催促父亲把衣衫脱下来,父亲嘿嘿地笑:"还能将就着!"母亲就伸手过去扒下父亲破了洞的上衣,先把破洞修理整齐,随后在笸箩里找了相同颜色的布块,比画着用剪刀铰了大一圈的圆补丁,就喊我在缝纫机头上穿针,那时母亲的眼睛已经不大好了,穿了针,母亲就把衣服和补丁固定在压脚下,右手轻轻转动一下轮盘,脚在下面的踏板上前后踩动,两只手仔细地移动衣服和补丁,机体背上的线轱辘不住地转动着,脚踏板的"哒哒"声混合着线轱辘转动的"丝丝"声音,便充满着整个房间。偶尔,母亲也会停下来,手伸进机箱里,取出底线盒,底线盒里是一个线轴,重新换一个线轴,"哒哒"的声音又响了起来。

经常有邻居也拿了衣服来,邻居看着母亲正在忙,就坐在缝纫机前想自己动手,正擀面的母亲此时已放下擀面杖,急急地洗了手,快步走过来,接过邻居的衣服,笑着说:"还是我来吧,这机子认人,别人不好用。"平时不用了,母亲就会把机头擦拭干净,放进下面的机箱里,然后在光滑平整的台板上罩上亲手绣的套子。一次父亲下地回来,把一包剩下的种子放在缝纫机上就去洗手了,母亲一下子发火了,她提着袋子掷到院子里,种子洒了一地,父亲赶忙去院子里捡袋子,我宽慰着父亲说:"那是我母亲的命根子,你不知道?上次我趴在上面写作业,差点都挨揍了!"

母亲不是专业裁缝,却会做各种各样的衣服,包括裙子。姐姐小时候夏天穿的一些衣服都是母亲自己做的，短袖、短裤、睡衣，甚至裙子。她也喜欢自己裁剪自己的衣服，做几套家居服，在家里穿着舒适又自在。母亲高兴地买来布料，问我姐姐喜欢吗，可以顺便给她做一条裙子。看着布料上花色的爱心桃，姐姐欣喜万分，催着母亲赶快给她做一条漂亮的裙子。母亲还特意到精品店里买了一条蕾丝花边，她说镶一下花边比较好看。一个小时的工夫母亲就完成了一条款式新颖的花裙子。姐姐迫不及待地试穿，合身又漂亮。我姐情不自禁地夸赞她："妈，您真厉害啊！这条裙子穿到外面去，咱不说肯定没人知道是我们自己做的！"老人家一听跟孩子似的，眉开眼笑，滔滔不绝地说起了自己那些年自娱自乐做裁缝的"辉煌历史"。

母亲会裁缝，她也是无师自通的，没有看过专业书籍，也没有上过培训班，只是看着邻家的婶婶做活儿，她看着看着便会了。除了做衣服，母亲还会做桌布、窗帘、被套、枕套等，不但裁剪得好，而且在上面绣上各种花鸟图案，绝对独一无二，比百货商店里卖的还好看。大家都夸母亲的手真巧。

20世纪70年代以前，每年入冬农闲时节，忙完了一家人的三餐后，母亲就开始准备给全家人加工服装。她凭着印象便能裁剪出来，空闲的时候，母亲也经常帮一些亲戚好友做新衣，如中山装、西装、旗袍等。后来即使母亲上了年纪，仍眼清目明，不用戴老花镜照样裁剪自己的衣服。偶尔她也帮我们兄妹几个改改衣服，如修改裤脚、裙子等，再用熨斗把它们熨得平平整整。母亲的缝纫机，几次搬家，多次辗转，一直跟随着母亲。这台缝纫机，被母亲保养得铮光明亮，却依然风华正茂，母亲对它疼爱有加。每当阳光洒在缝纫机上面的时候，还能反射出耀眼的光芒。听母亲讲，那个时候啊，每对新人结婚的时候都流行"三转一响"：自行车、手表、缝纫机和收音机。这台缝纫机可贵啦，当时我们家花了一百多块钱，当时将近卖了一头猪的钱才能买到。

现在经济发展了，人们的生活富裕了，现在能买到各种各样的漂亮衣服，缝纫机的用处也没有以前那么大了……缝纫机见证了社会的发展、祖国的富强和家庭的日益小康。我觉得，缝纫机见证的是母亲的勤劳和节俭，见证了幸福是靠双手创造出来的真理。我们的生活越来越美好，可是不管到哪一天，勤劳节俭都是我们中华民族的美德，永远都不能丢掉，就像我们家的这台缝纫机一样，一代一代往下传……

老家的大方桌

　　老家的大方桌约七十厘米高，八十厘米见方，黑色的漆面，有些斑驳了，它带着沧桑。

——题记

　　老家的大方桌有些斑驳了，它多少带着些沧桑。每次吃饭的时候，一家人围坐在一起，虽没有七大碟子八大碗的佳肴，但一盘酱白菜，一盘鸡蛋炒辣椒，几个白面馍，一人一碗苞谷糁子、红芋干子稀饭，可吃的是团圆，吃的是亲情。

　　我们老家的三间瓦房坐北面朝南，用干打垒的土墙，以及灰砖做了个门楼。灰色的瓦，内外墙用白灰浆粉刷几遍，亮亮堂堂，真正的南北通透。到了夏季，北面的灵鹫山、汴河里的风吹了过来，穿堂过屋，比空调舒爽了很多。

　　我们老家的屋后几十米远有一条河，河水潺潺地流淌着，流向远方。我们老家前院是杨树，后院也是杨树，农村人讲究的是实用，没有桂花飘香和瓜果满院的花里胡哨。杨树可以成材，可以打家具，可以做苞谷架的主梁。家家户户院子里多是杨树，偶尔有些杂木的树种，也只能长在墙角旮旯里。

　　我两三岁的时候，记得老家的院子里倒是有两棵梨树，树冠大而不实，没有多少可用的木材。后来，建新屋时给伐掉了，树枝倒是有些用处。过年的时候，就会把它拿出来烧火。平时苞谷秆、麦秆是主要烧火材料，只有逢年过节时，人们才会用到硬料柴火。

　　老家每家每户出了前院门，就是自家的庄稼地。那时候，自动化机械很少，再说了，即使有，价格也很高，有谁家会把辛辛苦苦一年来的收成，拿出一部分，只是为了自己偷个懒呢！农村的人力从来都是不算钱的，出了力，省下来的就是赚到的。这就是祖祖辈辈人的认识，他们始终都相信，勤劳可以致富，省吃俭用、不惜体力是他们的传统。

　　老家从地里收回来的麦子，要用石磙一遍遍地碾压，每家都会在地头留出两三分的地种上油菜花，油菜花成熟得比麦子早，收了之后，挖出根部，洒水撒灰，平平整整的盘一块场，场的平整瓷实又光滑，也是看这家主人是不是干农活的好手的一个标准。你糊弄地，地就会糊弄你。等到收完麦子，犁了场，种上了苞谷时，麦苗长得比苞谷好，就会招人耻笑。

　　人们劳作了一天，傍晚的时候，一家人会围坐在一起，吃完了晚饭，拉拉家常。在这期间，经常会有邻居们串门，收拾了碗筷，换上几个杯子，有老人的家里，大多会熬砖茶，咕咕噜噜的水声，一直会响到小孩子们的鼾声、磨牙声响起来。老家的人都有品茶、饮茶的习惯，给串门的人倒茶招待。倒茶也有讲究，

"茶要浅"是相对于"酒要满"而言的。其实浅与满它是相对的，例如在民间有"倒茶只倒七分满，流得三分是人情"的说法。因为古人以为茶斟得太满，是对客人的不敬，类同让客人牛饮，有骂人之嫌。

放学或假期，大方桌又变成了我们小孩子的书桌，三三两两的同学聚在某一家，有的坐在小凳子上，蜷着腰；有的跪在凳子上，半个身子都趴在桌子上；还有的没了凳子，索性捡块砖头；更有甚者，直接席地盘腿，叽叽喳喳，麻雀一般。

老家的人们在农闲时候，会围在大方桌旁，笑盈盈地客套着，聊着家长里短，谈着三里五村发生的稀罕事，时起时伏的笑声在院子里回荡，半空中的白云也被吸引了，停下来往院子里观望。几碟小菜摆上大方桌，男人们喝起小酒，推杯换盏，划拳行令，亲情和友情忽然就更近了，大方桌承载着很深的乡俗文化。

冬去春来，杨柳吐绿，温暖的春风吹皱了静静流淌的河水。孩子们放学回到家，在大方桌上写着作业、算数学、写日记、做手工、背诵着课文。大方桌是孩子们畅想未来，放飞梦想的摇篮！

夕阳西下，我们兄弟姊妹几个坐在大方桌周围，在煤油灯光的摇曳下，全神贯注地听着父亲讲故事，《东郭先生和狼》《三顾茅庐》《傻姑娘相亲》等。直到如今，精彩的情节仍令我记忆犹新。大方桌是我们快乐的天堂，父亲的故事是我们飞翔的翅膀。

周末，我们几个小伙伴围坐在大方桌旁听收音机，大家都喜欢听少儿节目"小喇叭"，"嗒嘀嗒嗒嘀嗒嗒——嘀，小朋友，小喇叭开始广播啦。"随着清脆的喇叭声和童声开场，慢悠悠地开讲大灰狼的故事。我们几个人趴在桌角上,聚精会神地听着,忘记了烦恼,忘记了时光。大方桌就是我们的"发小",静静地陪伴我们长大。

老家夏天的傍晚,闷热的天气把人们蒸出了屋子。炊烟升起,大方桌摆在院子中,男人们光着脊背咂一口宿州老酒,就着豆腐干、小葱蘸大酱,喝得大汗淋漓。孩子们点燃了蒿草在院子里绕着圈儿熏蚊子,整个院子弥漫在酒香和草香之中。炉膛里烧得旺旺的火苗舔舐着锅底,"呲啦"一声,冒着烟的花椒油浇到了一盆子玉米凉粉里,韭菜头、老陈醋尽数倒进去,女人们灵巧的双手调出了一家人味蕾上的幸福。

后来,我们长大了,家里人口也多了,回家吃饭时,我们还是习惯要用上大方桌,感觉那样才算正式,吃的菜更香。大方桌就是我们栖息的港湾,宁静、温暖、香甜。

秋天,那是大方桌最丰盛的季节。中秋月圆,"照月"是老家的一个习俗。水珠滴落的瓜果梨桃,颗粒饱满的葡萄,切成三角花边的大西瓜摆满了大方桌,大大圆圆的照月饼摆在正中央。大方桌抬到院子里,摆放在窗户底下,对着笑眯眯的月亮。听母亲说,那是感谢月神的保佑,庆祝风调雨顺,喜获丰收的好年头。一炷香的功夫,家人们开始享受大方桌上的美食。蛙声四起,金色的稻浪应声起舞,田间的小路在淡淡的月光下聚拢在一起,分明就是一个"丰"字。大方桌上,它摆放的不仅是丰收的果实,更有一份责任在悄悄生根发芽。

冬天真是个好季节,农村的大叔大婶都有了时间,就凑在一起摆上大方桌玩牌消磨时间。老人们最爱抬八万(也叫老人牌),

她们习惯用大菜豆代替筹码，一局结束互相给几个菜豆。如果准备解散不玩了，就开始算账，这个说"她二大娘，我给你三颗豆"，那个讲"六婶子，你得给我两个豆"。

大方桌上有太多的记忆，每每想起就不忍停止，很任性地把甜甜的味道一遍又一遍地咀嚼品味。

我们现在回老家，家人还是会围坐在大方桌边上，就餐聚会、吃团圆饭，吃的是亲情；围坐在大方桌边上，拉家常、叙旧事，联络感情。大方桌虽然已经重新油漆了好几遍，有些老态龙钟，可依旧滋养着一辈又一辈家人的胃。大方桌承载了许许多多的家乡记忆与乡俗文化。

中篇　家乡回忆

家乡年糕味道

　　我的小时候,每到过年时节,母亲都要亲自蒸制我最喜欢吃的年糕。家乡传说着的俗语"吃过年糕,步步登高"。母亲蒸制的年糕,口感十分细腻、香甜,还带着筋道,有着浓浓的过年味道。这些回忆总是在不经意的瞬间,慢慢爬上了我的心头。

——题记

　　农历乙丑年的春节,我们一家三口趁着春节放假七天,回到老家父母亲的家中,吃上母亲亲手制作的年糕,细细咀嚼,而它回味无穷。一场久违的冬雨,终将盘桓多日的严寒驱走,随着气温的不断回升,温温暖暖的悠悠年味,在家中弥漫开来。

　　小的时候,年糕多半是过年过节时才能尽情享受的美味。那个时候,宿州街市上大清早时,最多只有一两处卖手工年糕的摊子。我曾经很多次无比贪恋地看着那一幕,卖年糕的师傅从遮着白布的米粉团中扯下一块,然后在光滑的木板上,用手反复压和揉,把米粉团揉捏成光滑、白嫩的年糕块,接着把年糕块摊开,中间夹入一个香喷喷的油饼，他再把年糕团密封起来，笑呵呵地递给一直等在前面与我差不多大小的小孩，这是那个幸福小孩的美味早餐。

过年吃年糕、豆包，作为一种民俗早已是深入人心。在那个年代，忙活了一年，唯有在过年的时候，人们才能吃上几顿米饭、白面馒头。当时，大米、白面都是稀罕物，年糕与豆包便常常成为细粮的替代品。所以每到这个时候，都是小孩子们的最开心的日子。家家户户，张灯结彩，热闹非凡，人来人往。有的家庭，还要备上酒菜，邀请亲朋好友、左邻右舍来庆祝一番。

而我最喜欢看的，却是母亲过年忙前忙后、精心制作年糕的情景。家中小巧玲珑的石磨，以及花样非凡别致的模板，还是母亲从河南亲戚家带来的。

制作蒸年糕的程序是相当复杂的。先把米清洗干净，米要用温火炒，炒到有米香的时候，再用石磨碾成细粉，拌上白芝麻粉或者是黑芝麻粉，同时加入糖稀，再把混合米粉与水和一起，揉捏成合适的干湿状态，等搓揉完成以后，就开始一个关键性的程序——蒸米粉，这也是我们最为期待的一个环节。因为在米粉被蒸熟后，还未被整压成一条条砖块模样的年糕条前，需要倒在刚才的大簸箕中晒凉一下，这时候被蒸熟的米粉，母亲称之为糕花，那可是十分好吃。我拉着弟弟兴奋地跟着父母亲在一旁拨拉着糕花，一边拉扯一块块糕花，塞进嘴里嚼着，越嚼越甜，越嚼越香。糕花晾晒得差不多了，也该轮到年糕定型了，这是最后的一个程序，把蒸熟的糕花扒拉到各种模板里，在模板里面的年糕会被压模定型，最后成了一条条、一块块模样各异的年糕。有的模板普通些，压制出来的年糕上面只是非常简单的花纹，有的模板非常高级，压制出来的年糕上面，就会有类似花、草、虫、鸟、鱼、龙、喜、福、寿、禄的吉祥花纹。

随着时代的变化，母亲制作年糕的手艺也在不断改进、不断提高。她不仅可以制作白色的年糕，还可以制作红枣年糕、白果年糕。她不仅会做北方的年糕，以甜为主，或蒸或炸，也可以干脆蘸糖吃，她还可以制作南方的年糕，突出甜咸兼备，用以粳米制作，味道清淡，除了蒸、炸以外，还可以切片炒着食，或者是煮汤吃。

母亲还用荷叶、苇叶包装过年的年糕，花样繁多，多是就地取材，她先把糯米粉加适量水和好，分捏成形状各异的薄块，然后投进煮着糖水的锅里，搅拌成均匀的糊状，放进锅里用高温蒸一两个钟头即成，带着荷叶、粽叶清香的甜味在家中四溢。

母亲制作的甜味年糕，以糯米粉加白糖、猪油、玫瑰、桂花、薄荷、素蓉等配料，做工精细，可以直接蒸食，或是沾上蛋清油炸，馋得我与弟弟两眼瞪大、口水直流。母亲制作的年糕，不仅香甜可口，形态生动有趣，吃起来也自然多了一些味道。白白的年糕，口感筋道，很有嚼劲，浓郁鲜明。溜溜的年糕，吃到嘴里，滑嫩爽口，绵软甜酸，我不忍得下咽。滋润的年糕，荸荠入口，津津有味，为人乐道。

母亲制作的年糕，传承着祖辈的习俗，不仅成了邻居家喜爱的佳肴，也是待客的特色食品。

母亲制作的年糕，是一道丰盛的年夜饭，是一桌和睦的团圆饭，洋溢着岁岁平安兴旺的吉祥祝福。一家老小相聚一起，年老的享天伦之乐，中年的财源茂盛、事业有成，年少的好好学习、天天向上，一家人把一年来的烦恼和愁绪卸下了心头。这是一年中最开心愉悦的日子，一种芳香的年味弥漫在五脏六腑，一种难以割舍的亲情血缘在流淌，年糕是家的温暖，年糕是母亲爱恋。

母亲从腊月开始忙活，一直延续到元宵闹花灯，年年岁岁如约而至，我们勤劳忙碌在外，回到母亲的身边，感受家中的亲情，过着愉悦开心年，品味浓浓的亲情。

此时此刻，亲情乡情，渗透神经，浸润全身，岁岁年年，欢聚酣饮，恭贺新禧，其乐融融。我永远喜欢我母亲制作的年糕，喜欢母亲制作的年糕的味道。

中篇　家乡回忆

老家的厨房

我老家的厨房和大多数家乡的人家的厨房一样，也处于中堂左侧，与吃饭的地方连在一起。厨房的布局，如年代久远的老灶头，就是按坐南朝北砌建而成的。灶台是砖头砌成的，外面抹着一层微黄的石灰。灶台有三个炉膛，烟囱砌筑进屋顶外一米多高，在年深日久的烟熏中罩了层黑色。

——题记

随着岁月的流逝，有着一百多年历史的老家古宅，如今早已破旧得无人居住。但是在我的忆念中，那曾经的厨房气氛，似乎还像昨日那样的熟稔与亲切。和大多数宿州乡村的农家一样，老家的厨房也处于中堂左侧，与吃饭的地方连在一起。我说不清它的面积有多大，但比起当今楼宇里的厨房，它就显得足够宽敞了。听我父亲说过，老家厨房的布局，是按风水先生的指点来安排的。比如那座年代久远的老灶头，就是按坐南朝北的风水要求砌建而成的。灶台上方供有一座灶王爷的神龛，父母亲在世的时候，母亲整年都在神龛前供着香火，并在神龛的两旁贴着剪纸元宝来祈求神佑。灶台上是两口直径60厘米的大铁锅，两锅之间有两个紫铜水壶，那是利用柴草余热来保温的烫水罐，家乡有句形容"皇帝不急太监急"的俗语："锅里不滚，烫罐里乱滚"指的就是此物。正对着高阶灶头的是一口大肚子陶质水缸，毫不夸张地说，此缸硕大得可以当养鱼池。儿时，在盛夏，我经常会把抓到的小鱼、小虾、泥鳅、田螺等，悄悄地放养到水缸里。有好几次，母亲从缸里舀水做饭，一不留意水勺里就会混入小鱼虾，等到米饭煮熟后，揭开锅盖一看，可了不得了，在热气腾腾的白米饭中，埋伏着好些煮熟了的小红虾、小白鱼、小泥鳅等，母亲知道，这又是我的缘故。为此，我没少挨过她的责备。

现在想来，最有意思的，莫过于春节期间洋溢在老家厨房里的愉快气氛了。这种富有年味的厨房气氛，会随着除夕的渐渐临近而一天比一天浓郁起来。在记忆当中，儿时的年底，好像天色总是那样的寒冷黯淡，风雪也常常是连绵无尽的。就连老家厨房里的光线，也会随长辈们虔诚地祭灶谢神、祭拜祖先的香火而渐渐地变得朦胧神秘起来。我很喜欢这种有着古时意境的厨房气氛。记得有一年的腊月二十三，时近傍晚，屋外飘起了漫天飞雪，极目远眺，苍苍茫茫，一派奇寒景象。而在老家的厨房里，却充满着迎新送旧的忙碌气氛。只见，八仙桌已端放在堂屋中央，桌上是插着筷子，点着红印的"三牲福礼"，屋里飘溢着诱人的酒肉香味，在摇曳的烛光中，长辈们围着桌子摆放好酒杯、碗筷，然后，依次向杯中斟满了白酒，神圣的祭祀仪式开始了。先点高香，后烧纸钱，虔诚地拜谢送走灶神，庄重地叩拜迎来祖先。在长辈的引导下,我和堂兄一起也恭恭敬敬地跪拜了祖宗。跪拜后,堂兄神秘兮兮地问我:"你看到祖宗和灶王爷了吗?""没有啊!你看到啦?"我惊讶地问道。堂兄点点头说:"突然间,我觉得在幽幽的烛光中,依稀有几位白须飘逸的老者,正端坐在八仙桌旁望着我。"堂兄站在一边窃笑,希望看到我诧异的样子,但我没有丝毫惊疑。其实,此时的我,正在焦急等待着灶王爷和祖宗们快快享用好丰盛的祭祀供品,这样才会轮到我们来分享。

我猜想,对苏州的大画家颜文樑来讲,也一定怀念这样的厨房气氛,这可从他的成名作《厨房》中找到答案——

画面描绘的,应该是接近黄昏时分吧,在旧时人家的厨房里,两扇花格窗户向外敞开,夕阳的晚照正静静地撒了进来,余晖落在灶台上映在白墙中,将整个厨房都均匀地洒上了一层柔和的暖色。画面中的两个男童,尤其让我特别感到亲近。那是我吗?那正看着小猫嬉戏的男孩,也许正幻想着童话故事。是的,假如是我,就定然会那样去遐想。那伏在案板上侧望厨房外的幼童,是我弟弟吗?也许他正等着母亲从后院菜地里归来。他总想在她菜篮里找到些有趣的东西。是啊!这一切,不就是我老家厨房里的恬静小景和温馨气氛吗?

我猜想,颜文樑在构思这幅静美的厨房小景时,一定想起了自己美好的童年时光,想起了他那些在老家厨房里忙碌过的可爱亲人,当然,还有让他永远难忘的,亲切无比的,老家里的厨房气氛。

故乡的稻田

我坐在回老家的客车上，抬头看望着车窗外的金黄与翠绿交衬着，犹如浩瀚的海洋在阳光下翻滚着绿色的波浪，这让我想起了故乡的稻谷田。

——题记

故乡春天一到，勤劳的人们就忙着育起秧苗来。人们先在已经干涸的稻田里平整出一块长方形的土地；然后用筛子筛出细细的泥土铺在上面，再把稻种均匀地撒在上面；又撒一层薄土盖上；最后扣上塑料拱棚，苗床就畦成了。接下来便是不断地浇水润土。十几天过去了，秧苗像小草一样探出头来，放眼望去，稻田里到处是或浓或淡的新绿。

到了仲夏秧苗已经一拃多高了，该插秧了。这时的稻田才算得上真正的水田，水田旁边是一条条水渠，里面灌满了水，在阳光的照射下，水面泛出白光，就像一条条银色的白带，在一望无际的稻田里纵横交错。水从水渠里不断地灌进干涸已久的土地，不出一两天，整个稻田就成了水的世界。这时的稻田被田间的土坝分成一块一块的，更像是一个个长方形的养鱼池。插秧了，一群群农民在那块地里插。他们的动作协调一致，秧苗经他们的手很快地均匀插入水中，棵棵直立。此时的稻田，远远望去，就像淡绿色的海洋。

秋天的稻田已经看不见水光和绿色，稻田换上了耀眼的浅黄色新装。每根稻秆都擎起了沉甸甸的穗儿，那齐刷刷的稻芒，犹如乐谱上的线条，一个个稻穗儿就是一个个跳动的音符。村民们的脸上洋溢着丰收的喜悦，不知疲倦地挥舞手中的镰刀，把大片大片的水稻收割打捆。人们再用一驾驾马车和一辆辆拖拉机运回家。这时村子里的交通比城里的繁华街道还要拥堵。

深秋的季节里，邻居在家门口前的场地上晒厚厚的稻谷。在那刚刚割过稻谷的稻田，闻着竟有一种香味，这香味似乎关乎着耕耘的收获，关乎着稻谷本身的味道，同时也关乎着故乡的气息。记忆中，我曾经也有过那样的亲身经历，不过那是很多年前的事情了。

那时候我在上小学，稻谷是用镰刀割的，割起来后，把稻谷弄在脚踩的机器旁，把稻谷放在机器上面，脚一踩，谷子就到谷斗里了。当然，这是少数，大多数直接用谷斗打，既费力又费时，而且一天下来，腰酸背痛，全身无力。

后来随着农村机械化的发展，科学技术发达了，不再用脚踩了，直接烧油，把割好的稻谷，放在机器上，机器运作，高效又迅速。村农们得加快步伐，才能赶得上机器的节奏。再后来人们家家都用自动收割机，几分钟就可以收割一亩稻谷田，连人们拿着袋子收稻谷都被机器囊括代替了。

还记得在多少年前，父母亲在田里，人可多了，哥哥、姐姐、姑姑等都在里面，那时候母亲身体可硬朗了，我用镰刀割稻谷都没有她用普通的刀割得快，于是父亲就让我和母亲比赛，我和母亲一个人割一条道，谁先到达终点谁就赢。年少的我总是有一股不服输的倔强劲儿，哪怕知道结果也要努力一试的那种，结果我只割到了一半，母亲就把我这条道上剩下的都割完了，不出意料，赢的是母亲。那时候，我还和姐姐一起赛跑，那时候打谷子的是哥哥和父亲，他们一人站在一边，我和姐姐一人跑一边，这时候的我们赛跑，会你争我赶，甚至有时候抱两三捆稻草在一起，这时候家长们还会夸我们聪明呢！

那些往事，那些久远的回忆，至今仍历历在目啊！应该是我这一生中为数不多干农活的经历吧。再到后来，我很少去稻田里干活，而是去镇里上学了。上学时，一到国庆节假期，我仍然会回来帮父亲收稻谷子。

如今在故乡，看看那收割机的运转，听听那谷斗的声音。那已经收割完的稻草，一些村民们会捆起来，给牛作补给冬天的食物，也有一些村民们会选择燃烧那些稻草，那浓浓的燃烧稻草的味道很是呛鼻。

割稻谷、收稻谷是村民们最忙碌最辛苦的季节，也是最快乐的季节。

不知不觉中，我考上了大学，后来毕业参加了工作，便很少去田里干活了。一到农忙季节，我便请假回到故乡帮父母亲收稻谷子，偶尔想起那些年的记忆，那热闹的收稻谷子的场面。如

中篇　家乡回忆

今，也只就剩下回忆了。

　　每当到了金秋时节，我时常会举目环视田野，满目硕果累累，喜悦不由自主地涌上我的心头。这都是辛勤播种的结果啊，没有春天的辛勤工作和汗水，就没有秋天的丰硕果实，我看着眼前充满诱惑力的稻谷，我不自觉地笑了。我想起了故乡的稻谷田。

幽静河畔

故乡的老物件

> 我小的时候在故乡农村见过好多老物件,现在它们都逐渐消失了,换以现代工业新物件。但是现在一些地方,都还保留着这些老物件,它们是故乡农村的老古董,见证了以往农村的历史。
>
> ——题记

我小时候是在农村长大的,我在农村度过了美好的童年时光,在那里我有许多的美好回忆。我小时候在故乡农村见过好多老物件,它们现在逐渐消失了,都换以现代工业新物件,但是在地方,一些家庭还保留着这些老物件,它们是农村的老古董,见证了以往农村的历史。

一、老式土灶风箱

老式土灶风箱,原先在故乡农村被广泛使用,现在在一些地方还能看到。风箱安在土灶旁边,用木头做成,用来拉风,吹着土灶中的火,让土灶中的火越烧越旺,从而让饭菜煮得更熟,味道更香。风箱中有个隔板,与拉杆连接,风箱凸起一半,与箱体形成夹层，风箱前后有两个进风口，风箱的旁边有个出风口，它与土灶里的火坑连接。拉动拉杆，向前拉时，隔板向前挤压箱内空气，风从风箱底面前风口进入夹层风道中，最后从出风口排出；后推时，风从风箱底面后风口进入底部夹层风道，最后从出风口排出，因此风箱使用时无论前拉还是后推都有风排出，不断前拉后拉可使风源源不断地从出风口输入到火坑里，从而使土灶中的火旺盛，使饭菜煮熟，味道更香。

二、辘轳石头碾子

辘轳石头碾子由石头和木头连接组成，碾子中间有一个木头做的立柱为碾桩，方形的碾框安装在碾桩上，圆柱状的石磙装在方形的碾框内为碾辘轳，碾框一侧顶端有个孔口，孔口中安一根木棍为碾杆。使用辘轳碾子时人们推动碾杆，碾辘轳围绕着中间的碾桩在碾盘上转动，把谷物放在碾盘上，推动碾杆不断围绕碾盘转动从而压碎谷物和其他食物。辘轳碾子可以碾碎大米等谷物，在故乡的农村十分实用，现在已经不多见了。

三、老式圆盘石磨

老式圆盘石磨，小时候在故乡农村也十分常见。它是用来把大米、豆子等粮食加工成粉、浆的一种农村器具。石磨通常由两个大圆石做成。磨石它是成平面的两层石头，两层磨石的结合部都有纹理，让粮食从上方磨石的孔中进入两层磨石中间，粮食沿着纹理不断运动移到外面，粮食在滚动过两层磨石时被磨石磨碎，从而变成粉或浆。这个器具在我小时候经常被使用，用来磨碎绿豆或大米，现在石磨也已经不常见了。

四、柳条编的簸箕

柳条编的簸箕是用竹片或柳条做成的盛东西的铲状器具，小时候经常用来沥米、盛豆腐、装新鲜青菜等，簸去稻米中的杂质和空壳以及盛装其他物品。现在家乡日常用品也有卖的，是人手工制成，不少农村家庭也保留着以前留下的老簸箕，所以这个也不难买到。

五、老式木制米斗

老式木制米斗是一个木制的长方形大空盒子。上面是空的，没有木头盖子。小时候在故乡看到大人经常用这个来盛米，方便实用，现在已经不多见了。

六、老式木制盘子

老式木制盘子，故乡农村的土话叫"圆盆"，是农村红白喜事时办酒席的时候用来端菜用的木盘子，呈正方形或长方形。它由农村置办酒席时专门指派人员使用，一般为请来的办酒席人员，也可以由办酒席家的家里人或亲戚使用。酒席开始时，办酒席人员把菜放在这个盘子上，送往每一张酒席桌子，一个大的"圆盆"可以装四五盘菜，菜品都是一样，每个酒香桌子上一份。小时候农村办酒席经常使用这个，现在农村也仍然在使用这个，是不多的农村还在使用的老物件。

七、老式纺棉线车

母亲说过，纺棉车是同一个大红木箱子一起从娘家带来的陪嫁。那时候，这两样东西是屋里最耀眼的摆设和实用工具。箱子里除了母亲一身大红衣服外，就常把纺好的棉穗子和织好的老粗布放进去，防尘，防潮，防耗子啃咬。纺棉车的地位更优越些，它是母亲在娘家为姑娘时就不离不弃的朋友。母亲隔几天就会给它掸去浮尘，检查有没有榫子松动的地方，倍加珍爱。

在我学会调皮捣蛋的时候，箱子背了运。母亲瞧着四分五裂的木板片儿，冲我虚晃了几下巴掌。以后只好改用纸箱、包袱等盛东西。

纺棉车幸存下来了，因为我喜欢听它"吱呀吱呀""嗡嗡嗡"的歌唱，喜欢瞧转轮动起来宛如大风车的旋转，更喜欢看母亲端坐于蒲团上，专注纺棉的样子。右手摇柄，摇三四下，左手趁势也摇三四下，棉条儿宛若吐着信子的小白蛇，脑袋一仰一仰的。稍顿，她再摇一下，左手扬起，成型的线便缠在了锭子上。"嗡——嗡——"的节奏由此而来。不大一会儿，一颗饱满的线穗儿便纺好了。母亲便停下车子，小心地取下来，换下一个。我感觉母亲特有能耐，央求她满足我的好奇心，叫她教我操作要领，但我却屡试屡败。

八、老式木制犁杖

在我很小的时候，每到春耕，时常看到这样的情景：一张犁杖放在院子一角，父亲坐在犁杖上，在咕噜咕噜地吸水烟，离他不远处站着一头牛，那便是我的父亲跟他的宝贝黄牛，这是他们的"战前"画面。我家的黄牛体格不大，但身上的毛发油亮，显得结实有力，黄牛正把头伸进饲料桶里，发出呼哧呼哧地满足地咀嚼声。待黄牛它吃完料抬起头来，父亲便牵上了它，扛着木犁杖朝地里走去。下到地里，父亲套驾上黄牛，便跟在犁杖后面，嘴里不停地吆喝着："嘚嘚——"，父亲的吆喝立即融入田野上耕田人的吆喝声里。大田里，一张张木犁深深插进泥土，犁出一垄又一垄黑乎乎的新泥，阳光下的新土变成一条条波浪，空气里充斥着泥土的味道。耕田是很辛苦的农事，牛要使劲扛轭拉犁，人要扶犁杖掌握犁地的深浅、方向、拐弯等，人和牛要用他们的脚一步一步地将土地"丈量"完。整个春耕，耕牛和人一耕就得是十几二十天，犁完一块又一块地。那时候的父亲身体还很好，一天能耕两亩多，脚下也不觉沉重，而且，父亲舍得下力气，他耕的地吃土深，地面平，一眼望去，让人心里特别舒坦。

有月亮的晚上，父亲还要加一会儿班，月色下的田野朦朦胧胧的，如水的月光洒在人和牛的身上，人与牛一前一后缓缓地行进着，构成一幅独特的水墨春耕图。父亲牵牛回家的时候，村子里已经亮起一片灯光。父亲将犁杖轻轻放到屋子的墙角里，然后坐下来吸水烟。我有些不以为意，有一次跟父亲说："就它这一张犁子，随便放在外面就行了，何必要把它放到屋子里来？又是泥又是水的。"父亲摇了摇头说："不行。耕犁放在外面，夜里会被露水打湿，沾了露水犁头会生锈，生了锈不仅犁地费力，还容易生锈损坏。"父亲对农具太过珍惜了。

一场耕种结束，父亲会及时将犁头从犁杖上卸下来，清洗干净后放在通风干燥的墙头，留待下一季使用。父亲将他的犁头简直当成了宝贝。

晚年的父亲，使不动犁杖了，他让哥哥将犁杖接下来。哥哥正担任生产队干部，他很不情愿地扛起了父亲的犁杖，还是在以前父亲耕过的那片土地上耕作。他将父亲翻过来的土地又一遍遍地翻过去。哥哥使用着父亲曾经使用过的犁杖和犁头，在地上留下的犁痕，也许还是父亲当年犁出的沟壑，仿佛读书人在翻书，后人翻阅前人读过的书,哥哥翻的书页,父亲也曾经翻过。原来,耕田和读书是一样的,都是延续和传递。

我不知道父亲当年的那块犁头犁过多少地,父亲和哥哥在土地上留下了多少脚印,也没有谁做过记录。哥哥还像父亲以前耕作一样,耕田一结束,他就将犁头卸下来,清洗干净,妥善存放在通风的墙头上。犁杖在哥哥的手上没有用上几年,便在一阵阵机器的轰鸣声中隐退了。犁杖谢幕之后,就不再有人想起犁头来,直到今天我想起了它来,居然又在墙头上找到了它,尽管已经锈蚀,不少地方已经脱落,但形状没有多少变化。

或许是白天看过旧犁头,夜里竟然就做了一个有关犁头的梦,我梦到一张木犁在地里行进犁地,木犁就像一条在水里游动的鱼,它游得那样地轻松自如,它游得是那样地无畏自信,犁头过处,我仿佛听到了土地里有种子"滋滋"的发芽的声音。

很多年过去了,这些老物件已经逐渐消失在我眼前了,但是它们是我童年美好回忆中的重要组成部分,它们勾起了我对小时候农村生活的美好回忆,我永远也不会忘记它们。

幽静河畔

家乡的麦田

每个人的心中都会有一处最喜欢的景色。在家乡长大的我,最喜欢的景色就是家乡春季那广袤无际的翡翠般的麦田和家乡盛夏时那金灿灿的飘着清香的麦田。

——题记

我的家乡在淮河以北的宿州埇桥区,这儿盛产玉米和小麦。我的家乡地处黄淮海平原,是我国小麦的主产区,乡亲们每年都会种大量的冬小麦。我小时候,家乡一直流传着这样一句谚语:"寒露到霜降,农家种麦莫慌张;霜降到立冬,农家种麦莫放松。"我家乡种的小麦叫冬小麦,它是所有农作物中少有的越冬植物,我记得小时候听大人说:"小麦不适宜种得太早,也不适宜太晚,过早麦苗容易长过头,得不到地温的保护,反而不好,要减产;种得太晚了,温度低,出苗晚,种子会被仓鼠偷吃,只能按着那句谚语,适时播种。"我最感兴趣的,是田野带给我的新奇和喜悦,特别是家乡那广袤无际的,在春天绿油油、秋天金灿灿的麦田。

　　我记得以前的人为了给小麦施足底肥，从夏天就开始准备了。肥料有牛粪、马粪、鸡鸭粪等，还有青草沤的绿肥和烧锅的小灰。村民们把这些肥料掺在一起搅拌均匀再晒干，用粪耙子或者木榔头砸碎，再用筛子筛成碎面儿，拉到地里卸成一堆一堆的。犁地的时候，男劳力们用铁锨把一堆堆的粪均匀地撒开。村民们给牛或者骡马套上犁子，一手扶着犁把，一手拿着长边，哼哼喔喔吆喝着牲口，随着犁子后边翻起一犁犁黑色的泥土，散发出一阵阵醉人的"芳香"。村民们把整块地犁完以后，开始给牲口套上土耙，站在土耙上一手紧握缰绳，一手拿着皮鞭，不停地吆喝着，时而直着耙，时而斜着耙，直到把地耙得平如镜、碎如面即可。

　　到了霜降的时候，人们开始播种，男女老少齐出动，把事先选好的优良品种，放在田间地头，小孩子在前边牵着牛或驴或马，大人在后边扶着耧，不停左右地晃动。牲口不够用时，就由劳动力们像牛一样拉着娄耩地（以前播种用的农具）。妇女老人中午做好饭菜，拎着盆盆儿罐罐儿，把饭送到大田里，人们边吃边唠嗑，不时发出爽朗的笑声，那些牲口趁着人吃饭的时候，也在沟边路沿儿，悠闲地啃食野草，牛脖子的铃铛不时发出"丁零丁零"的声音，小牛犊在母亲面前撒娇的"哞哞"声，热闹非凡。小麦播种以后，在墒情充足的情况下，只需三至五天，一片片翡翠般嫩绿的小苗儿，像一双双小手伸出大地母亲的怀抱，在秋阳下贪婪地吸吮着晶莹的露珠儿，摇摆着小脑袋欢快地成长。大概一个月光景，大田里绿油油的麦苗儿就长到了一拃来高，一眼望去，幽幽的黑土地上，一行行绿色的麦苗横平竖直，在微微的寒风中轻轻晃动，散发着幽幽的清香。好像一幅幅美丽的水墨画，装点着美丽的黄淮海大地，为寒冷的冬季增添了一抹生机。

家乡的老人们说，这时候的麦苗不怕牛羊啃食，越啃，开春长得越旺，在没有下雪之前，碧绿的麦田就变成了辽阔的草原，孩子和老人们把牛羊散放在麦田里，任其悠闲地啃食，老黄牛们吃饱了，有的卧在地里左右翻滚，或者闭目养神，或溜溜达达，或撒撒欢儿，小牛犊幸福地依偎在母亲的怀抱里，被母亲亲昵地舔着，有的大黄牛不停地磨动大嘴巴，意犹未尽地品味着麦苗的余香，它们难得在这冬日的暖阳下，消解一年来的辛苦与疲惫，释放着悠闲与慵懒，演绎着自由和快乐。那些一向温顺的羊宝宝们，卷曲着尾巴，贪婪地啃着麦苗，时不时抬起头"咩咩地"叫几声，直到把肚子吃得溜圆溜圆的，便跑到同伴儿面前，弯曲着前腿，两条后腿直立上，勾着头，摆出一副挑衅的样子，十分可爱。儿时的小伙伴们在麦田里放飞着自己制作的各色各样的风筝，追赶嬉戏，把天空装点得五彩缤纷。村民们优哉游哉地拉着石磙，把麦苗碾压一遍，与其说给麦苗儿保暖保墒，不如说是用脚步在大地的绿色纸笺上书写美丽诗行。

"麦盖三双被，头枕白馍睡。"这是我小的时候大人们常念叨的一句话。家乡到了隆冬时节，一场大雪过后，麦苗娃娃在雪被下面，呼呼地蒙头大睡。有的悄悄把头探出来，好像一个调皮的顽童，怀着无限好奇的心，打量着这粉妆玉砌的美丽世界。我的小伙伴们都穿上了厚厚的棉袄，凛冽的寒风也挡不住我们向田野疯跑。那些麦苗见到我们，集体向我们鞠躬问好，我们也会一起大声回应："小麦苗，你们冷吗？"可能是太冷的缘故，它们没有回应，只是停止了生长，甚至慢慢枯萎，好可怜啊，我们在心里默默地为他们祈祷。家乡的冬天，天空中飘着一片片雪花，覆盖着大地，就像给小麦盖上一层洁白的丝绸被。麦田给了我们小伙伴们许多欢乐，我喜欢我们家乡的麦田。

到了农历二月，地下的阳气上升，大地上似雾非雾，像天宫洒下的薄薄轻纱，飘飘袅袅，在温暖阳光的照耀下，黄淮海大地呈现出一幅幅绚丽多彩的油画。一场洋洋洒洒的春雨，滋润着大地，大梦初醒麦苗儿，眨巴眨巴惺忪的睡眼，深深地伸了个懒腰，舒展了筋骨，开始分蘖、生长。仿佛一夜之间，麦苗儿像绿色的地毯也一样，把大地铺得严严实实，在轻轻的微风中，宛如一片绿色的海洋，碧波荡漾。空气中充满了麦苗儿和泥土的芳香，村庄上莺歌燕舞，鸟语花香，呈现出一派生机盎然，欣欣向荣的景象。一群群的孩子们，脱下厚厚的冬装，在明媚的阳光下，挎着篮子，拿着锅铲，在地里寻找各种各样的野菜，帮助家庭度过春荒，大人们抓住时机，手握锄头儿，开始小心翼翼地给麦苗锄草松土，心中徜徉着丰收的希望。

到了农历三月，不知不觉中麦子已经开始拔节，长出一个个圆圆鼓鼓的包儿，三五天以后，齐刷刷的麦穗子，带着锋芒骄傲地挺直着腰杆，锋芒根部开出一朵朵小小的白花，相互传递着花粉，空气里散发出淡淡的麦花香，引来了无数只小蜜蜂，穿梭来往，嗡嗡地忙采蜜。偶有一阵清风吹来，麦田掀起碧绿的麦浪。

农历四月，麦子开始由青变黄，一个个成熟的麦穗，籽粒饱满，压得麦秆渐渐弯下了身腰，垂下了高昂的头颅。一望无际的田野，滚滚的麦浪把大地映成一片金黄，在微风中随波荡漾，农民们怀着丰收的喜悦，一个个精神抖擞，摩拳擦掌，把镰刀磨得锃光发亮，备战麦收大忙。

　　盛夏时，麦苗也换了装，麦穗也长得越来越饱满了。把麦穗剥开来看，里面还像煮熟的白米饭一样软，不几天，里面就是坚硬的颗粒了。绿油油的田野变成金色的海洋。放眼望去，大地都被染成了金黄色。人们看着金黄色的麦田，脸上喜气洋洋。今年，麦子又要大丰收了。天气越来越热，金灿灿的麦子入进了各家各户。春季的绿油油的麦田和盛夏的金灿灿的麦田，带给我的新奇和喜悦装进了我的记忆里。

中篇　家乡回忆

家乡的冬天

家乡的冬天，冰天雪地，这是我和小伙伴们的乐园。在家乡冰冻的汪塘里，小伙伴们吃过了晚饭，便会三五成群，相约而至。自制的滑冰车来来往往，欢笑声、尖叫声此起彼伏，回荡在空旷的夜晚；洁白的冰面上，倒映着舞动的身影，构成一幅冰清玉洁的童话世界。家乡的冬天，是儿时最美好的时光。

——题记

在我儿时的记忆中，淮北平原大地上的冬天来得特别早。在深秋的霜降过后，秋天就便迫不及待褪去了斑斓的色彩。天空显得格外苍凉，气温也开始渐渐下降，到了一早一晚人们会觉得天气有点凉飕飕的，老人小孩们也都早早地穿上了保暖的厚衣服。

一望无际、空旷的田野沉寂了下来，袒露出大地的本色，满目荒芜颓废。一阵阵恼人的秋风吹过，树木的叶子伴着灰尘漫天飞舞着，它似乎在告诉人们——寒冷的冬天就快要到来了。

儿时的记忆中，家乡的冬天是人们最清闲的季节。人们等到秋庄稼收割完毕并打碾完了场，秋季的粮食全部进仓之后，田间地头的劳作便可以告一段落。男人们就逍遥懒散了起来，天气晴好，他们会聚集在墙角边，抽着旱烟袋，晒着暖暖的太阳，拉着家常，口无遮拦地聊上一个响午，在兴高采烈的嬉笑声中满意足地各回各家。

当时淮北平原的农村十分贫瘠，冬天全靠烧着的木柴来烤火取暖。烤火也很有讲究，麦秸之类的杂物点着火以后很快化为灰烬，不到半个时辰屋里就发凉了。而烧木柴，则能踏踏实实地热上整半天。

因此，为了冬天能很好烧火取暖，到了放寒暑假，除了完成了假期作业，我和小伙伴们还要储备冬天烧火取暖的原料——碎木柴、树枝子等，这是成了小伙伴们主要的家务劳动，也是一种获得家长奖赏的重要依据。拾柴火也很讲规矩，为了避免伙伴们争抢，家长们通常会合理分配田野树林里结伴而行的小伙伴，比如，这一片树林子是你的，那一片树林子是我的，村后河岸又是他的，谁有谁的主，个个都有份儿。

我们在田野里奔跑，在草地打滚，肆无忌惮。嬉戏打闹中，直到夕阳西下，各自背着沉甸甸的几捆树枝，满载而归。

有一次，我们家刚刚吃过了午饭，风儿的脚步也急促了许多，天愈来愈暗了，快要下雪了。母亲怕我们冻着，生起一大盆木柴火。红红的火苗，夹杂着噼里啪啦的声音，让屋里顿时暖意融融。母亲和几个婶子一起围坐在火炉旁做着针线活，有说有笑。透过窗户，鹅毛般的雪花从天而降，洋洋洒洒，翩翩而来。我总想着，一定是有位漂亮的仙女，在高高的天上，一手托着神奇的宝盆，一手悠扬地撒起花来。你看，这分明是花儿，却晶莹剔透，形态各异，略带着淡淡的清香。这个时候，最兴奋的是我们小孩子，一个个冲出家门，与纷纷扬扬的雪花一起舞了起来，早就忘却了寒冷。一开始，羞涩的大地还不敢接受这带着仙女体香的"雪花儿"，在伙伴们朗朗的笑声里，把"雪花儿"偷偷地化成水融进心田里，再偷偷地跟着我们一起乐。树最勇敢，它知道这是冬的精灵，它还知道，它不像大地有那么宽阔的臂膀，若不趁早大大方方，更多的"雪花儿"还是会投入大地的怀抱。等到我们小伙伴们头上都冒着热气了，田野里、地面上、瓦屋顶，雪儿渐渐地厚了起来。

有一年，家乡的冬天异常寒冷，滴水成冰，一场大雪之后，整个村庄便粉妆玉砌，银装素裹。大地积的雪很难融化，"吱嘎吱嘎"的踏雪声清脆而悦耳，伴随了我们整个冬天。

乡村的小学里偌大的教室间只有一台土炉子，它就像一尊泥塑的怪物，冒着微弱的火星，却丝毫不散热，反而弄得教室乌烟瘴气。我们呼着冒着的灰白烟气，搓着手、跺着脚，急急的等待着下课、等待着放学。

每年入冬前，母亲都要给我们准备过冬的衣服。棉衣和棉裤都是用羊毛和棉花缝制而成，非常柔软暖和，还有棉鞋、棉帽、棉手套等，整个人从上到下几乎全部都被棉花和羊绒包裹起来了。即使这样，数九寒天里，我们的手脚还是会冻出疮来，奇痒难忍。每天到了晚上，在昏暗的煤油灯下，母亲都会对我们兄妹几个人从耳朵到手脚，逐项进行"体检"。哪儿冻肿了，母亲就用偏方，捧来干净的雪块使劲搓擦着，等到搓得火烧火燎，便不再发痒,我们才可安然入睡。我时常看见母亲心疼地抱着我们的脚搓擦时,眼里闪着点点泪光。再后来,有了冻疮软膏,但我们并不喜欢用它,除了厌恶那股难闻刺鼻的怪味外,更重要的是习惯了母亲柔柔的搓摸,那种感觉浸入肌肤,暖彻心扉,伴我们度过一个又一个甜蜜的漫长的寒冷的冬夜。

家乡的冬夜非常宁静,人们早早便入睡,偶尔会传来几声抑扬顿挫的犬吠声。放了寒假,夜晚便开始骚动起来。如水的月光下,冰冻的汪塘里成了孩子们的乐园。吃过了晚饭,便会三五成群,相约而至。自制的滑冰车来来往往,欢笑声、尖叫声此起彼伏,回荡在空旷的夜晚。洁白的冰面上,倒映着孩子们舞动的身影,构成一幅冰清玉洁的童话世界。

家乡的冬天十分漫长。热热闹闹过完大年,开春之后,冬的寒意并没有丝毫减弱,扑面而来的寒气依旧凛冽逼人,洼地里厚厚的积雪,像冬眠不醒,顽固地一动不动。

直到有一天,呼呼啦啦的西北风开始刮响,窗外的麻雀翘起尾巴而欢叫着,柳树、洋槐树、白杨树等一天天吃力地吐出嫩芽,田野里的小草小心翼翼探出脑袋,我们小伙伴才欣喜地发觉——春天要到来了!

参加工作若干年后的今天,当我蜗居在喧嚣的城市里,漫无目的穿梭在滚滚车流中,我再也无法体味到家乡的冬天,也无法感受儿时那种蚀骨的严寒。蓦然回首,它却只留下一地冰冷的孤寂。

流年似水。如今,父母亲早已离开人世,我也进入了知天命之年。偶尔翻捡出记忆中家乡的冬天,依然清澈如昨,像母亲缝制的棉裤、棉袄、棉帽、棉手套,虽然朴素简单,但穿在身上、暖在心里,会温暖整个冬天。

那一年冬天,我踏上去哈尔滨的火车,在冰天雪地里体验了寒冷的冬天生活。回来后,突然感觉双脚奇痒难忍,原来穿着单皮鞋的脚居然冻肿了,尘封已久冬的记忆便瞬间涌上了我的心头。看着自己冻肿的双脚,母亲熟悉的身影猛然浮现了在我的眼前。我似乎又看见她佝偻着瘦小的身子,小心翼翼捧着雪,用粗糙的双手,使劲地搓擦着我红肿的双脚,眼里依旧闪烁着晶莹的泪光。这泪光蕴含着母子连心的牵肠挂肚,闪烁着对儿女们幸福生活的无限祈愿。在岁月静好、冷暖自知的流年里,这泪光,一直是我人生路上穿越寒冬砥砺前行的动力。

家乡的冬天,我们儿时的乐园,小伙伴们的美好时光,永远刻印在我的脑海里,时不时悠悠地浮现在我的眼前。

下篇

游览散记

游涉古台有感

（一）

赴渔戍边至大泽，雨阻征夫失当斩。
筑坛盟誓诛暴秦，率众揭竿感地天。
绿草萋萋龙树孤，古台漠漠望东田。
塑立英雄浮雕像，怒目举棒冲在前。

（二）

昔人已驾长车去，此地空余涉故台。
松老石残存古意，庭荒雨冷感余哀。
生平曾有史家记，谥号全凭我辈猜。
可惜英雄三五个，却教豪气没蒿莱。

涉故台位于安徽省宿州市埇桥区西寺坡镇涉故台村，是公元前209年陈胜、吴广农民起义遗址。东距津浦线十四五里路，西至206国道十六七里路，交通十分便利。涉故台周围在古代时是一片沼泽地，故名"大泽乡"，中国第一次农民大起义—大泽乡起义发源于此。

公元前209年，陈胜、吴广与九百闾左同赴渔阳戍边，至大泽乡，因雨受阻，失期当斩。"今亡亦死，举大计亦死，等死，死国可乎！"陈胜、吴广遂智杀校尉，率众斩木为兵，揭竿为旗，筑坛盟誓，诛伐暴秦。因陈胜字涉，后人遂将其盟誓之坛为"涉故台"。

涉故台呈覆斗形，北高4.6米，南高3.2米，东西长67.6米，南北宽65.5米，面积447.2平方米，台周围绿树掩映，环境优雅。涉故台台南70米中轴线上矗立一座陈胜、吴广起义大型浮雕像，雕像通高9米，宽6.2米，厚1.7米，总重120吨，雕像外形为火炬形，象征陈胜、吴广点燃第一次农民大起义的熊熊烈火，陈胜右手持剑指向蕲县，左手振臂呼唤起义军，吴广怒目举棒，首冲在前。

涉故台周围还有篝火狐鸣处、鱼腹丹书湾及七十二连营等景点，《史记·陈涉世家》载有相关故事。台东南建有陈胜、吴广起义纪念馆"鸿鹄苑"，为仿古建筑，总面积2475平方米。集碑廊、文物陈列于一处，内有名家碑刻数十方，并陈列全国知名书画家馈赠书画近500件。

涉故台作为中国第一次农民起义的发祥地，是中国农民战争和农民革命的源头，是历史的载体和见证，是一座伟大的历史丰碑。数十年来，宿州各级政府对涉故台不断进行维修，以期涉故台得到较好的保护，恢复历史原貌。1961年公布为省级重点文物保护单位。

我年轻时曾多次游览涉故台，看过后空发一番议论，再过些时日就忘得一干二净。前几日陪同几位外地的亲戚朋友再游涉故台，随着阅历的增长，突然觉得有了一点感悟。

陈胜、吴广起义的故事，小学课本里就有。然而知道大泽乡在宿州市埇桥区西寺坡镇的并不多。公元前209年的战火硝烟已经远去，当年奋力诛暴秦、振臂一呼、天下影从的场面也已淡去。留下的除了沉重的历史的思索，就是依然躺在原地的起义遗址。一个高台，几株老树，在凌厉的寒风中诉说着往事。

那天我们一行几人游涉故台，巧遇一位老人在烧纸，是为怀念先人，还是回忆当年的鱼腹天书、狐鸣鬼火，不得而知。

去涉故台的道路两旁立了不少名人的题字碑文，台阶中间有一棵古树，名曰"柘龙"，已经开始冒出新芽，据说有1700年的树龄。如同虬龙般的树干艰难地支撑着，摇曳在初春的寒风中，默默地承受着苦难。当年龙柘今犹在，铮铮诉说前世缘。

涉故台上有四块石碑，明万历年的、清道光年的、清光绪年的和民国年间的，都是人们为纪念这一历史事件而立的。台上还有一深二十余米的古井，名曰"龙眼井"，在南朝梁武帝时期，这里有一楼台寺，古井就是那时建的。历经风雨，楼台寺已不复存在，但古井依然保存了下来，里面还有少量存水。

翠柏掩映、青草丛生的土台，其用途有三种不同的说法：一说是筑台盟誓，诛伐暴秦；二说是操练兵马，击鼓演武；最后一种说法，则是说大泽乡一带为低洼的沼泽地区，每逢雨季，顿成泽国。所以，义军揭竿而起后，为了屯兵，便在此构筑了这个土台。像这样的屯兵之台，在大泽乡有 72 座，被当地百姓称为"七十二连营"，其中，以涉故台最大。

涉故台上，据说曾有明朝万历年间乡人集资修建的钟楼、寺庙，并铸有铁钟一口。随着岁月的流逝，这些建筑物都在天灾人祸、兵燹战乱中湮灭了。而今，只有四块遍体鳞伤的石碑，默默地伫立在涉故台上，呼应着台上的那一口龙眼井、台下的篝火狐鸣处、鱼腹丹书湾和七十二连营，向人们讲述着遥远年代的遥远故事。

为了让后人更好地了解这一段历史，1984 年又于涉故台前树起了一座高 11 米、宽 6.5 米的陈胜、吴广雕像。14 块黑色的大理石，凝固了 2200 多年前那惊天动地的一幕。1991 年建成的陈胜、吴广起义陈列馆——鸿鹄苑中，东西两壁嵌满了当代知名人士的碑刻书法作品，引导着人们去探寻中国第一次农民大起义的足迹。

陈胜、吴广领导的中国第一次农民战争虽然失败了，但在推翻秦王朝的伟大斗争中仍然建树了不朽的功勋。正如项羽虽然在后来的楚汉相争中以失败而告终一样，仍旧是一位失败了的英雄。陈胜、吴广在并吞六国的强秦面前，敢于首先发难，破天荒地喊出了"帝王将相，宁有种乎"，这在当时的历史背景下，是极具震撼力的。这一声惊天动地的呐喊，从思想上彻底打破了秦王朝不可战胜的神话。所以，在义军失败之后，反秦的风暴不仅没有停息，反而更加猛烈。

漫长的岁月并没有湮灭这一段悲壮的历史，涉故台也依然伫立于天地之间。

涉故台，涉故台，永远的涉故台！

下篇　游览散记

游麦基诺岛记

2017年7月6日星期四在美国独立日假期，我们一家五口由女儿开车自驾去麦基诺岛游玩。此次游玩，我们早晨五点半离家，上午9点左右，通过麦基诺大桥，来到码头。麦基诺大桥东面是休伦湖，西面是密歇根湖。麦基诺大桥是世界上第三长的大桥。麦基诺大桥上的风景太美了，雄伟的大桥，两边蔚蓝色的、浩瀚的湖水，蓝得让人心醉，蓝天白云令人心旷神怡。休伦湖湛蓝的湖水清澈，岸边白色的浪花、游泳的人、遛狗的人、空中飞翔的鸟以及湖中喷水的轮船，组成了一幅幅美景。到了码头，我们乘船去麦基诺岛，湖上坐船，湖风拂面，有点凉意。麦基诺岛四周水茫茫，去往岛上只能乘渡轮、自驾船，或是坐飞机。其中，经济又便捷的方式是乘渡轮。南来的游客可以从麦基诺城的渡轮码头登船，北来的游客可以从圣伊格纳斯渡轮码头乘船。

我们刚一抵岸，便能闻到一股异味，那是马粪的味道。一出码头便是主街，这是麦基诺岛最热闹的地段，两旁店铺林立，娇艳的花篮挂在路灯下，阳台上或窗户下，五彩缤纷，令人心旷神怡。岛上的房屋或临水而建，或掩映在半山的树林中，色彩各异，大多是尖屋顶配烟囱，具有浓郁的维多利亚时期建筑风格。

我们在码头出口处租了双人自行车，每小时10美元。岛上的道路设计十分科学，在上山的路上，每蹬20下就到一个平台，可以放松骑一段平路。

麦基诺岛坐落在休伦湖内，是美国密歇根州北部避暑胜地。密歇根州由上下两个半岛组成，连通休伦湖和密歇根湖的水道将两个半岛分隔开来，在水道的东端，有一个面积仅9.8平方千米的小岛——麦基诺岛。全岛周长14千米，为茂密的树林覆盖，四周环有石灰石悬崖，东部高103米，是密歇根州第一名胜。该岛保持着18、19世纪的风貌，马、马车和自行车为交通工具，禁止机动车辆通行，所以游人和当地人只能走路或骑自行车，甚至骑马。岛的面积不大，骑自行车环岛一周大约2个小时。临近岸边的建筑物颜色各异，仿佛是浮在水上的宫殿，岛的远处则是秋意正浓的枫叶，在湖水的衬托下，景色迷人。麦基诺岛被一些华人旅行社称为"蓬莱仙岛"，似乎是想增添一些文化上的认同感。麦基诺岛气候湿润，树木茂密，风景秀丽，整个小岛就像一座大的森林公园。假期或者周末选择到麦基诺岛去，在休伦湖边过周末，看湖看水，轻松心情。暖风轻拂，放着加勒比海风情的歌曲和音乐，一家人喝着红酒，心情美滋滋的，人生至此，有儿女在身边，是我们的最大快乐。

麦基诺岛飘香的季节是六七月紫丁香盛开的时候。丁香花节的马车巡游很有特色。

游麦基诺岛有几件事要做，才不枉来此岛旅游。第一，骑车绕岛一周。从码头起步、右转，步行几步就能看到许多这样的招牌，可以租辆自行车。第二，骑马或坐马车。麦基诺岛是马车之岛，不骑骑马或坐坐马车就等于没来过麦基诺岛。第三，去看大饭店。大饭店是麦基诺岛的标志性建筑，建于1887年，电影《时光倒流七十年》曾在这里拍摄。从里到外，整个饭店就像一个博物馆，值得一看。饭店外不远处的大饭店马厩，不只是看马，还有老马车。第四，看麦基诺堡。麦基诺岛不仅有美丽的自然风光，还是一个有历史故事的岛屿，若要了解麦基诺岛的历史，去古老的麦基诺堡参观吧。再有，那儿也是俯瞰和拍摄麦基诺岛全景的最佳位置。第五，游看拱桥岩。拱桥岩在岛的东部，可在湖岸边攀240个台阶到达这里，也可坐马车，或骑车到这里。拱桥岩是麦基诺岛最著名的自然景观，它高出湖面45米，跨度17米，由石灰岩构成。第六，游看蝴蝶馆。这里有几十种数以百计的蝴蝶，当一只只色彩斑斓的蝴蝶在你身边翩翩起舞，那种感觉很美妙。第七，看日出和日落。麦基诺岛是观赏和拍摄日出（岛东）和日落（岛西）的好地方。日落是麦基诺海峡的最美时刻。第八，游逛老街。麦岛的老街边有许多老建筑和百年老字号商店，在麦岛逛街就像浏览一幅幅古旧画卷，不知不觉中走了很远、看了很多，却不觉得累、不觉得够。岛上的房子多为木结构（这也是北美民居的主要制式），色彩鲜艳、明快。美国内战结束后，大批享受战后安宁的人们来到仙境般的麦基诺岛度假避暑，这座小岛就成了美国北部著名的休闲度假胜地。

　　游玩观光麦基诺岛美丽的风景，享受异国他乡别样的自然风光，心中真是有别样滋味！

游皇藏峪记

2018年7月的第二个周末，我与几个朋友相约前往皇藏峪国家森林公园旅游。驱车出宿州城区向北经安徽省萧县官桥镇向南两个多小时到达目的地，购了门票，车子沿着山间林荫道路一直开到锁龙桥，林区树木茂密，花草满地，泉响鸟鸣，空气清新，令人心旷神怡。

皇藏峪是安徽省自然保护区和风景名胜区，1992年被批准建立为国家森林公园。"皇藏峪"古称"黄桑峪"，因峪中长满黄桑而得名，后相传汉高族刘邦曾避难于此而改名为"皇藏峪"。这里山、水、泉、涧等自然景观浑然一体，山峦起伏，林木参天，岭上坡下，繁衍着松柏、黄桑、青檀等，有多种木本、草本植物，并有多种鸟类栖息，还有珍奇的水獭、黄鼬、狐狸等，素有"幽谷圣地""淮海佳境"之称，是少见的风景名胜区。

从锁龙桥顺着山道西行，再往北拾级而上，是闻名的瑞云寺，据《江南通志》记载，寺院始建于晋，重建于唐，原名黄桑寺，后随山名改为皇藏寺。宋朝端拱年间改寺名为瑞云寺。有碑记曰："众山环合，卫基如城，间有古寺，名曰瑞云。"现高悬寺门之上的"瑞云寺"匾额，字迹苍劲古朴，为清代安徽大书法家邓石如所题。

寺院倚山临涧，左右有山溪环绕，上下有古树伞盖。林深石奇，僧人安居。古人曾题"萧国福地"，期间经隋、唐、宋、元、明，屡有兴废，明末清初，度遇和尚开山扩建，扩建后初具规模。寺院三进院石级相连，前院是藏经楼，楼下为斋堂，楼上藏经，据讲原有经藏、律藏、论藏等数千卷。中院是正殿宽大平整，大雄宝殿五间。有释迦牟尼、药师、南无阿弥陀佛、十八罗汉等金身佛像。后院为方丈室，明三暗五，高大宽敞，左右楼阁，廊腰迂回，飞檐钩天。室前蜡梅掩映，黄杨相衬，左侧有一株千年以上银杏树，主干下生有二枝，一大一小，枝叶繁茂，犹如携子抱孙，为一奇景，树上挂满红带，说都是前来烧香求子的香客系的，在大殿烧香许愿，然后再在树上系上红带，以求儿孙满堂，于是，树上一年四季红带飘飘。右侧是一株挺拔的古松，树高数十米，树龄与银杏相仿，再前有老桂两株，一名金桂、一名银桂，合称姊妹树。

清末以后几经战乱，神佛塑像等文物被砸，经书荡然无存，殿宇大多毁坏，寺院颓败。1978年后，安徽省政府拨款修葺，现在仿古建筑基本恢复原貌。现在寺内游人如织，大雄宝殿前，香烟袅袅。

出寺庙西南行一百多米处，峭壁中有一天然洞穴，深十余米，呈圆形，底平壁光，风景秀丽，形势险峻。一巨石迎洞而立，人称"飞来石"，洞口有"天洞""皇藏洞"等石刻。相传楚汉相争时，刘邦兵败，霸王项羽追赶至此，刘邦在洞里避难，心慌意恐，自语曰："如有巨石堵洞，吾则安也！"思未泯，一方巨石从天飞来，落在洞口，刘邦避免了一场大难。此洞位置险峻，背靠大顶岩，北望阎王鼻，左有平顶山，右有钻天峪。洞中可仰视群山苍翠，俯察流水潺潺，怪石嶙峋，玲珑天成，别有情趣。

出皇藏洞折回东行，在瑞云寺东南40余米，有一井，井口呈"插剑"形，俯视深不见底，旁立石碑，上书"拔剑泉"。据传，当年刘邦败逃时人困马乏，饥渴难忍，四处寻水无着，怒将利剑猛刺足下巨石，剑拔泉涌，汩汩外溢，故名拔剑泉。泉井上建有两层木顶结构和绘六角亭，吸引着众多游客驻足观赏，或三三两两歇息纳凉。

由寺向东偏北，穿林越谷，薄雾蒙蒙，如登青云，约200多米，山道北侧有一天然巨石，其形似床，上面凹陷如人卧压痕迹，正好可仰卧一人。传说度遇和尚常年睡于石上，最后长眠于此，寿100多岁，经张果老点化成仙，人称此石为"仙人床"。我们几个人分别卧于石上片刻，还真有飘飘欲仙的感觉呢。

沿山间小道西行，在峪西北群山环抱之中，见陡崖下有一天然石盆，原名"滴水盆"，盆内水清见底，常年不竭，大涝涨而不溢，久旱浅而不涸，夏秋之间，数股瀑布绕前而过，池水保持憩静之态。每到瑞云寺开堂传戒之日，僧侣众多，斋后皆来此洗钵，故名"洗钵池"。

再攀山上去，在虎口峰之腰，有一山洞，名曰"美人洞"，其洞可容五六人，地势险峻。传说每当日出日落之际，洞口经常隐约现一浑身挂皂、青丝白面、鬓插鲜花的妙龄少女，故名曰"美人洞"。

再往西北，群峰之中，独出一峰，名为"观景峰"，海拔370多米。沿着山路爬上观景峰，登临其巅可总瞰峪中全景，峪中天门寺更为壮观，三层院落层层阶梯，楼台殿阁各抱地势，千年老树四周围绕，引人入胜，犹如一幅美丽的山水画。

天门寺，建于元至正年间（公元1341年）历经元、明、清各朝，均香火鼎盛。禅僧静本等爱其地幽深僻，因是山东南之谷号天门，遂命寺名曰"天门寺"。又据史料记载，公元425年南朝皇帝刘裕之子义隆在此兴建寺院，因山坳两侧的山头是簸箕形延伸出去，又像天公的两扇大门，得名天门山，故称为天门寺。寺中的一棵千年古银杏特别抢眼，树冠和树叶基本把中厅覆盖了。天门寺是一个尼姑寺，与瑞云寺不同的是，这里的色彩更加鲜艳。

我们下山已是下午四点多钟，到山门前的餐馆，都觉饥肠辘辘。进了餐馆，餐馆老板一边安排房间，一边介绍特色菜"皇藏峪蘑菇鸡"，蘑菇是皇藏峪里的特产，有补肾养颜之功效，鸡是山上野养的，肉质细嫩鲜美，有"不吃蘑菇鸡，白到皇藏峪"之说。餐馆老板介绍着这里的特产和乡土民情，不知不觉中喷香的蘑菇鸡端到桌上，我们边品尝蘑菇鸡美味，边叙说皇藏圣景，"观美景，食美味"，不虚此游。

游动物园记

2016年6月,我和爱人乘飞机去美国参加女儿博士毕业典礼。参加毕业典礼后,六月的一个周末,万里无云,阳光明媚。女儿驾车带我们去美国密歇根州的底特律动物园游玩。早上,我们6点左右就起床了,吃过早餐,女儿开车仅用了40分钟就到达了目的地。

女儿介绍说:底特律动物园坐落在底特律市的北部,占地面积125英亩,是使用栅栏的动物园,动物就不需要生活在那些狭小的笼子里面了,这样看到的动物也是最为真实的状态,它每年吸引着100多万游客参观游玩。动物园的动物品种有280多种,园内为3300多只动物提供了栖息地,它们悠然地生活在这个环境优美的动物园中。

我们一家踏进园区,放眼望去,是满园的绿树成荫,繁花似锦。正值花开的季节,绿的树、白的花,中间又点缀着一团团粉红色和黄色的花圃,环境优美。动物们的家就在这美丽的花园之中。

我们一家人按照底特律动物园的游玩指引路线，先参观游玩北极圈生物园区，再依次参观游玩非洲草原、非洲丛林、美国大平原、亚洲森林、澳洲内陆园区、企鹅馆、爬行动物保护中心，正是这些明确的布局，才可以让我们更加了解每一种动物之间的差别。这里有一个北极熊展览，可是整个北美地区最大的展览了，可以前去看看北极熊的风采。还有一个专门的企鹅馆，企鹅是一种非常可爱的动物，企鹅也是分为好多种的，这有跳岩企鹅、马克罗尼企鹅、国王企鹅等三种。

我们游览到了孔雀园，孔雀园的设计很有特点，从外观上看，孔雀馆就是一个十几米高的孔雀样子，在所有的园馆中很有些高傲的味道，而里面的孔雀更可以用绚丽多彩来形容。白孔雀的优雅，蓝孔雀的华丽，交相辉映。不巧的是，大多数的孔雀都在休息，它们神态端庄，高贵而又艳丽。只有一只例外，它仿佛充满了精力，不时开屏，并且很配合游人似的，不时转动它美妙的身姿，它简直就是一位英俊的王子。

我们离开了孔雀园，又来到了海豹馆。海豹是除企鹅外我们最喜欢的海洋生物。它们虽没有美丽的外表，但那顽皮的样子却让很多人喜欢。海豹馆里有好多头海豹，其中一头最贪吃的海豹，游来游去到处找东西吃。等了一会儿，好像不耐烦了，飞快地游去别的地方找食吃去了。

之后，我们去参观了其他的动物，像马鹿、羚羊、老虎等，特别观赏了底特律动物园的山羊和斑马，山羊弯曲强韧的羊角给我们留下了深刻的印象。斑马身上的条纹颜色没有电视屏幕上看到的感觉那样的深，但近距离的观察，却使我们有一种亲切感，觉得它们就是一些美丽的小马，活泼、可爱。看到它们快乐的样子，我们也仿佛置身于宽广神秘的非洲草原。

　　后来，我们到了白色假山前，在这个白色假山下面，有着巨大的水族馆，北极熊就在这个区域生活。大群的鸽子站在假山上，丰腴而安静。我们又到了袋鼠园，袋鼠园是定时开放的，放进一定数量的游客，就得关门等一阵子，等里面的游客从另一个门出去了，再放进一拨游客，以免游客太多，惹烦了袋鼠们。火烈鸟园区里一只只火烈鸟白里透红，它们都是金鸡独立的高手！

　　接着我们在大猩猩馆里看到了人类和猿猴的关系进化图。它们不像电影《金刚》里的大猩猩，现实中的大猩猩，其实是性情非常平和的。

　　下午 7 点多钟，到了我们该回家的时候了，转过弯道，我们看到一个很大的纪念墙，它纪念了曾给予动物园建设帮助过的人们。女儿一边开着回家的车一边感慨地说：底特律动物园面积不算小，但设施也很齐全，有很多室内的馆，我们见到了好多没见过的动物。底特律动物园，动物的种类之多和它们优越的生活条件，是其他很多动物园所不能比拟的。动物是人类的朋友，而不是敌人。底特律动物园，是整个密歇根州最适合进行亲子游的旅游景点，所以对于那些家庭旅游者来说，是最好的游玩去处。这个美丽的动物园，动物品种众多，有些还是以前没有看到过的，使我们流连忘返！

游黄山记

2015年9月28日,刚过农历中秋节,利用年假约几个朋友,赴黄山一游,我们先乘车到黄山脚下汤口镇一家宾馆住下,第二天一早登山游玩。黄山的怪石、奇松、云海、温泉谓为"四绝",宛若天上人间,美不胜收,感物伤怀,以此文回忆记录之。

虽然已是刚过中秋节,但是黄山汤口镇的天气仍然让人感受不到丝毫的凉意。黄山有太多的东西让人神往了。

早在儿时我就记住了旅行家徐霞客"五岳归来不看山,黄山归来不看岳"的经典诗句,一直铭刻在记忆深处。从那时起就决意有机会一定观赏黄山美景。

大凡到过黄山的人都知道,黄山的景色奇雄怪绝。放眼望去,是数不尽的崇山峻岭,悬崖峭壁,让人望而生畏。黄山得天独厚的地理环境,不知吸引了多少文人圣哲的关注和向往,许多厌烦了世俗生活的高人也都到这里隐居,文人雅士们也纷纷来到黄山,一述心中豪迈。传说中轩辕黄帝曾在这里修身炼丹;唐代大诗人李白曾三次畅游黄山,前两次畅游山水并求仙访道,最后一次为了寻访故友;历代名人高士游览黄山的事例不胜枚举。

在一片晨光中,我们出发了。在黄山的大门处,我们换乘小巴上了盘山公路。空气中弥漫着丝丝甜味,润润的,爽爽的,心也随之舒展开来。蜿蜒蛇行的盘山公路险峻异常,在频繁的转弯中,看到美丽苍劲又挺拔的黄山迎客松树,还有那漫山绿竹,真是苍山如画,翠竹如海。

在一个远山如黛、意韵悠然的地方我们下了车,环顾四周,一片片翠竹的掩映下,碧池如玉,散落在蜿蜒的山谷巨石之中。眼前就有"天下名泉"之称的黄山老温泉口了,只见一桥飞架于山间,桥下溪水潺潺,桥为双拱石桥,桥身有三字,曰"名泉桥",虽不知此桥始建于何年何月,但是从桥身的古朴与沧桑中,可见其历史之悠远。由此向东不远是明代旅行家徐霞客的石像,徐霞客目光炯炯凝视远方,果断中透着刚毅,想为此像必为名家之作。徐霞客老先生赞黄山曰"游黄山天下无山",多年以来,好多人都在想是黄山美景成就了徐老生的游记,还是徐老先生的游记成就黄山的美名呢?

沿着逶迤的山路,我们缓缓前行,前方的山上有一瀑布飞溅而下,在时隐时现的阳光下泛着若有若无的五彩光晕。两只小猴端坐于其间,大家顿时兴奋起来,有人向小猴招手,有人要给小猴食物。不料此举被导游立即喝止,原来黄山的猴子是纯野生的,这两只是出来侦察的,如果发现有食物会唤来大批猴子抢夺食物,这是很危险的。

行进途中,映入我们眼帘的是一片连绵的群山,郁郁葱葱,环绕的流水,清澈见底,我们拾级而上,一路攀登,虽说很累,但累并快乐着，也享受着。累并没有阻挡我们登顶黄山的信心，我们感受到了前所未有的舒畅，喜欢这种登山的感觉。由登山联想到人生，经受过登山的艰难，有着这样的激情，就能够面对所有未来。一边想一边走，一路走走停停，时不时与黄山对话，顿觉非常惬意，把平时一切的烦恼都抛之九霄云外，投入美丽大自然的怀抱。

一边登山，一边观赏，一边听导游介绍，使我对黄山有了多角度的了解，黄山在我头脑中形成了美丽的轮廓：黄山无峰不石，无石不松，无松不奇，并以奇松、怪石、云海、温泉四绝著称于世。那细雨沐浴下的黄山更现异彩，空气清新，沁人心脾，更让游客流连忘返。山中有名可数的就有三十六大峰、三十六小峰，这些大大小小的山峰，或崔嵬雄浑，或俊俏秀丽，布局错落有致、浑然天成。莲花峰、光明顶、天都峰为黄山三大主峰，海拔高度都在1800米以上，并以三大主峰为中心向四周铺展，跌落为深壑幽谷，隆起成峰峦峭壁，呈现出典型的峰林地貌。

走过很长的一段石阶，我们终于到了慈光阁，这里有一块巨大的花岗石碑，上面镌刻着"世界地质公园"几个朱红大字。慈光阁墨柱青瓦，其重檐式建筑更彰显出中国古建筑独有的神韵，正门的匾额题有"慈光阁"三字，字体大气而端庄，是董必武所题。立于慈光阁前向上仰望，只见其身后山峰直入云霄，而苍松翠柏更立险峰之上，宛如一幅浑然天成的水墨画直铺于眼前。正当我沉醉此间时，导游唤我们出发了，我们要由此乘玉屏索道去玉屏楼看黄山奇松之首——迎客松。

在阵阵的轰鸣声，缆车徐徐开动，缆车外面景色多彩秀丽，山势陡峭而崎岖，林木葱郁而挺拔，真是"横看成岭侧成峰，远近高低各不同"。缆车速度很快，没给我们太多的时间去远眺那些无限美好的风光，不过只十几分钟，玉屏楼就在我们眼前了。走下缆车，我们感到阵阵凉意，山间薄雾蒙蒙，忽见不远处有一巨石宛如大象昂首望天，大气天成，石象前面的迎客松笼罩在空蒙的山雾中，如身着轻纱的仕女，玉手轻扬，注视着大好河山，于亭亭玉立间尽显其美丽与端庄。诗云："巧笑倩兮，美目盼兮。"我想她一定是在经历了千年风雨，看遍春花秋月之后，才能有此般的淡定与从容。忽然雾散了，人们大声叫了起来，迎客松自云雾中走出，如美人轻撩面纱一般摄人心魄，清秀而温婉，热情而真挚。迎客松周围的石崖上有许多石刻，记得其中一副刻的是"岱宗逊色"，夫岱宗者，泰山也，余以为黄山之美在景色秀丽，东岳之尊在历史厚重，实不可相提并论。

　　导游又在唤我们了，原来是要带领我们向莲花峰进发。莲花峰海拔 1864.8 米，拔地摩天，险峭雄奇，而且还经过异常艰险的百步云梯，听过导游的介绍，有人不禁窃窃私语，萌生退意。余淡然一笑，快步向前，不一会儿就有人跟了上来，此时行动就是最好的动员。

　　在我腿微微发酸的时候，我们进抵百步云梯，雾寒风急，环顾四周，真是景如其名，百步云梯高耸入云，两侧万丈深渊，是登莲花峰最险的一段狭长山道。我抬头仰望前方的石阶，陡峭异常，几近垂直，狭窄得仅容一人通过，手脚并用艰难而上，"爬行"过半，竟飘起雪花片片，大家进退不得，队伍停在半山腰，吾心中胆气顿生，大吼一声："兄弟们，上啊！"一行人等奋力向前冲过云梯天险。狭路相逢勇者胜，登山如此，人生亦如此。

穿过窄窄的一线天，再向上走不远，见一圆形石碑，上书"黄山莲花峰高程1864.8米"我们终于登上莲花之巅了。立于山巅，方知夫子当年"一览众山小"是何等的豪迈情怀。

"再不下山，就到不了光明顶了。"在导游的呼唤中声，我们下山向光明顶进发，一路上迤逦而行，低头看路，抬头看雾，两边看树，途中有一亭，古朴而雅致，在此小憩只觉人在画中，画中在心中。

傍晚时分，我们终于抵达光明顶。漫步在云蒸霞蔚、烟岚缥缈之中，吾等芸芸众生好似飞升于琼楼玉宇之间，夜宿光明顶，一夜无眠。

在一片嘈杂声中，我走出光明顶山庄向炼丹台走去，还好人不是很多，我们立于台上只见东方一缕红光现于天边。山谷中有大团的云雾飞过，霞光尽染于云雾之上，紫色的云雾如身穿纱衣的仙女，飘飞于天上人间。突然，人群骚动起来，原来东方破晓，幽暗的晨光转瞬间即逝，无论是峰峦、松柏、还是游人的身上，都披上了万道霞光，人们大声欢呼着，声震云霄。"江山如此多娇，引无数英雄竞折腰。"此时此刻唯有此大气磅礴的诗词才能诠释人们的心情。领略了前山的雄奇，更渴望尽睹后山的秀丽，于是我们向始信峰进发。山中林木郁郁葱葱，清晨的露珠在树叶上闪烁流动，清新而温润的空气氤氲于山谷之中。走出山谷，只见前方一巨石硕大无比，浑然天成，直立于山巅，名曰"飞来石"，据说这就是《红楼梦》中幻化为通灵宝玉的顽石。

我们朝始信峰进发，"到了始信峰，方信黄山天下奇"。"不到始信峰,不见黄山松。"沿路的黑虎松、连理松、竖琴松、探海松,形态各异,生动形象,更有许多无名松让我连连称奇。不过10分钟的路程,我们走了足40分钟,有太多的美景让我们驻足不前。

立于始信峰,我们登顶环顾,云海茫茫、险峻壮观。对面的石笋峰在雾气的笼罩下似一幅水墨山水画,然而,拍几张照片的工夫,那山水画就消失得无影无踪。雾越来越大了,我掉队了,只身继续前行。

黄山之处于迷雾,正如我处于迷茫,在迷茫中想看清方向终究是徒劳的,唯一的办法就是不断前行,在行进的途中寻找方向,修正方向,终有云开雾散之时,会看到属于我的风景。看来黄山真的很有灵性,与吾心有戚戚焉。

云开雾散时,我终于找到相约来游黄山的几位朋友,经云谷索道下山。黄山二日游虽然没有如愿尽揽黄山之奇妙,但吾在山水之间感山川之秀丽,思造化之神奇颇有所得。所谓"失之东隅,收之桑榆",也算不枉此行!黄山是羞怯的少女,一如那宏村大家的闺秀躲在阁楼上脉脉含情地窥望;黄山是聪慧的婉娘,洞察了我的心境,陪我雾锁双眉。黄山真的很有灵气。黄山之奇我也许仅仅读过了一页,但无论怎样,她已然不再是一个概念了。

游览黄山,给我留下很深印记的当数莲花峰,这座山峰看似不高,但山路却极其陡峭难行,特别值得一提的是"一线天"和"百步云梯"这两段,非常惊险。往上攀登时,双手始终扶着栏杆,一路行进,感觉不出它的险峻,待登上了莲花峰顶,再往山下看，一步步云梯直上直下，不由惊叹刚才登山的勇气。我们终于站在了海拔1864.8米高的莲花峰峰顶。此时此刻，满心只有一种征服后的喜悦和兴奋。我也有了一种无比的成就感和自豪感！再回头看看我开始跋涉的地方，那一座座山都是多么渺小、多么遥远。再想着一路上都是用我的双脚踏过来的，真正感到了骄傲和自豪。人生不也和登山一样吗？人生的困难就如一座座高山伫立在我们面前，需要我们想方设法去战胜它，战胜了一个困难就等于翻越了一座高山，才能就有一种成就感和自豪感，人生中不知要战胜多少座高山，才能成就我们的完美人生。

游黄山无时不见松，奇特的古松，难以胜数。最著名的有迎客松、卧龙松、探海松、黑虎松等30余株。多少年来，它们抵御风吹雨打、霜剑冰刀，吸取岩石中的点滴水分和营养，始终屹立于峰崖之上。而黄山的奇石更是吸引着中外游客，至今我还记忆犹新，"猴子观海""乌龙探水""双猫捕鼠""金龙驮龟"等一块块神奇的石头，惟妙惟肖，生动有趣，这是大自然的造化，多么富有诗情画意，总是令我生出无限的遐想。给我留下很深印记的还有黄山美丽的云，流动于千峰万壑之间，或成滔滔云海，浩瀚无际，或与朝霞、落日相映，色彩斑斓，壮美瑰丽，把我带入了一个美丽的仙境。

这次游览黄山，淅淅沥沥的小雨陪伴着我们，它时下时歇，给我们留下了思考的空间，回旋的余地。这淅淅沥沥的小雨也扯住了我们的脚步，为了安全，导游不让我们攀登黄山五大主峰之一的天都峰了。据说天都峰上有着更为美丽的风景，故自黄山归来后，我心中不免有些许遗憾。于是，我与黄山定下一个美丽的约定——游天都峰。

　　这次游览黄山之行，给我留下了深刻的印象，不虚此行。我一直在想，按照与黄山的约定，我还要登临它，观黄山新景，赏黄山新姿。

游黄山翡翠谷记

2008年8月第二个周末,我们一家三口跟旅游团一起去黄山翡翠谷游玩。一大清早,我们乘坐旅游团的汽车去往黄山,一路风景美如画,下午到达目的地后,我们在黄山脚下的汤口镇一宾馆住下。看着灯光,望着黄山风景区的云雾缭绕于整个山涧峡谷,这时的夜幕低垂,周围的空气清新凉爽。在雾里,在灯光的照射下,在淡淡的夜色的沐浴下,我们一夜无言,攒足精神准备游黄山的美景翡翠谷。

早晨迎着朝阳,呼吸着新鲜空气,从黄山脚下的汤口坐车到翡翠谷大约十几分钟,我们一家三口就到达了目的地——翡翠谷。

黄山的翡翠谷同云台山的小寨沟有点相似,两面有高山,中间一峡谷。所不同的是翡翠谷两边的山高且陡,衬出幽深的山涧,植被密集,绿绿茵茵,清澈的流水被太阳照射得闪闪发光,这里有很多天然彩池,色若翡翠。

黄山翡翠谷是一条长约20公里的峡谷。这个景区主要是看水的，可以说是黄山水景最精华之处。翡翠谷的水，清澈透明，呈现出浅绿至深绿的变化。据说冬春季水稍少，而我们此行正好亲临其境感受到了夏季美丽的景色。

据说翡翠谷又叫情人谷，在景区还未开发之前，曾有来自上海的三十多名游客到此游玩而迷路，最终他们克服困难走出了峡谷，这三十多人后来有十对结成了伴侣，情人谷的名字由此而来。这里是一块未被污染的净土，一切都显得那么明净和有魅力。

翡翠谷景区的设施完善，运动强度也不大，男女老幼都可来到此地游玩。

翡翠谷中的水静静地流淌，峡谷中有许多水潭，根据水深浅及颜色不同区分，也有瀑布和激流，峡谷中的石头早已被水流磨得光滑圆润。到了夏季，水量比冬春季节大得多，水汽笼罩的峡谷是个避暑的好地方。

首先映入我们眼帘的是一座木桥，仿佛是牛郎织女的鹊桥。跨过去，沿着溪水的一边，便能看到第一个彩池，碧绿碧绿的，形如一块不规则的宝石，又如一只欲飞的蝴蝶。翡翠谷内有100多个形态各异的彩池，湖水非常清澈，晴天和阴天时会呈现不同的绿色，那翡翠谷的湖水就是带着七彩光晕的绿色。在日光的照耀下呈现明艳的碧色，加之池底岩石纹理相衬，给人一大块翡翠跃然眼前之感。谷中竹林片片，泉声潺潺，岩石之奇瑰，水色之亮丽，令人心旷神怡。当时我们一家三口猜想：如果顺着水流出的方向向深谷寻去，能不能见到她的源头。

黄山翡翠谷的溪水渐急，谷底立着许多石头，无棱无角，像被人打磨过一样；石头的夹缝里，流水湍急，汩汩作响，如低浆喷涌，似彩蝶戏水，像万籁和鸣；溅起的浪花，如雪如玉，如金蛇狂舞；石头稀疏处，尽是彩池，一个接着一个，一个连着一个，碧水从一个彩池，流向另一个彩池，有急有缓，曲折盘桓，搅得绿色满涧，充斥弥漫，像朱自清笔下的梅雨潭。若把水的绿比如竹叶，则难尽现其绿，如把彩池的蓝比作大海，则难尽现其蓝，只有抬出翡翠来，才正合其身，正符其名，可能这就是翡翠谷的精妙所在。

空中飘着细雨，峭壁没入云层。山势显得越来越低，翡翠谷也随着低了起来，峰与雾的纠葛，光与色的默契，人与景的结合，每每使我不能自已。仰望翡翠谷四周，但见阴云密布，细雨绵绵，山峰披着浓浓云雾，时隐时现，隐则空荡弥漫，浑如银海，像是隐藏着许多秘密；现则千峰竞秀，挺拔俊丽，恰似雨后的春笋，个个争先恐后地露出笑容。

我们来到了翡翠谷景区里，这里有个集历代名家所书一百个爱字的"爱"字碑。还有一个长4.6米、宽4.5米的"爱"字石，它在这霓裳池旁炼丹台的坡岩上，据说这"爱"字是选自苏轼的手迹，大红的字体顺势斜斜地铺于这坡岩之上，字正方圆各近5米，仅就在这繁体写"爱"字那"心"上的一点便可让两个人拥坐。站在这"爱"字的"心"上，这样就寓意着，一心一意的爱在心头。

我们在半痴半醉之中，追着七仙女，踏上了断桥。水源高到了极点，以至于难以摸到它的出处，但好奇之心使我激动无比，以至于把它化作了攀登的力量，随水追去。追到了路的尽头，依亭而观，总算看到了水源，在高山的半腰，有块巨石，石下一水如帘，我想那里可能就是水的源头了。不觉高兴起来，如释重负，这才决定往回走。忽然看见一石上有字，刻曰："水源来自炼丹峰、始信峰。"我的心顿时凉了下来，看来只有登黄山的炼丹峰、始信峰我们才能看到水的源头了。

翡翠谷一游，其美景使我们流连忘返，久久不能忘怀。

游赛珍珠故居记

2019年12月的一个星期天的上午，我陪同爱人和女儿来到离家约1公里的赛珍珠故居游览参观。赛珍珠故居坐落在宿州市立医院的大院中，今已改为赛珍珠纪念馆。赛珍珠故居为西式建筑，两层小洋楼，楼前有两株苍松掩映，非常美观。

导游介绍说：赛珍珠是美国著名的小说家，世界文化名人。20世纪初，古宿县（今安徽省宿州市）来了个美国人赛珍珠，因此，现在的宿州城里就有了赛珍珠故居。赛珍珠于1892年出生在美国弗吉尼亚州，出生数月后随着做传教士的父母漂洋过海来到中国。赛珍珠在中国生活、工作近40年。她的父亲是传教士，任大学教授，她的母亲主持家务，相夫教子。赛珍珠自幼就同中国孩子一样，接受中国传统的教育，同中国孩子一起读书学习、游戏玩耍，连她自己都觉得自己同中国人没有什么两样。17岁那年，赛珍珠回美国深造，大学毕业后又来中国。

1917年她与约翰·洛辛·布克结婚。婚后随丈夫迁居安徽省北部的宿县老城。她们夫妇俩从1917年到1921年在宿县老城居住过5年。在这五年里，她除了在教会办的启秀女校执教外，还经常同丈夫布克下乡调查农业生产，利用此机会，她结识了一些农民。每次下乡，她都深入农民中调查了解，融入农民生活。在宿县期间的学习、工作、生活经历，成为她日后创作闻名于世的长篇小说《大地》的主要素材。

导游介绍说，赛珍珠创作的长篇小说《大地》于1932年获得美国普林斯顿文学奖，并于1938年成功获得诺贝尔文学奖。这部小说以当时中国农村生活为原型而创作。

赛珍珠是美国历史上第一个获得诺贝尔文学奖的女作家，《大地》三部曲在美国家喻户晓，是美国及西方国家最早认识和了解中国的伟大之著作，在介绍东方文化方面，赛珍珠被欧美誉为"可与马可·波罗相媲美"。赛珍珠精通汉语，对中国小说有着极高的评价。她在诺贝尔奖授奖仪式上的致谢中提道："中国的古典小说与世界其他任何国家的小说一样，有着不可抗拒的魅力。""一个真正受过良好教育的人，应该知道《红楼梦》《三国演义》这样的经典之作。"

导游介绍说，1973年，年逾八十的赛珍珠在美国去世。她一生写了85部作品，包括小说、传记、儿童文学等，她还将中国名著《水浒传》译成英文，译名为《四海之内皆兄弟》，她的作品被美国前总统尼克松誉为"一座沟通东西方文明的桥梁"。

赛珍珠人已逝去，故居仍在。她翻译的《水浒传》使美国及西方许多国家认识和了解中国的伟大著作，她在介绍东方文化与沟通东西方文明方面做出了伟大的贡献。

赛珍珠，她一直处于两个世界的冲突之中，"两个世界之间隔着一堵厚厚的墙",她便萌发了让厚墙两边的人们能够相互沟通的愿望,她在文化上是"双焦透视",自愿地做了打通这堵"墙"的使者,加强了中西之间的友好交流。游览赛珍珠故居,我们深刻了解到她自愿加强中西之间的友好交流精神,让我们对她肃然起敬。

幽静河畔

朱仙庄的故事

沿着蜿蜒东去的宿泗公路，穿过条条河流、座座村庄，在宿州市埇桥区城东离城区十六七公里的地方，有着一座锦绣美丽的农村小镇——朱仙庄。它北靠新汴河，南依着古沱河。它远近闻名，这里传说着美丽的故事。

朱仙庄位于古汴河的下游。古代这里因地势低洼，形成一片汪洋，当地人称为"湖"。湖的南岸有个村庄，叫刘家湖村。刘家湖村，顾名思义，是因刘姓居多而形成的村庄。刘家湖很小，不过百余人居住，地方偏僻，名不见经传。到了明朝万历年间，刘家湖村里出了个儒生，姓朱，人称朱生。朱生为人厚道，聪明好学，尤其善医书。有一年，刘家湖全村染上了瘟疫，加之久旱不雨，庄稼颗粒无收，农民流离失所，到处哀鸿。朱生心疼乡邻，因本人颇通医术，便变卖了家产为乡邻购药治病。久而久之，朱生医术渐高，成为方圆百里的名医，人称"神仙一把抓"。四邻亲切地称他为"朱先生"，称他所在的村庄为"朱先生村"。多少年后，人们便把这个"朱先生村"改称为了"朱仙庄"，这便是朱仙庄名字的来历。

朱仙庄曾为睢阳古道的一个驿站。睢阳古道，指从彭城到埇桥的汴路。睢阳，古代县名，位于今天河南省的商丘市。宿州与睢阳之间，有一条宽广的驿道，宿州东门外设睢阳驿。睢阳驿为宿州四驿之中心，驿道两边植杨柳，沿途设驿站，五里一屯十里一铺，每驿备有马匹，来回传递官文，它曾是历史上重要的交通要道。

朱仙庄属于古汴河和黄河流域。宋时，古汴河从开封流出，途经宿州，由于战争的原因而断流，刘家湖从此干涸，变成了陆地。后来在黄河南下的作用下，泥沙淤积，形成了平原地貌。由于地势平坦，土地肥沃，交通便利，吸引了很多外地移民。他们在此耕地浇灌，造房居住，这样朱仙庄就不再是个村庄了，逐渐形成了繁华的集镇。许多年后，人们在朱仙庄这里勘探发现，在地下400多米处储藏了丰富的优质煤炭。20世纪60年代末，国家在这里建矿开采煤炭、建设坑口电厂，煤炭就成了朱仙庄经济发展的动力。

如今，朱仙庄以"瞄准市场抓住机遇，制定规划，积极落实规划闯市场"为思路，大力发展含税农业和养殖业，积极推进结构调整，走产业化之路，重点发展大棚蔬菜、河北巨葱、瓜果等经济作物，它实行规模化、区域化种植，从典型和特色上构建了"三大经济圈""四大区域经济带"和"五大生产基地"，养殖业发展尤其快速迅猛，养猪、养鸡、养鸭、养鸽、养牛及水产养殖等已成规模。朱仙庄人民充分利用区位、交通、资源等优势，因地制宜，发挥特色，大力发展乡镇企业，形成了以能源、纺织、建筑建材、交通运输、造纸、商饮服务等六大行业为主体的乡镇企业发展新格局。朱仙庄纱厂、无纺布厂、煤矸石电厂、集西造纸厂等明星企业已成为全区利税大户,现已远近闻名。朱仙庄现已经发展成了一个初具规模的美丽而锦绣的乡村集镇,就是"朱生"再现,也自愧不如了。

游蕲县古城记

2021年7月的一个周末，我约了几个朋友去蕲县古城游玩。我们早上迎着朝霞乘车到达目的地。蕲县古城位于宿州城区南20公里处，现属于宿州市埇桥区，蕲县镇政府也坐落于此。

蕲县古城，历史悠久，文化底蕴深厚，历史文化遗迹众多。2200多年来，蕲县人民口口相传，许多历史故事至今依然清晰地留在人们的记忆中。例如：在公元前的209年，陈胜、吴广领导的中国历史上第一次农民大起义，就发生在这里。大泽乡当时就隶属于蕲县，司马迁《史记·陈涉世家》中有记载。蕲县也是陈胜、吴广起义攻克的第一座城池，首战告捷，不仅鼓舞了起义军的士气，也壮大了起义军的队伍。这里还是许多历史名人贤达的故里。如：陈胜就是蕲县大泽乡铁棍陈村土生土长的虎胆英雄，留有名言"燕雀安知鸿鹄之志哉"；东汉的著名仁义之士赵孝是蕲县东门人士；汉顺帝时期的太尉施延、明初名将康茂才、明朝吏部尚书袁隗、明神宗万历皇帝的老师袁允汉等都是蕲县这块热土孕育成长起来的。我们几人计划先游古城墙遗址，再游西上行

幽静河畔

(航)、观星台、隐王庙、象窝等景点。

  我们沿着古城边的绿道，绕着蕲县古城墙遗址游玩。蕲县古城历经了2000多年，古城的夯土城垣大部分尚存，仍蜿蜒在蕲县新城西、北、东三面。原蕲县古城基本呈方形，东部城垣由东北向西南稍有倾斜。蕲县古城的南边以浍水为天然屏障，东、西、北三面有人工挖掘的护城河；东西各有城门一座，南北各有水门一座。运粮船入浍河从南水门穿越而过，向北至符离县境与睢水相通。现存的古城垣，高3~5米不等，上宽约15米，下宽约30米，外围是一道高阜，阜上长满了茂密的树木，如一道绿色的飘带，紧紧地缠绕着古城，这就是历经2000多年的蕲县古城墙。古城墙为秦朝所筑，城郭周长5820多米，临浍水，南西有城门通浍水码头。2000多年来，古城墙几经风雨侵蚀，兵燹之难，早已无昔日的风光，但它有顽强的生命力，至今遗迹尚在，轮廓清晰，而且在不同的地方还3米或5米地存在。当地人民为保护古城墙，在其上面广植树木，远远望去，松柏葱茏，仍留有当年的气势。

  接着我们几个人又去了西上行（航），它位于蕲县老街南头，沿浍河北岸向西约100米至200米处，它是一处新石器时期的遗址，遗址面积约有1000平方米，上面叠加着各个时期的生活遗物。自新石器之后还发现了有西周、春秋战国、秦汉时期先民的生活遗迹。过去陆路交通不便，交通都以水运为主，河流是古代运输的大动脉。古代先民多傍水而居，西上行遗址就位于浍河北岸，即浍水之阳。浍河是一条天然河流，宽阔浩瀚。这里曾经是蕲县城南延续了数百年的码头，因而形成了有一定规模的货物集散地，形成一定的行市，故称作"行"，即随行就市，又称

"航"，据说货物都是用船舶从这里运出运入、出航归航而来，所以西上行也叫西上航。

观星台位于蕲县大街北头，内城东南角。它是用土夯成高台，台上有一座阁楼，阁内设有观测天象的古老仪器。阁楼上有一木制圆台，人可以站立在圆台上观星望月，据说此台建于西周末年诸侯国时期。据传说，为备垓下之战，刘邦驻军蕲县时，经常与军师一同登临观星台，观测星象，预测天气。有一天刘邦观星回来，下令军民备足一月的柴草，众人不解其意。萧何问曰："大王，这是为何？"刘邦说："天机不可泄露！依令照办即是。"果然没两天，秋雨连绵，一直下了一个多月。这个故事，后代也有古诗佐证。诗曰："浍水滔滔西北来，汉王基业步云开，盖世英雄今已负，空留昔日观星台。"

隐王庙位于蕲县集浍水南岸的戴庵村，与蕲县古城隔河相望。庙建于何时，已无从查考。人们只知庙内塑有三座神像。中间是陈胜，两边分别是吴广和符离人葛婴。传说陈胜、吴广起义后期，秦二世派大将童郓率军攻打，起义军节节败退，陈胜曾逃入此庙，躲过了秦兵的搜捕。后来人们为纪念陈胜这位本乡本土的草莽英雄，便集资建庙，因蕲县一带一直称陈胜为隐王，故名隐王庙。隐王庙之事，也有古诗记载："隐王庙建浍河南，中塑陈吴各大贤。立志牺牲除暴秦，敢为黎庶弃华年。"

象窝位于蕲县古城的西徐桥南，靠近浍河。传说在范王执掌蕲县时，交趾国（在今越南境内）贡来一头大象。大象是热带动物，喜水源充足之地，范王就遣人把大象散养于县城西门浍水岸边。大象们擅掏洞戏水，河湾一带被大象掏了许多的窟窿，所以

幽静河畔

人们便把这一带称为象窝。象窝周边水草丰茂,岸柳成行,河滩上白鹭与仙鹤成群。尤其在夕阳西下的时候登上西南城墙瞭望象窝处,风景宜人,心旷神怡。有古诗云:"往事如烟岁月寒,赏今怀古意缠绵,千秋胜迹知多少,象去窝空不复还。"

　　时间似乎过得特别快,我们游览过象窝景点,觉得还有很多景点没有游玩,但夕阳已西下,路旁的树是那样的苍翠挺拔,我们三个依依不舍地告别了古城。古城的悠久历史文化底蕴,人文历史与自然景观让我们流连忘返,现吟诗一首《七绝·古城往事》表达彼时的心情:

　　　　往事古城年月逝,赏今怀古意缠绵。
　　　　千秋胜迹知多少,历史英雄地长眠。

下篇　游览散记

游白居易故居记

2022年春暖花开的三月的一天上午，我与好友三人相约乘车去白居易故居游玩。我们三个人乘车直奔白居易故居，二十几分钟就到达目的地。在宿州市埇桥区城北二十里有一条濉河，河的南岸有一高台，台上树木茂盛，野草丛生，人称"白堆"，就是唐朝大诗人白居易的故居——东林草堂遗址。白居易，字乐天，号香山居士，祖籍山西太原，唐朝最伟大的诗人之一，主张"文章合为时而著，歌诗合为事而作"，深受广大百姓们的爱戴。

导游为我们详细介绍了白居易的生平情况。公元772年，白居易生于河南新郑市东郭宅。唐德宗建中三年（公元781年），当时只有十一岁的白居易，跟随自己的父亲白季庚迁往符离居住。白季庚当时任徐州别驾兼徐泗观察判官而迁居符离县，他的族兄任符离主簿，而宿州符离和徐州非常近，所以白季庚举家搬到符离，幼年的白居易便住进了东林草堂。

公元788年，年仅十六岁的白居易他在"濉南的古园"即东林草堂，他写下了流传千古的五律《赋得古园草送别》："离离原上草，一岁一枯荣。野火烧不尽，春风吹又生。远芳侵古道，晴翠接荒城。又送王孙去，萋萋满别情。"白居易抱着"名人推荐入仕宦之途"的想法，携作品入长安，进谒权贵。通过熟人介绍，他见到了名人顾旷。

但因多种原因，白居易取仕未果，又回到符离，他在东林草堂笃学，同符离名士张彻、贾握中等相互勉励。"昼课赋，夜课书，间又课诗。"或同挚友吟于草堂之内，或伴僧侣游于高山之上，或驾小舟游荡于陴湖之中。在《醉后走笔酬刘五主簿长句之赠兼简张大贾二十四先辈昆季》中写道："秋灯夜写联句诗，春雪朝倾暖寒酒。陴湖绿爱白鸥飞，滩水清怜红鲤肥。"而除了读书的故事，在东林草堂，他还有一段缠绵悱恻的爱情故事，他对女友婵娟子（即湘灵）怀有极深厚的恋情，也为她写出了"深笼夜锁独栖鸟，利剑春断连理枝"的诗句，可谓用情至深。

公元803年，白居易辞别生活二十多年的东林草堂。

白居易在东林草堂生活了22年，读书时，同并称符离五子的刘五、张仲素、张美退、贾握中、贾沅犀等人经常泛陴湖，留恋流沟寺，登五里山。在流沟寺写下了"惟有流沟天下寺，门前依旧白云多""武里村花落复开，流沟山色应如故"。

白居易一生颠沛流离，但始终没有忘记符离和东林草堂。在他途经汴河路宿州市埇桥时，写下了《埇桥旧业》："别业埇城北，抛来二十春。改移新经路，交换旧村邻。有税田畴薄，无官弟侄贫。田园何用问，强半属他人。"他从符离迁移小弟幼文坟墓到山西渭河，在安葬祭中文写道："昔权葬尔，滩古南原。今改葬尔，渭北新阡。"在祭符离六兄写道："春草之中，画为墓田。濉水南岸，符离东偏。其地则尔，其别终天。"可见他一生对符离及东林草堂的眷恋。

白居易是一位享有盛名的伟大诗人，他的诗歌及诗歌理论对我国古代文学的发展有重大影响，受到后世人的敬仰。他的作品《白氏长庆集》"七十一卷"，是我国古代文化宝库中的珍贵财产。目前，尚有许多国家的学者从事白居易的研究，他在世界文坛上也是很有影响力的。

如今，符离犹在，东林草堂遗址犹存，濉水长流，唐河卧波，只是少了白居易的足迹及笑容。但在符离、东林草堂，到处都能听到他不朽的诗篇。

游扶疏亭记

2012年6月的第一个周末,我约几个朋友去扶疏亭游玩。扶疏亭坐落在宿州市埇桥区人民政府后大院的古老城墙上。早上微风习习,我们迎着朝霞走在绿树成荫的大道上,不多时就到达了目的地。

导游介绍说:扶疏亭从字面上讲,扶疏是枝叶茂盛,疏密有致的意思,在古代就有"秋雨潇潇,烂漫黄花都满径;春风袅袅,扶疏绿竹正盈窗"的美丽诗句。宿州市埇桥区的扶疏亭始建于宋朝,几经毁坏几经重建,最后建成古式中高两低,殿堂五间。据《宿州志》记载:宋朝苏轼任徐州太守时,赠送给宿州太守墨竹一本,宿州太守把它们刻在石头上,并建了一座亭子,取名为"扶疏亭"。元朝时亭子毁于兵燹。到了明朝弘治年间,宿州知府曾显专门安排重建扶疏亭之事,并亲自操作。在荒草中搜寻到了残碑两段,重建了扶疏亭,为了永久的记忆,便把残碑镶进了亭子的壁上。明崇祯末年,宿州知府李炎林重新修缮,清康熙年间宿州知府高其佩又再次修缮,并在原址上增加规模,使扶疏亭保留至今。

人们现在看到的镶于扶疏亭墙壁的石刻碑，长约三尺，宽约二尺，上面刻有竹子，并有诗四句："寄卧虚寂堂，明月浸疏竹。泠然洗我心，欲饮不可掬。"下款落东坡居士，没有年月，也没有书上款，字体是行书。证明不是苏轼所写，是徐州太守所题之诗，因为苏轼到黄州后才称居士。另外，此四句诗是苏轼去黄州移汝州，路过江州同李太白浔阳紫极宫感秋诗之前写的四句。由此可知，扶疏亭现存的苏轼诗竹石刻，是苏轼去黄州后的作品。至于扶疏亭何时建立，无从知晓。不管怎么说，扶疏亭是埇桥区的一大景观和历史文化遗产，为埇桥区人民添了不少的光彩。清朝王人杰《重修扶疏亭记》云："……居顷之，按行署中，望署后距城有亭名扶疏者。问诸宿人，佥曰：北宋苏长公轼之遗迹也。长公帅徐日，曾手画墨竹一纸遗宿守。宿守镌诸石，构亭贮之，颜曰'扶疏'。并植竹数千竿，以盖其胜。今石刻已久废，竹已当然无余，而亭以长公之故，屡圮屡葺，尚岿然如鲁灵光云。余闻之喜甚，爰命扶其倾，补其坏，卫以曲槛，饰以疏棂，无移前人，无废后观。当风日清美，便衣曳履，偕三四姻旧，循城阴而登焉。城既距州之上，而亭复冠城之巅。凭栏南望，千家烟火，一览无遗。依城北瞻，则符离运水，丰阜遥岚，东拂西紫，胥油油然，迥巧献技于杖履之下。若乃麦浪翻风，荷香之抑露，银蟾夜皎，玉屑晨飞，四时之观，亦皆可乐者。"生动活泼地刻画出当时登扶疏亭而观宿州之美景：南边是"千家烟火，一览无遗"；北面可看到符离"丰阜遥岚，东拂西紫，胥油油然"；夜间是"麦浪翻风，荷香抑露，银蟾夜皎，玉屑晨飞"。美不胜哉，可惜现在看不到了，只能在文章里和梦里去寻求，无疑是我们的一个损失。后人有诗赞扶疏亭云：

其一

突兀古亭墨迹留，扶疏二字几经秋。
春深老树犹啼鸟，雨后新池不泛鸥。
疏影半窗思渺渺，清风千载韵悠悠。
而今也有徐州牧，送竹何人到宿州。

其二

墨宝真千古，坡翁妙笔留。
烟云赠画竹，风雨自鸣秋。
潇洒新如寄，婆娑影不收。
此间无俗韵，亭外月衔钩。

其三

古城高矗槛云收，坡翁当年画本留。
胜地凭凌高百尺，名贤翰墨子千秋。
长堤杀雍欹衰柳，古驿山多冷戍楼。
闻道遗碑曾羽化，琅玕摹勒倍清道。

我们游览的是千年历史遗迹，感悟的是文化脉动。历史是一位智者，对话历史，我们能更好地认识过去、把握当下、镜鉴未来。传承优秀文脉，推动中华民族文明代代绵延，生生不息，在历史岁月的长河中熠熠生辉。

黄花洞的传说

黄花洞位于安徽省宿州市埇桥区符离镇东北大约3公里处。说起黄花洞，不能不说到灵鹫山，灵鹫山位于宿州市埇桥区符离镇东部，原先是座树木葱茏、风景如画的小山脉。而黄花洞就位于灵鹫山脉中段的黄花山上。

黄花山又名卧虎山，距宿州市埇桥区符离镇五六里路。黄花山上有一古山洞，洞前有一泉，水流潺潺，常年不枯，小溪两旁野草丛生，尤以黄花最多，因而取名黄花洞。洞前经常有彩色云雾出现，因此黄花洞又名彩云洞。洞前泉水味甘芳如醴，四周古木参天，野草青青，杏花满坡，清香浓郁，环境优美如仙境。民国时期，从山下到黄花洞，有石阶直通洞口，两旁依次排列着八座庙，香火特别旺盛，庙院前后古树参天，林荫浓郁。山下右首，有一片面积较大的桃园，园内有寺，规模相当宏大；左首有湖，在湖内芦苇密集，菱藕相间，实为今人游览的胜地，可惜寺庙桃园在解放战争中毁于战火。但最美的还是那段脍炙人口的传说：相传很久以前，黄花洞中曾出现一位美丽少女，经常到山下的村庄来帮助贫苦人家干活。她心灵手巧，缝补浆洗样样能干，很得村里老太太们的欣赏，争着收她为义女。她总是玩笑似的答应着，但她从不认真。人们都总想知道她的姓名，在何地居住。只要一提这些，她便有意无意地绕开话题，含羞离开。时间长了，人们见她从山上黄花丛中来，都叫她"黄花女"。

有一次午后，突然下起了暴雨，农民场上晒的麦子，地里收割的麦子，都来不及搬运，只能眼睁睁地看着大雨来临，农民心里像火燎一样。就在这时，黄花女出现了，她使出了浑身解数，赶在了暴风雨来临前，把农民的麦子全部运到了安全地方。人们异常高兴，对黄花女产生了无限敬佩和感激。村里有位青年小伙，对黄花女产生了爱慕之情，但觉得她隐隐的像神仙，因此想找她问个明白，可从此以后再也见不到她的踪影。青年人志挚心如铁，沿着泉流的黄花丛找去，沿岸黄花朵朵，戏蝶成双。青年人思慕，直找到黄花洞的深处，猛然看到黄花女站在前面，紧走几步上前想同她说话。然而她却不理，惊讶之余定睛一看，才发现她是一尊石雕像。消息传到村里，男女老少都涌向黄花洞，争看黄花女。她那纯洁朴实、温柔善良的形象，乐观热情的姿态，助人为乐的精神，深深地打动着父老乡亲，让乡亲们终生难忘。为了纪念这位黄花女，人们约定每年的二月十九日为黄花女举行香火会。从此，人们把"卧虎山"改名为"黄花山"，"彩云洞"改为"黄花洞"。

还有一个传说：殷商时期，殷纣王听信妲己逸言，残害忠良，逼死了丞相比干，逼反了周王姬发，接着又害黄飞虎。黄飞虎被害得妻离子散，一个人到处逃窜，并想着寻机报仇。有一天，他骑着牛驾着云，在天空踌躇徘徊，无奈之际，在他路过灵鹫山时，见这里祥云四起，彩气蒸腾。按下云头一看，见山半坡有一洞，洞内紫气冲天，祥瑞缭绕，洞的周围树木葱茏，鲜花似锦，一片和谐景象。黄飞虎杀气顿消，愁气散尽，从此便在洞里修行。黄飞虎乐善好施，救济贫困扶助穷人，成为四邻八乡受人尊敬的一位道士。后来，姜子牙斩将封神，黄飞虎便成神而去。走的那一天，洞前黄花灿烂，上空祥云缭绕，四周异香扑鼻，方圆几十里地都能看见。因为黄飞虎姓黄，又有黄花灿烂，因此人们都称此洞为"黄花洞"。

明朝洪武初年，黄花山下有一村名曰"黄花洞村"，村前有一驿站，是连接宿州、徐州的交通要道上的重要驿站，驿站旁建有一座石桥，也被命名为黄桥，现成为宿州市十大名桥之一。清朝乾隆皇帝六下江南，路过黄花洞，正值春季杏花盛开，题诗云："草色青青云色霞，黄桥湖畔几人家。孤家面临黄花洞，未见黄花见杏花。"乾隆皇帝的诗当时即被官员刻在石碑上，立在黄花洞前，从此成了宿州市埇桥区的一大景观。

如今，经过符离镇人民的辛勤劳动付出，现在的黄花山已变得山清水秀，漫山遍野的树木葱茏，绿意浓浓，鲜花簇拥美丽动人。黄花山已变成了一座金山银山，人民都过上美丽的幸福生活。

四眼井的故事

从古代一直到 20 世纪 70 年代中期，宿州市古城区居民一直饮用的是人工挖的水井里的水。古城区的水井多用大青砖砌井，井口用一块大石头盖上，并凿四个大井眼。人们都称它为四眼井，关于四眼井还有个美丽动人的故事。

在 20 世纪 80 年代以前，宿州市古城区有很多四眼井。根据宿州市古城区老一辈人叙述说："古城城区内有着多口四眼井，城的西北角泰山庙里有一口，一人巷东有一口，白衣阁前边有一口，埇桥区党校南边有一口。白衣阁前的四眼井同一人巷东的四眼井，人们称它们为南四眼井、北四眼井。"

南、北四眼井毁于 20 世纪 70 年代末，其余毁坏得更早，如今只有埇桥区党校南一口井在用。四关的四眼井是：南关的燕窝池，即今天的酱品厂附近；北关的小周庄，即今天勘探队附近；西关的草祠泉，位于今天的三监狱附近，也有人说在今天的大泽酒厂院里，唯东关没有四眼井。以上的四眼井，均为甜水井，含其他杂质少，烧煮出的茶水，甘甜爽口，人称"甘泉"。

根据老一辈宿州市古城区的人讲，宿州市古城区过去很荒凉，那时他们没有自来水，就得集资打水井，人们为了使水够用，井打得很大，因为当时都用桶提，水桶把上拴个绳子，从井里往外打水。因井口大，经常有些牲畜、家禽，有时甚至是人在走夜路时，不小心掉进去。这样不但弄脏了井水，也给居民造成安全隐患与不必要的经济损失。所以人们便想了个点子，用块石头或木板，上面凿了四个眼，将井口盖上。这样既方便提水，又消除安全隐患，也保持了井水的卫生，因此就有了四眼井这么一说了。

四眼井有个非常有趣的故事：很久以前，宿州古城是个很小的城镇，居民的收入来源，不光靠商业，主要的还是农业。所以一到午季人们便把收上来的麦子，放到场上用石磙脱粒。因为当时石磙很少，居民们成天为石磙争抢。这样谁起得早，谁就能抢到石磙，谁就能先打场。有个懒汉，天天睡到日上三竿，起床后人家的场上已经响起了石磙的"吱咂"声。晴天还好，已遇上连阴雨天，算倒了大霉，因为小麦场上的麦子全都生了芽。急得懒汉团团转。懒汉也有个优点，就是他力气大，力能扛鼎。这天懒汉想了个点子，晚上等人们都睡觉时，他把四个石磙全部抱来，头对头地攒在井口上，然后去睡觉。第二天，懒汉又睡到日上三竿，起来后发现：井边聚集了好多人，大家都七嘴八舌地埋怨着。但谁也不敢动，因为他们力气小，一是搬不动石磙，二是怕石磙掉进井里。懒汉很得意，洗把脸对着众人说："哈哈，这井怎么一夜变成四个眼了？你们怎么不把它搬开？"

人们才恍然大悟，知道是懒汉在捣鬼，但谁也没办法，只得求助懒汉。懒汉说："要搬也不难，先得答应我一个条件，每年的场得我先打。"众人说："行，只是你得早起，改掉你睡懒觉的毛病。我们不但让你先打，而且还帮你打。"懒汉一听觉得有些不好意思，从此后便改掉了睡懒觉的毛病。还根据四个石碌攒在一起的原理，用石块凿了四个眼，放在井口上来方便众人，从此宿州城区有了四眼井。

不管传说的真假，宿州市古城区确实有四眼井，而且在新中国成立前还起到相当大的作用，有很多人怀念它。新中国成立后，宿州市古城区发生了翻天覆地的变化，有了电灯、电话，自来水已经是很平常的了。宿州市古城区四眼井这个时代的产物退出了历史舞台。但是它毕竟在一定时期起到过一定的作用，所以至今成为人们茶余饭后的一个有趣的话题，特别是老一辈的宿州市古城区的人们，对四眼井仍有着恋恋不舍的情怀，有着悠悠的思念。

游长江三峡记

游长江三峡是我的夙愿，在我上大学时就计划与几个同学游长江三峡，但因种种原因未能成行。从此在我心底埋藏了一个愿望：想去长江三峡旅游，欣赏一下长江三峡美丽的山水画廊与悠久的历史人文景观。终于于 2018 年仲夏七月的一天，我约上几个朋友跟旅游团去长江三峡旅游，实现了我多年的愿望。

我们从宿州火车站乘火车前往武汉市汉口火车站。一路上，大家兴高采烈，神采飞扬。行程几个小时，到达武汉市汉口火车站。然后乘坐从汉口开往宜昌东的动车，2 个多小时后到达宜昌东站，再换乘旅游大巴车直达宜昌茅坪码头。暮色来临的时候，我们在码头上乘坐缆车登上游船。站在游船窗前，向远处眺望，美丽的山城宜昌在暮色中仍然清晰可辨，而我却明显感觉到，它在慢慢地离我们远去，原来不知不觉间游船启航了，开启愉快的长江三峡之旅。

船夜间航行西陵峡约 76 公里，这是长江三峡中最长的峡谷，以险峻闻名于世。峡内有兵书宝剑峡、牛肝马肺峡、崆岭峡、青滩、泄滩等名峡险滩，还有黄陵庙、三游洞、陆游泉等古迹。峡中险峰夹江壁立，峻岭悬崖横空，奇石嶙峋，瀑布飞泻，古木森然，水势湍急，景象万千。

次日早上6点钟船抵巫峡，这可是第一次在白天行船看三峡风景。三峡沿江两岸的美景第一次在阳光下展现在我们的眼前，最重要的是还能欣赏到长江三峡中最美的巫峡。巫峡绮丽幽深，以俊秀著称天下，它也是三峡最精彩的最著名的风景点。巫峡江流曲折，百转千回，船行其间，宛若进入绮丽的画廊，充满诗情画意。"万峰磅礴一江通，锁钥荆襄气势雄"是对它真实的写照。峡与江两岸青山不断，群峰如屏，船行峡中，时而大山当前，石塞疑无路；忽又峰回路转，云开别有天，宛如迂回曲折的画廊。巫峡两岸群峰，各具特色。"放舟下巫峡，心在十二峰。"屏列于巫峡南北两岸的巫山十二峰极为壮观，十二峰它也包括江北岸的登龙、圣泉、朝云、神女、松峦、集仙六峰，南岸的飞凤、翠屏、聚鹤、净坛、起云、上升六峰。云雾缭绕间的巫山十二峰，其中以神女峰最为俏丽。神女峰头顶着云朵，脚踏着巫峡，宛如一个美丽的少女，亭亭玉立，俯视着长江和两岸的大好河山，更给神女峰添加了一分灵气，平添了几分绰约的风姿。古往今来的游人都莫不为这里的迷人景色所陶醉。"更立西江石壁，截断巫山云雨，高峡出平湖。神女应无恙，当惊世界殊。"

据导游介绍：巫峡中除了巫山十二峰外，还有三台八大景。三台是指楚怀王梦会巫山神女的楚阳台，瑶姬授书大禹的授书台，大禹斩孽龙的斩龙台。这里的八大景是指的是"南陵春晓""夕阳返照""宁河晚渡""清溪鱼钓""澄潭秋月""秀峰禅刹"

"女观贞石"和"朝云暮雨"。巫峡奇峰突兀，上至云霄，壁立千仞，下临不测，直插江底，群峰竞秀，气势峥嵘，云雾缭绕，姿态万千，令人神驰。船行峡中，宛如漫步在美不胜收的五彩画廊。千百年来，流传至今的种种美丽的神话传说，更增添了奇异浪漫的诗情，文人墨客无不为其所倾倒，留下了千古名篇。唐代诗人赞美巫山十二峰的诗句，有"巫山十二峰，皆在碧虚中""巫山峨峨高插天，危峰十二凌紫烟""巫山案十二，合沓隐昭同"。南宋诗人陆游在《三峡歌》说："十二巫山见九峰，船头彩翠满秋空。"

除了巫山十二峰，过巫峡不能不提云雨：见过沧海的云，巫峡的雾，便不负此生。可见巫山云雾非常有名。

在长江三峡峡谷到处可见绝壁上的"三峡古栈道"。三峡中的古栈道全长约五六十多公里。其中瞿塘峡段长约 10 公里；巫峡段长 30 多公里；其余零星分布在西陵峡中。由于三峡水库蓄水，水面抬升几十米高，大部分古栈道已经沉入水底。巫峡中的栈道不仅长度最大，而且它都多开凿在绝壁之上，远离河道才得以保留。

当游船继续在长江三峡峡谷中行驶时，我们看到了一座钢拱单跨大桥从头上越过，这就是横跨巫峡的巫山长江大桥。要仔细看，在大桥北岸山上还有一座宝塔耸立。这就是巫山长江大桥头上的宝塔近景。过了巫山长江大桥后一座现代化城市映入眼帘，这就是雾霭中的巫山县城。自此巫峡就与我们说再见了。

当我们听到游船上的广播告诉大家："瞿塘峡到了。"大家蜂拥而至四楼后甲板观景平台，一边听导游讲解一边拿起相机、手机不停地拍摄，生怕错过绝美景色。瞿塘峡东起巫山县大溪乡，西止奉节县白帝山，长约8公里，瞿塘峡是三峡中最短的一个峡，却最为雄伟险峻，向来以雄著称。瞿塘峡江水波涛汹涌，两岸危崖壁立，其势如门，是为"天下雄"之夔门绝景。古人曾发出"便将万管玲珑笔，难写瞿塘两岸山"之感叹，瞿塘峡名胜古迹多而集中，有历史悠久的白帝城、惊险万状的古栈道、神秘莫测风箱峡、题刻满壁的粉笔墙、富于传说的孟良梯、凤凰饮泉、倒吊和尚、犀牛望月等。瞿塘峡夹江峭壁，甚为逼仄，最窄处仅几十米。瞿塘水势亦"雄"，它"锁全川之水，扼巴蜀咽喉"，有诗称之"众水会涪万，瞿塘争一门"。江水至此，水急涛吼，蔚为大观。对瞿塘峡的山水之"雄"，清代诗人何明礼有一首诗写得最为贴切："夔门通一线，怪石插流横。峰与天关接，舟从地窟行。"瞿塘峡两岸如削，岩壁高耸，大江在悬崖绝壁中汹涌奔流，自古就有"险莫若剑阁，雄莫若夔"的美称。两岸石壁上的悬棺孔到处可见，由于三峡大坝的建成原水位已提高了许多，所以现在看上去那悬棺孔离水面不是太高。山岩上的那个山洞可能是放悬棺的地方，悬棺至今仍是未解之谜。瞿塘峡口的上游有奉节古城、八阵图、鱼复塔。但随着奉节县古城全城淹没，大多古迹不复存在。夔门南为赤甲山，北为白岩山，山峰岩石一红一白。山峰高1000~1500米，即使现在水位上升100多米，它们依然高大雄伟。瞿塘峡最高水位可达175米。

　　船到了瞿塘峡，就看到了"夔门天下雄"，十元钱纸币的背面风光就是取景于这里。峡口的两岸断崖壁立，高数百丈，宽不及百米，形同门户，故名夔门。夔门即瞿塘峡入口门，长江上游之水纳于此门而入峡；是长江三峡的西大门，又名"瞿塘关"。长江江水滔滔浩荡东流，正如唐代诗人杜甫在《长江》诗中所描写的："众水会涪万，瞿塘争一门。"咆哮的江流穿过迂回曲折的峡谷，闯过夔门，呼啸而去，气势恢宏，令人赞叹不已。让人感受到了唐朝诗人李白的那首："朝辞白帝彩云间，千里江陵一日还。两岸猿声啼不住，轻舟已过万重山。"

难忘的长江三峡之旅游结束了，长江三峡美丽的自然风光与悠久的人文历史景观，使人流连忘返。

游古塔桥记

2021年的仲夏，我约了几个好朋友乘汽车去游古塔桥，古塔桥坐落在宿州市埇桥区朱仙镇的塔桥村。汽车行驶在乡间的道路上，道路两边绿油油的庄稼苗，经微风吹拂，泛起了绿色的波浪，飘散着庄稼苗的微微清香。我们吸一吸这清新的空气，那风送来的空气里面夹杂着泥土与庄稼苗的香味，那清香沁人心脾，给人以爽朗。田里嬉笑忙活的人们，脸上都洋溢着幸福的笑容，可感受到他们的生活是多么美好。汽车在乡间的小路上奔跑了20多分钟，就到达了目的地。

我们下了车，近距离游览这座古老的桥梁建筑。该座古老的塔桥坐落在村子西头，原来是古汴河上的一座古老桥梁建筑，是座建桥师用大石块砌的石拱桥。外观看上去非常古老，砌石斑驳陆离，石缝里长满了野草。但仔细看来，却另有门道：它造型玲珑，设计精巧，构思巧妙，当地的村民人们都称它为"塔桥"。

据当地村民们传说，此桥为鲁班所造。相传，鲁班经常行走乡里，为百姓们做了很多好事。一天，他来到了古宿州，东行三十多里路，发现了古汴河隔断了道路。古汴河水流湍急，阻隔了道路，给人们带来许多不便。他便决心在此地建一座石拱桥，以方便当地的行人过河。

鲁班找来工人，精心设计，经过近十个多月的奋战，这座石拱桥终于建成了。四邻八乡的百姓们都来观看，桥上行人不断，四周赞誉连天，鲁班非常高兴。不料人称八仙之一的张果老骑着头毛驴过来了，他对鲁班说："这座桥我能骑驴过吗？"

鲁班说："建桥就是方便行人过河的，你怎么不能过呢。"鲁班和蔼可亲地很大方地对张果老说。

"我不是不想过，而是怕压塌你建造的桥。"张果老漫不经心地说。

鲁班听了，却很不以为意，认为这人有些呆痴，便笑着说："你别开玩笑了。"

"不是开玩笑，我说的都是真的。"张果老认真起来。

"好吧，你过吧，如果你能压塌我的石拱桥，我从此不再建桥了。"鲁班玩笑似的说。

张果老不再说话了，赶着毛驴上了桥。谁知刚到桥中心，只见桥身晃动，桥基下沉，眼看就这座桥就要塌。鲁班师傅一看大事不好，连忙跑到桥下，一只手把桥身托住，另一只手急忙把斧子放在桥孔里，让斧子把顶住桥的中间孔，又用一块巨石，压住桥脚，这才保住了这座桥。这座桥总算没有塌，但此后人们便叫它"塔桥"。当地的人们为了感激鲁班大师，专门为他编了一支叫《小放牛的儿歌》，那支歌是这么唱的："哎，塔桥是什么人来修？哎，什么人骑驴桥上走啊？塔桥是鲁班大师来修哎，他造福一方,人间才留下那座桥耶!哎,张果老骑驴桥上走哎,他压歪这座桥,哎!鲁班大师把桥修好耶!"

又据民间传说,明太祖朱元璋幼年时曾跟随母亲逃荒至古宿州城城东三铺。母亲给地主洗衣服,朱元璋给地主放羊。当时塔桥很大,当地人称虹桥。朱元璋同他的伙伴们经常在桥下过家家,他让小朋友们在虹桥孔下,用石头垒个高台,自己坐在上面当皇帝,让小朋友们跪拜他。

有一天,一个小朋友说:"朱重八,我们跪拜你也有些时候了,每次都是我们拜你,这次你不能让我也坐一下这个金龙殿,你来拜我吗?"

朱元璋犹豫下同意了。他的小伙伴爬到石头上坐好,朱元璋出了桥孔,纳头便拜。他头还没抬起,只听一声巨响,虹桥塌了,把那个坐金龙殿的小朋友被砸死在桥孔里。因为朱元璋是真龙天子,所以他只能受人之拜,而不能拜人。后来人们为了纪念这一事件,重修了这座虹桥,并把它称为"塔桥"。

历史悠悠,沧海桑田,不知现在的这座桥还是不是当年建桥大师鲁班所建造、洪武拜塌的那座,也不管当年鲁班有没有在这儿建桥,朱元璋有没有来过此地,但人们为纪念鲁班这一建桥大师、朱元璋这位皇帝的故事流传至今。我们伟大的中华民族有着几千年的悠久历史,在民族传统文化典籍中,记载了众多民间的奇闻趣事,古塔桥的自然景观与悠久的人文历史,现在读来,仍是妙趣横生,令人回味无穷。

幽静河畔

游东岳泰山记

2018年7月中旬,我与几个朋友跟旅游团去游东岳泰山。我们乘坐旅游团的大巴车,沿着高速公路,行程4个多小时才到达目的地。泰山巍峨壮丽的大自然美景与悠久的历史人文景观,知名度可与万里长城媲美。从司马迁的名言"人固有一死,或重于泰山,或轻于鸿毛"到杜甫"会当凌绝顶,一览众山小",都在不断加深着我们对泰山的向往。

我们随旅游团来到泰山脚下,乘坐去中天门的汽车。汽车在蜿蜒的山路上行驶,车的一边是耸立的高山,另一边是陡峭的山崖,汽车在山路上一会儿调头向左,一会儿调头向右,车上的人们也随着汽车左右摇摆,大家都在悬着一颗心,直到汽车平稳地停在中天门,大家悬着的心才放了下来。在中天门,我们跟着导游来到了索道乘车处,她安排我们走进了缆车,缆车的四面全是透明的大玻璃,便于游人观看四周的风景,缆车内设左右两排座椅,最多可乘6人,缆车顶部伸出一只拐臂,与上面的钢索牢牢连接。缆车从室内徐徐驶向室外,一眼望去,下面便是万丈深渊，此时让我对"一步之差，天壤之别"有了更深刻的体会。坐在缆车内的我，顿时有了"眩晕"的感觉。导游给我们讲解，让我们了解了高空缆车的构造，高空缆车的安全和可靠性可与飞机相媲美，渐渐消除了我们的恐惧感，但一颗心还是在"扑通扑通"地乱跳。这时向下看到高空缆车下面的环山公路，就像一条蜿蜒的小河流向无垠远方的天边。山中缕缕清风吹动着层层薄纱似的白云，郁郁葱葱而又挺拔的树木，在飘来飘去的白云掩映下，它似乎又多了几分神秘。

我们坐着索道缆车来到了南天门，下了车后，首先走到了"天街"。为什么叫"天街"呢？因为泰山非常高，人们常比喻"登上泰山，如同上天"，所以泰山顶上的街就称为"天街"。接着我们来到了南天门，哇，南天门可真是人山人海，两边都是商店，有小吃，有特产，有玩具，这还有个很大的牌匾，写着"天街"二字，可能是比喻泰山山高，登泰山好像登天。泰山上气象变化多端，一会儿烈日炎炎，一会云雾袅袅。我看见拿着拐杖徒步的游客，不禁产生敬畏之情，又想起在以前没有缆车时，古代皇帝让轿夫抬上去，轿夫一步一步登上去多艰难，这说明泰山风景以壮丽著称，不知吸引了多少游客。重叠的山势，厚重的形体，苍松巨石的烘托，云烟的变化，使它在雄浑中兼有明丽，静穆中透着神奇，永远阻止不了人们坚持和执着的雄心壮志。

然后我们跟着导游随着人群继续往上登，看见了康熙皇帝的题词"云峰"及乾隆皇帝的"置身云汉"，还有光绪皇帝的"峻岭"，立刻肃然起敬。这时离泰山玉皇顶还有 100 米左右，这段路很陡，我们一鼓作气登上泰山的顶峰。站在泰山的顶峰向下俯视着大地，可谓是"会当凌绝顶，一览众山小"，有着登泰山而小天下的滋味。康熙的"万代瞻仰"四字深深在我脑海中不断浮现，泰山不愧是"五岳之尊"，我们几人游览五岳之尊，觉得无比荣耀。

接着我们到了玉皇顶，玉皇顶是泰山的最高点，海拔1545米。从玉皇顶看众山，连绵起伏，云雾缭绕，仿佛置身于人间仙境。我们来到了日观峰，日观峰是看日出的最佳观景地，并在日观峰的景点"探海石"拍照留念。通过导游的解说，我们还了解到，每次日出之前，在日观峰能看到的茫茫云雾，如同波澜汹涌的大海。站在"探海石"上，感觉云海就在脚下，仿佛一伸手就能抓到身边的云彩，故此处叫"探海石"。

我们按游泰山计划，徒步下山。途中经过"碧霞祠"，看到祠内香烟弥漫，朝拜的善男信女从四面八方汇集到此祈福。我们又回到了南天门，南天门也是十八盘的终点，站在南天门前，首先映入我们眼帘的是那数不尽的台阶，我不禁想到：这么多的台阶，是多少人付出了多少的辛劳和汗水，才刻出了这一阶一阶的"天梯"。从十八盘上来的人们，个个汗流浃背，带着一脸疲惫的表情，大口大口喘着粗气，这足以说明走到南天门的人，都付出了极大的艰辛。我走在十八盘的台阶上，才真正体会到了"上山容易下山难"。一步一挪地走到了回马岭，传说曾有一位帝王骑马登山，彪悍的战马走到此地，无论如何也不肯向前再行一步，帝王一声叹气说："连骏马都不愿前行，可见泰山之险峻。"帝王便掉头向回走。以后，人们把此地称为"回马岭"。我们一路下来，还观赏到了许多石刻，尤其是刻字，更体现了中国文化和汉字的精髓。路上，我们还走过了升仙坊、对松山、五大夫松、步云桥、壹天阁、斗母宫、革命烈士纪念碑、万仙楼。

  我们走出南天门的庙门，来到山涧旁，那壮丽的景色立刻把我给迷住了，从这边看，远处的山连绵不断，像一条长龙飞向天边；往那边看，峰峦犹如波涛翻滚，巨浪排空，近处的山一片苍翠；抬头仰望，云海茫茫，雄鹰在我们头上盘旋；俯视山下，怪石嶙峋，万丈深渊。这奇、秀、美交织在一起，构成一幅壮美的图画，令人赞叹不已。

  我们拖着疲惫的脚步，终于来到了山下，导游提议再去游览一下岱庙，起初我们不了解岱庙，导游告诉我们："岱庙是泰山最大、最完整的古建筑群，为道教神府，是历代帝王们举行封禅大典和祭祀泰山的地方。"岱庙自秦汉以来就为历代帝王封禅泰山、举行盛典的地方。至唐宋时期达到鼎盛，有殿宇楼阁800多间，金、元、明、清各代又屡经修葺增扩，遂形成了今天的规模。岱庙与北京故宫、山东曲阜三孔、承德避暑山庄和并称中国四大古建筑群。岱庙占地面积约96500平方米，雉堞周匝，四隅角楼，四面辟门，庙内的建筑可分中、东、西三路。中轴线上由南向北依次为正阳门、遥参亭、天贶殿、寝宫；东路为钟楼、汉柏院、东御座；西路为鼓楼、唐槐院、道舍院。天贶殿是岱庙的主体建筑，始建于北宋大中祥符二年，大殿共九间，长48.7米，宽19.8米，高22.3米，台基为石筑，白石雕栏环绕四周，重檐歇山式殿顶，黄琉璃瓦覆盖。殿内保存有巨幅宋代壁画《启跸回銮图》，长62米，高3.3米，描绘了东岳泰山之神出巡时浩浩荡荡的场面。

幽静河畔

我们游览岱庙后按着旅游计划坐上了回程的大巴。通过此次泰山之游，让我们感受到古代人的智慧和现代科学技术的发展。今日之泰山，正以其雄伟壮丽、庄严伟岸的丰姿，源远流长、博大精深的文化内涵，卓然屹立于世界的东方，展示着中华民族的风貌。泰山历经几千年的保护与建设，已成为中国山岳风景的代表：自然景观与人文景观融为一体。泰山拔地而起于齐鲁丘陵之上，主峰突兀，山势险峻，峰峦层叠，形成"一览众山小"和"群峰拱岱"的高旷气势，令人观之生叹！

游天静宫记

2018年12月的一天,我同几个朋友开车去涡阳县游天静宫。天静宫坐落在安徽省亳州市涡阳县城北的闸北镇郑店村,它是为纪念我国春秋时期伟大的思想家、哲学家、道家学派创始人的老子而修建的。

我们先看的是谷水,导游告诉我们:老子在《道德经》中反复地提到的水,其中"上善若水,水利万物而不争"已成为千古的名句。老子哲学与水性哲学紧密相连,那么老子故里的谷水对于老子该有怎样的意义呢?谷水是紧挨着天静宫旁边的一条幽静的河流,又称武家河,系涡河的支流。我们站在谷水边,望着这涓涓的流水,冬日的水面是安静的,岸也是安静的,岸边的野草已经枯萎了,这也是谷水安静的一部分。这一条真实的河流,因岸上诞生的老子,人们把它与老子联系起来,仿佛所有的水都是为老子而流,谷水的自然之美却一直隐身在自己的宁静之中。

站在安静的谷水边,站在离天静宫不远的地方中去观望天静宫,它轮廓的美在阳光下显得更加夺目耀眼,天静宫是圣殿,也是盛大之殿。橘红色的琉璃瓦，铁红色的墙，两种色彩相互连接，把一个神秘的世界包裹在其中。这金碧辉煌的宫殿，风格为古式建筑，天静宫里有一座巨大的老子铜像。带着谷水的一片宁静和对老子及道家思想的敬仰，我们一起走进了宫殿，真实地去感受天静宫的魅力。天静宫是按照宫殿来建设的，其规模宏大。设计者根据人们对道的理解，让一砖一瓦、一草一木都呈现出老子的思想。

走进了大门，据导游开始介绍，天静宫的大门叫作山门。我们穿山门而过，被眼前的会仙桥吸引了。会仙桥意指仙人聚会的桥，桥的色彩为是白色，给人一种圣洁之感。因为在古老的传说里，只有神无所不能。2000多年前的老子能写下厚重的《道德经》，以五千言定世界。站在会仙桥上，身子有一种飘乎乎的感觉。也许是风的作用，也许只是我们心理作用，总之我们来过了，一个平凡的人来过此时此地的会仙桥。

顺着会仙桥，沿着中轴线往里走，迎面就是灵官殿。据导游介绍，灵官殿内供奉的是道教护法神王灵官，左右奉供的分别是岳飞、赵公明、马胜、温琼大元帅。灵官殿在这里也算大殿，一座香炉放在前面，里面有香在烧着，轻烟随风飘向天际，上香的人是一对年轻人，双手合十祈祷。这一刻站在这里的人，内心都应该是纯净的。殿内高挂着黄色的绸缎在殿内轻轻摆动，仿佛进入了古代道教的氛围之中，供在那里的神像始终肃穆。走过了灵官殿，眼前豁然开阔，一个偌大的场地呈现在我们面前，空旷而又静寂，仿佛是另一片天地。场地的尽头是老君殿，也是天静宫最大的殿。我们正想向老君殿走去，一阵笛声从西边的某一个殿内传出，打破了这种静寂，我们循声走向那个殿。此殿为元辰殿，一位道长正坐着吹笛，我不懂音乐，但这笛声在此空荡的院子里飘荡显得更加清脆，感受到的却是清静。我们没有与他交流，只是在那里站观。元辰殿摆放六十个元辰像，每一个年月出生的人在这里都能够找到与自己相对应的神，我们没有去找，只是把它们看作了风景。我们这样看的时候，笛声却成了另外的部分。元辰殿的旁边为财神殿，在经过这个殿的时候，我们只是稍作停留，因为想去看老君殿。恰恰是一个转身，我们就到了老君殿前。一个设计精美的宝鼎直立在我们面前，宝鼎玲珑剔透，八面来风都可以从中穿过。宝鼎的后面是一个大香炉，香燃烧得很旺，旺是因为香多，前来膜拜的人自然也就多于别处，毕竟这里是老君殿。老君殿是天静宫里最大的殿。在老君殿里，一座巨大的铜像映入我们的眼帘，我们想那定是老子的像了，高大、威严、壮观。据导游介绍此像高5.5米，重6000公斤，目前为国内最大的老子铜像，堪称"道教第一神像"。太上老君两边分别为文始真人尹喜和东华帝君王玄甫，殿里的两端放着晨钟暮鼓，我们来的时候并没有听到响声，它们只是安静地摆放在那里。我们伫立在这巨大的铜像前良久，便有所感悟：所有的一切都可以入道，因为任何事物里都存在一个无限"道"的概念，这个概念是不固定的，取决于我们的理解和认识。道就是一种认识，它不在何处，它就在人的心中。当心中能装下它的时候，它就会在人的心里，当心里装不下它的时候，它就在别处。天静宫里的宫殿有灵官殿、三清殿、天师殿、重阳殿、财神殿、元辰殿、老祖殿、慈航殿、吕祖殿、老君殿等，每一个殿里的塑像都在无声地承载着我们对它的敬仰。这里的每一个景点都遵循着道的理念，突出了自然和谐，威严而不失精巧别致。每一个景点皆有出处，或源于一些历史的故事，或源于人们美丽的传说。

据导游介绍，在天静宫里，有两处景点颇有意义，一是德之初展厅，主要展示1990年在天静宫遗址考古挖掘出土的供器及道士生活用具，展板上图文并茂地讲述老子的一些故事。二是道之源厅，主要是介绍了道祖老子简介，老子降诞生地的相关佐证，以及不同版本的《道德经》。天静宫的上面仍然是天空，安静的天静宫仿佛向天空延伸似的，在空中能够抓住什么？只可惜天常常不静，风雨、雷电变化多端，在空中什么也不能抓住，能够抓住的永远是身边的泥土，支撑它走过了风雨历程，还将继续支撑它走向一个无限的未来。走过的风雨历程就是历史，天静宫也是如此。天静宫始建于东汉桓帝延熹八年（公元165年），初名老子庙。又经过唐、宋、元历代修葺，规模逐渐宏大，雄伟壮丽。唐、宋时称为太清宫，元时改称它为天静宫，沿用至今。

道家文化的创始人老子，是我国古代著名思想家与哲学家，世界历史文化名人。道家经典之作《道德经》提到"道法自然，无为而治"，老子主张无为，顺应自然。是中国历史上最伟大的著作之一，对中国哲学、政治等方面产生了深刻影响。据联合国教科文组织统计，《道德经》是除了《圣经》以外被译成外国文字且发行量最大的著作之一。游完了天静宫，我们踏上了归途，为了纪念到天静宫旅游。我写下了一首诗歌，题为《七律·游天静宫有感》以此作为旅游天静宫纪念：

天静宫坐涡城北，静悠谷水前边流。

老子著作道德经，道法自然无为筹。
春秋百家争鸣贤，唯得道家传千秋。
博大名人传箴言，道德后辈心中留。

游览庐山记

　　庐山山势雄伟、山体多峭壁悬崖、瀑布飞泻、云雾缭绕,外险内秀,险峻与柔丽相济;它是一座历史文化名山,千百年来,无数的文人墨客、名人志士在此留下浩如烟海的篇章;它是以山水为依托,自然风景优美秀丽,却又渗透着浓厚的历史人文景观。

——题记

　　唐代伟大的浪漫主义诗人、被后人誉为诗仙的李白的一首《望庐山瀑布》使得庐山美景被众人知晓,也引得众多文人墨客、政界要员纷至沓来,在此题字吟诗,或干脆在此小住。他们的到访为庐山的自然美景增添了人文气息,使得庐山成为众人心中向往的历史文化名山。我也是那众人中的一个,于是我约了几个朋友跟旅游团一起,乘坐大巴车从皖北宿州市埇桥区开始了我们的庐山之行。

　　我们乘车经过九江市,沿着庐山的盘山公路而上,便到了住宿的地方——牯岭。我们将行李放在家庭旅馆后，便正式开始游览自然风景秀丽的历史文化名山——庐山。

我们到牯岭时已是晚上，然而却没有我想象中山村的萧瑟之感，有的是近乎都市的繁华。街上的路灯，街边店铺的灯，为还在跳广场舞的人提供了光亮，为街上往来的行人照亮了道路，为拍照留念的游客提供了充足的光线。走进广场，只见一个巨大的石块上写着"牯岭"二字，仔细一看，原来这两个字是我国著名书法家启功先生所书。我们向着广场的更深处走去，便来到牯岭湖边了，站在湖边，一阵寒意袭来，人不禁打了个寒战。没在湖边过多停留，我们就回到旅馆，为明天的游览观光庐山的行程做准备。

第二天，天蒙蒙亮时，我们便起床梳洗，随后前往庐山景点——小天池观看日出。导游小姐介绍说，小天池位于庐山牯岭北面，池中之水置于高山而终年不溢不涸。池后山脊上，屹立着一座白塔似的喇嘛塔，白塔建于1936年。天池山对面还有一怪石，远望似一雄鹰伸颈欲鸣。鹰首由巨石叠就，一石伸出鹰嘴崖，石缝中绿树芳草婆娑似羽毛，名鹞鹰嘴。山南麓有一峰凌空突出，下临深壑。峰顶悬崖上有一伞顶圆亭。步入亭中，长江似一条白色缎带。它的山脚是深谷，形如一把打开的剪刀，名剪刀峡。峡中溪流淙淙，松篁翠翠，怪石嶙峋，幽雅秀美。小天池它是牯岭观日出、晚霞、云海等的最佳地。登临山顶，宛如坐上一架直升机，盘桓在庐山的上空，青山碧水、红瓦苍崖，使人浮想联翩、思绪万千。走过蜿蜒的盘山公路，我们顺着阶梯拾级而上，终于到达庐山——小天池景区。此时，它的四周都是白茫茫的一片，只有山中繁盛的林木还隐约可见。不一会儿，天空开始出现一抹红，随着时间的推移，这抹红慢慢地扩散开来，染红了整片天。不久，在这片红的中心，太阳露出了小半个脸。慢慢地，慢慢地，这小半张脸开始变圆，紧接着一抹明丽光亮迅速地射向山顶、山腰、山谷。大家都惊叹眼前的美景，纷纷拿出自己的手机拍照，想把这美景永久地保存下来。我们贪恋着这刹那的美丽，唯恐一恍神这美景就消失不见，于是目不转睛地盯着眼前的那片天空，直到脖子酸了，眼睛累了。

观赏完日出之后，前往下个庐山景点——美庐。导游介绍说：美庐是庐山所特有的一处著名的人文景观，它展示了风云变幻的中国现代史的一个侧面。"美庐"曾作为蒋介石的夏都官邸，"行辕"是当年宋美龄生活居住的"美的房子"。这幢别墅始建于1930年，由英国兰诺兹勋爵建造，后又转让给巴莉女士。巴莉女士与宋美龄私人感情颇深，1933年夏，巴莉女士将此幢别墅让给蒋介石夫妇居住，1934年巴莉女士将这幢别墅作为礼物，赠送给宋美龄。从此，宋美龄成为这幢别墅唯一的主人。

这幢别墅前临长冲河，背依大月山，坐落的位置形如一个安乐椅。蒋介石很喜欢这里的环境，将此地视为风水宝地。在他的眼中，"背山面水"正符合中国风水学说所推崇的格局。蒋介石夫妇很喜欢这里的恬静、秀美，而宋美龄名字中也有一个"美"字，再结合庐山的"庐"字，于是将这幢别墅命名为"美庐"。

话说美庐庭园，可谓是荟萃庐山珍木异卉，满目葱茂，温馨扑面。庭院石拦旁的金钱松，高俊挺拔，树高30多米，为庐山最高大最古老的金钱松。别墅四周的庐山松，苍劲偃盖，虬枝屈铁，不时传来松涛阵阵。牯岭玉兰，早春怒放，花色洁白，散发着幽幽清香；庐山结香喷黄吐华，密密似球的花溢满枝头；箬竹丛丛，露珠滴翠；卫矛枝横，暗藏箭羽。盛夏时节，依攀墙垣的凌霄花，红英灼灼，凌空抖擞；"五爪金龙"橙黄的花瓣上散落着斑斑紫丹，花瓣遒劲似龙爪。入秋之后，被誉为"活化石"的鹅掌楸那形似鹅掌的叶片被染成一片金黄；五角枫，一树烈焰，飞霞流丹；而鸡爪槭更是红得透明，红得灿烂。美庐的庭园营构，以遵循自然风貌为最高宗旨，不着意人工的修饰，而是注重因形就势的精心布置。一条小径巧妙地依着景物而迂回环绕，使人得以细细观赏，慢慢品味。庭园中有一天然裸露石丘，上面铁镌刻着"美庐"二字，这是蒋介石亲笔题写。

再观那别墅，映入眼帘的是一片绿色的世界，绿门、绿窗、绿栏、绿柱、绿廊，而属于建筑第五立面的屋顶，也漆成了墨绿色，而连那原先的灰褐色石墙，也因爬墙虎爬满而终成绿色，予人静谧安宁而又清新的感受。美庐道路的两旁种植着宋美龄最爱的法国梧桐，别墅前面是一个布局精致的小花园，花园中种植着各色花卉。走进美庐，里面的陈设布局和现代房子的布局并无二致。在这里，我们还看到了民国时期使用的冰箱和钢琴。美庐里有两间陈列室，一间陈列的是国共两党合作的历史资料，另一间则陈列的是毛泽东的字画和文章等。

一路上，我们走走逛逛，偶然看见一块木牌上标示着许多名人故居，沿着路标指示的方向一看，原来是一片建筑群。李先念、徐向前、茅盾三位先生的故居都在这里。由于急着赶路，我们只稍稍参观了一下茅盾故居。茅盾故居是一座小洋楼，顶层有一座阁楼。整栋楼隐匿在一片松林之中，楼前有一个小花园，花园里种植着各种花草，给人一种清新、宁静的感觉。住在如此幽静的环境中，与友为邻。聚会时是"谈笑有鸿儒"，独处时，可以静听风吹树林，流水潺潺，这该是一种怎样惬意的生活啊。

接着，我们来到了三叠泉景点。从太乙峰上下来，到含鄱口乘观光车便到了三叠泉。走过九曲十八弯的山路，绕过一条条小溪，登上一道道阶梯，不知走了多久，当我们筋疲力尽时，终于走到了三叠泉。站在三叠泉旁，清冽的瀑布使人暂时忘却旅途的劳累。导游小姐介绍说：三叠泉又名三级泉、水帘泉，古人称"匡庐瀑布，首推三叠"，这里被誉为"庐山第一奇观"，由大月山、五老峰的涧水汇合，从大月山流出，经过五老峰背，由北崖悬口注入大磐石上，又飞泻到二级大磐石，再喷洒至三级磐石，形成三叠，故名；势如奔马，声若洪钟，总落差155米。瀑布分三叠，各异其趣，古人描绘曰："上级如飘云拖练，中级如碎石摧冰，下级如玉龙走潭。"

导游介绍说：三叠泉瀑布"飘如雪、断如雾、缀如流、挂如帘"，它随着季节和雨水多寡的变化而不同，暮春初夏季节，飞瀑如发怒的玉龙，轰然疾下，震天动地；仲夏严冬，雨水较少，则水帘如丝，轻盈柔美，春夏秋冬，各有千秋。三叠泉的壮丽，曾引起当时已离任的朱熹的向往，请人将"三叠新泉"绘成一图，挂在堂上时时欣赏，以弥补他"未能一游其下，一快心目"的愿望。诗人曾为之讴歌赞美，宋代诗人白玉蟾《三叠泉》诗云："九层峭壁划青空，三叠鸣泉飞暮雨。""寒入山谷吼千雪，派出银河轰万古。"立于泉下盘石向上仰观，但见抛珠溅玉的三叠泉宛如白鹭上下争飞；又如百幅冰绡，抖腾长空；万斛明珠，九天飞洒。经阳光折射，五光十色，瑰丽夺目，恰似银河九天飞来。立于"观瀑亭"可又俯视三叠。听瀑鸣如击鼓，吼若轰雷；见瀑像喷晶抛珠，水洒溅玉，连垂素练，落入深谷。仰看与俯视各蔚壮观，自成美趣，故有"不到三叠泉，不算庐山客"之说。

游览了三叠泉，我们便结束了一天的行程，于是开始返回，由于体力消耗得多，在回程的路上我们半走半歇，终于走完了所有的山路，后面的路程我们选择以车代步。玩得太累，吃过晚饭后，我们上床睡觉，很快地就进入了梦乡。

第三天，我们便准备返程了，便选择了比较近的景点——花径。花径是白居易创作《大林寺桃花》的地方。走进花径，首先映入眼帘的是一片桃林，这也许就是当年白居易所题的那片桃林吧，可惜现在桃花还未开，见不到桃花盛开的美景。绕过桃林往里走是白居易草堂，这里的草堂已不复当年的模样，甚至找不到一丁点儿关于草堂的踪迹。草堂里是关于白居易的生平简介和作品陈列，当然陈列的作品都是后人仿写的。走出了花径就来到了此次庐山之游的最后一站：天桥。天桥属于锦绣谷景观的一部分，只是凸出来的部分与对岸凸出来的部分拼接起来可以连成一座桥，而在传说中这座桥确实的存在过。导游介绍说：据民间传说，明朝还未建立时，朱元璋和陈友谅争夺天下。朱元璋被陈友谅部下追到对岸的山上，朱元璋从桥上而过，当陈友谅的部下正欲过桥时，桥突然断了，所以朱元璋是"真命天子"，而这座桥只有天子能过，因而被叫作"天桥"。传说的真实性，我们已经无法考证，但的确为这秀美的峡谷景色增添了人文的情怀，使得自然景色更具魅力。

　　庐山秀丽的美景与历史人文景观，我们恋恋不舍，难以忘怀。这次的庐山之游虽然玩得很累，但是也很开心。可以见到高大的秀丽山、美丽的日出、壮观的瀑布。当然也有一些遗憾，遗憾的是时间太短，没来得及去看"飞流直下三千尺"的庐山瀑布，没来得及去参观名列中国古代四大书院之首的白鹿洞书院，没来得及去游览庐山每一个我不曾涉足的景点。不过，将来的某一天，我一定会再回庐山，让这些遗憾不再是遗憾。

下篇　游览散记

游览三孔记

　　三孔指的是：孔庙、孔府、孔林。曲阜孔庙是全国规模最大的孔庙。孔府是一世袭罔替的贵族府第，位于孔庙东侧。孔林是世界上持续的时间最长的家族墓地，古塚累累，石碑林立，石仪成群。

——题记

　　我于2021年的仲夏，约了几个好朋友，跟着旅游团乘大巴汽车去山东省曲阜游览朝圣历史悠久的"三孔"的人文历史景观与美丽的自然景观。在去曲阜的路上，导游将孔子的生平向我们做了一个简单的介绍。孔子是中国历史上影响最大的智者之一，生前历经坎坷。孔子的父亲名叫叔梁纥。孔子降生时，他耳露轮、鼻露孔、嘴露齿，看上去他像个怪物，叔梁纥当时就把他扔在野地里了。后来，母亲忍不住跑去找，一看真是不得了，一只老鹰在给孔子打扇子，遮蔽骄阳，一只老虎将他衔进了一个山洞里，并给他喂乳汁。这就是所谓的"龙生虎养鹰打扇"的民间传说，这个传说至今还在曲阜一带流传。孔子长大后潜心学习，满腹经纶，后开始收徒办学，至73岁时去世。孔子有弟子三千，而其中贤人七十二。

我们几个人怀着无比崇敬的心情，走进这位先哲的故里，竟产生了一种"朝圣"的感觉，尽管我历来对宗教没什么信仰，然而此时此刻的我却只能找出这样一个词汇，来表达自己的敬意。

一

我们最先进入曲阜孔庙游览，这是三孔中最大也最气派的建筑，是中国现存规模最大的孔庙，号称中国三大古建筑群之一。孔庙始建于公元前478年，也就是孔子去世后的第二年，当时鲁哀公将他的故宅改建为庙。此后历代帝王不断加封孔子，扩建庙宇，到清代，雍正帝下令大修，把它扩建成现在的规模。孔庙里的建筑雄伟，松柏林立，浓荫蔽日，黄瓦、红墙、绿树，交相辉映，既表达出孔子思想的博大高深和丰功伟绩，又呈现出儒家思想的源远流长和历史的悠久。2000多年来，孔庙旋毁旋修，从未废弃，由一座私人住宅发展成为庞大建筑群，延时之久，记载之丰，可以说是建筑史上的孤例。

在孔庙里，我们几个看到了一个较小的殿堂名曰"杏坛"，导游提醒从事教师职业的人可以在这里留影纪念。相传孔子当年在杏坛设教，收弟子三千，授六艺之学，自古以来传为美谈，后人便将杏坛作为孔子兴教的象征，后来又泛指教师这一职业。

我们站在金碧辉煌的大成殿前，大家都有一种似曾相识的感觉，这宫殿太像故宫里的太和殿了。是的，此殿与太和殿从规模到形状都完全相似，只是大成殿比太和殿低一砖而已。中国封建社会等级森严，比如龙的图案只能在皇宫里使用，其他地方若以龙为装饰是要被砍头的，但是孔家却可以，所以大成殿的柱子上都绘有龙的造型。不过，即使孔家有这个特权，在皇帝驾临时，孔家都要以红布把这些柱子包起来，以免造成触怒了天威。

二

我们离开了孔庙，进入孔府游览，这里是历代衍圣公办公、居住的地方。历代皇家对孔子后人的封号各不相同，宋仁宗至和二年改封衍圣公，一直沿用到民国时期。末代衍圣公名叫孔德成，是孔子第七十七代嫡长孙。孔子家族嫡长孙自宋仁宗至和二年起世袭爵位衍圣公，到孔德成这里，延续八百余年。历代衍圣公也极力维护孔家的名望，治学、办事极为严谨，深得百姓的拥护。

在衍圣公办公室的后面有一排长条板凳，几个朋友走得累了，上去就坐下。导游笑容可掬地说："等你们听我说完，就会赶紧跳起来。"原来，我们常常把不受欢迎或不受重视戏称为"坐冷板凳"，其来历竟是出自孔府。相传有一代衍圣公的亲家仗着与孔家的关系，欺压乡邻，乡邻进入孔府告状，亲家闻讯赶来。衍圣公不满亲家所为，虽明知亲家坐在后堂却拒绝见面。后来人们便把这里的板凳称作"冷板凳"了。

在孔府的大堂之上，我们看到了高悬着一副匾额，上面书写着金黄色"六代含饴"四个大字，这是乾隆皇帝亲笔所写。相传乾隆晚年时非常骄纵他的一个女儿，此女长大后，一算命先生说，这位公主需嫁到一门当户对的家庭才能平安幸福。乾隆为此大伤脑筋。后来有人建议，只有孔家有这个资格。当时因满汉不能通婚，乾隆只好把这个女儿先过继到一汉族大臣的名下，然后再嫁入孔府。皇家的女儿任性霸道，根本受不了孔府极为严格的清规戒律，屡屡向父皇诉苦。乾隆深知女儿的性格，虽然心疼也不好直接责难孔府，就赐了那块匾，意思是说，你们孔家可以六代人同聚一堂，共享天伦之乐，也应该对我的女儿好一些。现在孔府里很多做小生意的人都在推销一种软糖，名字就叫"含饴糖"。

三

从孔府出来，我们就直奔着孔林。孔林是孔子及其家族的专用墓地，也是目前世界上延时最久、面积最大的氏族墓地。这里不仅仅有孔子的坟墓，他的儿子及孙子也都长眠在他身边。孔家前三代坟墓都比较突出，其他的都掩映在绿树丛中了。相传孔子只有一个儿子名叫孔鲤，其学识水平既不如父亲，更也不如他的儿子，但是却非常风趣幽默。他对父亲说："你的儿子不如我儿子。"转而又对儿子说："你父亲不如我父亲。"

相传孔子死后，弟子们从四面八方赶来，多半都是守完三天孝就离开了，而子贡竟在孔子墓旁的草庐里整整守了三年。孔家人为纪念子贡他的义举，特将那座草庐命名为"子贡守孝处"且保留了下来。

由于国家每年对孔林进行维护，这里树木参天，清静凉爽。现代大学问家郭沫若曾说："这是一个很好的自然博物馆，也是孔氏家族的一部编年史。"

最后导游以世界遗产委员会对"三孔"的评价作为本次旅游观光"三孔"的结语："孔子是公元前6世纪到公元前5世纪中国春秋时期伟大的哲学家、政治家和教育家。曲阜的古建筑群之所以具有独特的艺术和历史特色，应归功于2000多年来中国历代帝王对孔夫子的大力推崇。"

幽静河畔

游古镇周庄记

　　古镇周庄是江南第一水乡，这儿的街道不宽，两条街之间是一条小河，人们傍河而居。周庄水多，桥也多，如太平桥、双桥、富安桥、青龙桥、外婆桥等一座又一座的桥，让人目不暇接。其中最有趣的是双桥，两条T型河连在一起，两座桥也连在一起，一座横的桥，一座竖的桥，颇有一番水乡的风情。周庄是一串温婉的歌谣，是一张细雨朦胧的水彩画，是一只停歇在拱桥下的小木船，是油纸伞下翩翩的佳人。

——题记

　　我同几个朋友跟旅游团一起，乘坐大巴车从皖北宿州市埇桥区前往江苏省昆山市古镇周庄水乡旅游。
　　我们几个朋友进了周庄，便像住进了明清时期的字画世界。木制小楼紧凑地排列，楼前挂着店家招揽生意的小旗和红灯笼。一条小河隔开两岸，翡翠色的河水漾起微波，轻轻拍打着岸边的石块。路是石板铺成的，窄窄一条小路，却连通了整个周庄。走着走着，前方总是会有一座连接道路的小桥。桥中最绝的当然是双桥，两座小桥的造型不同，相连之后却非常别致。游客们一面纷纷在岸边拍下双桥，或与双桥合影留念，一面赞叹这对奇特的双桥，感慨古代工匠的智慧。还有横跨两岸的拱形太平桥，从桥洞中遥望远处的景色，隐约看到前方碧树垂阴，青瓦白墙的人家比比皆是，美极了。

我们漫步于如画的周庄，感受到浓浓的江南韵味。俗话说："靠山吃山，靠水吃水。"生在如此灵秀的小镇中，周庄人自然心灵手巧，勤劳智慧。小到一件丝织品、一把油纸伞、一幅刺绣，大到一件仿红木装饰品、一艘木船，上面都带着江南灵动的韵味，那是周庄特有的古典气息。

周庄的人更有韵味。从表演节目的阿公阿婆，到散步路上遇到的仪仗队，还有那一边撑船一边唱着船歌的老船娘，那踩着纺车的织女，那埋头刺绣的绣娘，那抚琴浅唱的琴娘，"姑苏十二娘"的风韵真是倾国倾城。当然，还有路边摆着"阿婆茶"小摊的阿婆，泛着红光的脸上一直挂着亲切的笑容，和她聊天像是遇到了家人一样。周庄的生意人随和亲切，融合在江南美景中，让游客也不觉得拘束，尽情享受美景。

我们几人游览了富安桥。富安桥始建于1355年，后由沈万三的弟弟沈万四出资重建，变成石拱桥，改名富安桥，期望既富贵又平安。富安桥是一座桥与楼联袂结合的独特建筑，桥身用金山花岗岩精工而砌筑，桥栏和桥阶用武康石堆砌。桥侧还有桥楼四座，在水上遥遥相对。桥的接替上刻有吉祥浮雕图案。桥身四侧建有飞檐翘角的楼阁，飞檐高啄，遥遥相对，宛如阁中飞桥，又像桥上建屋，桥楼合璧，相映成趣，为江南桥楼之冠，是古镇周庄的象征。

接着我们游览了沈厅，沈厅由沈万三后裔沈本仁于清乾隆七年（公元 1742 年）所建。七进五门楼，大小一百多间房屋，分布在一百米长的中轴线两侧，占地 2000 多平方米。沈厅由三部分组成。它前部是水墙门、河埠，供家人停靠船只、洗涤衣物之用；中部是墙门楼、茶厅、正厅，为接送宾客，办理婚丧大事及议事之处；后部是大堂楼、小堂楼、后厅屋，为生活起居之所。整个厅堂是典型的"前厅后堂"的建筑格局。前后屋之间均由过街楼和过道阁所连接。形成庞大的走马楼。正厅堂叫松茂堂，占地 170 平方米。朝正堂的砖雕门楼，是五个门楼中最雄伟的一个，高达 6 米，正中匾额"积厚流光"，四周为"红梅迎春"浮雕，所雕人物、走兽及亭台楼阁、戏文故事等栩栩如生，可与苏州网师园中的砖雕门楼媲美。

张厅原名怡顺堂，建于明代，清初转让张姓，改为玉燕堂，俗称张厅。张厅前后七进，房屋共 70 余间，占地 1800 多平方米，雕梁画栋。厅旁箬泾河穿屋而过，正所谓"桥自前门进，船从家中过"。作为殷富人家的宅第，张厅历经 500 多年沧桑，但气派依旧。墙上悬挂着字画，一副对联的上联是"轿从门前进"，下联是"船自家中过"，十分贴切地写出了张厅的建筑特色。

沈万三故居位于周庄镇东垞，是周庄富贵园根据历史资料和历史原貌，在原址精心设计修建的仿明式建筑。故居参照沈万三致富的各种传说、经商的坎坷历史、一生的传奇经历和沈家生活起居的场景，通过铜像、砖雕、漆雕、实景模型、版面、布景箱、泥塑、连环画等艺术手法予以展示。沈万三铜像由浙江铜雕大师朱炳仁制作，高8米，底座0.8米，前面是聚宝盆。照壁正面为故居的简介，反面砖雕作品《金玉满堂》。沈万三故居有五个院子，在围墙上有十六幅精美的砖雕艺术品。展厅由"致富之道，众说纷纭""研究万三文化，弘扬富民精神"和"一代豪富，传奇人生"组成。

据导游介绍说：沈万三，本名沈富，字仲荣，俗称万三。元末明初商人、巨富。沈万三通过开展海外贸易而积累原始财富，从而使他迅速成为"资巨万万，田产遍于天下"的江南第一豪富。关于沈万三富豪事，民间也传说他有一只聚宝盆等，由此反映出他财富多到不可胜数，生财聚财技巧高超。沈万三致富后把苏州作为重要的经商地，他曾支持过平江（苏州）张士诚的大周政权，张士诚也曾为沈万三树碑立传。明初，朱元璋定都南京，沈万三助筑都城，朱元璋封了他两个儿子为官。但不久，沈万三被朱元璋发配充军，在云南度过了他的余生。老百姓善良，不太愿意一个财富传奇老死边陲，就编故事说他在云南得道成仙，康熙年间还有人在到处散播奇遇，说自己在云南见到了长生不死的沈万三。《明史》为清人编撰，出于政治目的抹黑明朝的文字随处可见，但史实告诉我们：沈万三其实是个地地道道的元朝人，生于元朝，死于元朝。乾隆年间编纂的《吴江县志》里说："张士诚据吴时万三已死，二子茂、旺秘从海道运米至燕京。"编纂者的史料来源是明代人莫旦撰写的《吴江志》。莫家和沈家是儿女亲家，所以应该是比较可信的。不过，对于历史人物，大都看看、说说、听听，然后一笑置之。

我们几个朋友游完景点后，离开了周庄。但我还常常惦记那里的人和物，惦记着以后还要去那里，再一次聆细体会江南古镇的风韵，再一次聆听那串歌谣、亲近那一只古船、凝视那油纸伞下的佳人。

游商丘古城记

> 商丘古城又称归德府城，拥有着深厚的文化底蕴，城墙、城郭、城湖三位一体，使古城外圆内方，成一巨大的古钱币造型，建筑十分独特。有商丘作为华夏之邦商品、商业、商文化发祥地之隐喻。
>
> ——题记

风和日丽，晴空万里。2006年5月的一个周末，我与几个朋友跟旅游团一起乘坐大巴车开始了我们的河南省商丘市睢阳区古城商丘之游。一路上我们几个人坐在车窗前欣赏着新农村的田园风光，深深呼吸着路边绿茵茵青草的芬芳。观赏着国道路两边绿树成荫，风光旖旎的美景。你瞧，白云在向我们招手；你看，小鸟为我们唱着动听歌曲，美好的心情在荡漾。大巴车在道路上行驶了两个多小时，我们就到达了目的地——商丘的古城，这里绿树环绕，鸟语花香。

商丘古城又称归德府城，即明清时期河南省商丘县城。建成

幽静河畔

于明正德六年（公元 1511 年），距今已有 500 多年的历史。古城由大青砖块砌筑城墙、城湖、城郭三部分构成。而城墙、城郭、城湖三位一体，使古城外圆内方，成一巨大的古钱币造型，建筑十分独特。有商丘作为华夏之邦商品、商业、商文化发祥地之隐喻。城墙周长 3.6 公里，有东西南北四门。城内地势为龟背形，建筑多为四合院建筑。根据五行相生相克之说，为防金木相克，古城东西两门相错一条街，成为中国古城中的唯一。如今商丘古城内的，街道仍保持着古代的建筑风貌。商丘古城的地形十分奇特，为龟背形的。中间部分向上突起，下雨时水流到了下面的排水孔中，接着流入护城河里，这样，可以解决古城积水的情况。古城的东门为宾阳门，南门为拱阳门，西门叫垤泽门，北门叫作拱辰门。坐落在古城内的，明末清初著名文学家侯方域的"壮悔堂"招引着八方的游客。在城南古宋河边有名扬中外的、镌刻着唐朝大书法家颜真卿手迹《八关斋会报德记》的八关斋。明嘉靖年至清朝初年，在商丘古城内出过两位大学士、五位尚书以及十多位侍郎、巡抚、御史、总兵等。由于几千年来黄河决口，在目前商丘古城以下还叠压着西周宋国和汉唐朝时的睢阳古城、宋朝时期的南京城、元朝时期的归德府城等几朝古城。商丘现存的古城是中国保存完好的古城之一，是全国重点文物保护单位。

我们几人跟着旅游团，首先游览应天书院。应天书院是北宋全国四大书院之首，又称应天府书院，坐落在南湖公园东南角。其起源之早，规模之大，持续之久，人才之多，居四大书院之首。所以，《宋史》云："北宋兴学，始于商丘。" 1998 年国家邮政局在商丘举办了四大书院邮票首发式。应天书院位于睢阳区南湖畔，在北宋时与江西庐山的白鹿洞书院、湖南长沙的岳麓书院、河南嵩山嵩阳书院并称为四大书院。

应天书院的前身是后晋时杨悫所办的私学，它后经其学生戚同文的努力，得以发展，学子们"不远万里"而至，"远近学者皆归之"。北宋政权开科取士，应天书院人才辈出，百余名学子在科举中及第的竟达五六十人。宋真宗时，他因追念太祖自立为帝，应天顺时，将宋太祖赵匡胤发迹之处宋州（今商丘）于公元1006年改为应天府，公元1014年又升为南京，处陪都地位。公元1009年，宋真宗将该书院正式赐额为"应天府书院"。宋仁宗时，又于公元1043年将应天书院这一府学改为南京国子监，使之成为北宋的最高学府之一。后该书院在曹诚等人尤其是应天知府、著名文学家晏殊的支持下，才得以大的扩展。著名的政治家、文学家范仲淹等一批名人名师在此任教，更是人才辈出，显盛一时，后人还撰文并刻立有《范文正公讲院碑记》以兹纪念。现为国家重点文物保护单位。

商丘古城中的陈家大院以四合院为主，院院相连，它分布规整，陈氏家族它和"桃花扇"素有渊源。陈宗石的岳父便是桃花扇的主人、"归德才子"侯方域。据传说，桃花扇在李香君活着时，一直在李香君之手，李香君死后，转交给侯方域。侯家小姐成亲后就把这把桃花扇带到了陈家，后来在陈家保存了很长时间，上面有好多名人题字，成了陈家的传家之宝。

接着我们游览商丘古城中的下一个景点——归德府文庙。归德府文庙始建于明嘉靖三十四年至三十八年（公元1555—1559年），距今已有400多年的历史。与全国其他各地文庙前殿后学

幽静河畔

（堂）布局不同的是，归德府文庙是唯一一座学堂建在大殿右侧的文庙，形成了左殿右学的独特建筑格局。我们进入了归德府文庙，首先映入我眼帘的就是一座石拱桥。据说只有中了状元的人，才可以从此桥通过。之后我们又去了据说是状元（侯方域）考试的地方，让我们不由联想到"胸藏文墨虚若谷，腹有诗书气自华"。

接着我们又游览文雅台。文雅台位于南湖公园东南，是当时孔子在宋国（即今商丘）的讲学旧址。鲁哀公三年（公元前492年）孔子适宋与群弟子习礼大树下，史有过宋代檀之说，即此。西汉时地处梁园（今商丘）之内，梁孝王在此建亭台楼阁，尝邀司马相如、邹阳、枚乘等在此燕集唱和，故有文雅之名。土台高2米，面积8800平方米。原有房舍数憧，院内有两层六棱亭，亭内有一石刻孔子行教图碑，传为唐吴道子所绘。现存孔子石刻画像残碑等，珍藏于睢阳博物馆。文雅台现为商丘市重点文物保护单位。

八关斋位于南湖公园南面的古宋河畔。导游介绍说：唐朝的大历七年间（公元772年），河南节度使田神功为保卫睢阳，同安史叛军大战两天两夜，经殊死拼杀，终于救出睢阳全城兵民，保住了睢阳城。但田神功却因苦战成疾，他生命垂危。睢阳百姓自发设"八关斋会"，捐粮捐款，请一千名僧人赴会祈祷田神功早日康复。一时，香供摆满郊野，经声佛号昼夜不息，四乡百姓云集，车马塞道。颜真卿有感于此，并亲自撰写一篇900多字的短文，它题为《唐宋州八关斋会报德记》，刻于石壁。此中书法艺术为中外书法爱好者所倾倒，是河南省第一批重点文物保护单位。

  壮悔堂为中国古典名剧《桃花扇》主人公、明末四大才子之一侯方域所建，为其壮年著书处，位于商丘古城内，是一明三暗五、前出后包、上下两层的硬山式建筑。上下贯通的四排圆柱和八十八根线构造成一木间架，墙装青砖，顶盖垄瓦。屋脊有青兽压顶。屋内有木屏相隔。门窗镂花剔线，圆柱浮雕龙凤。该建筑通体显现出清代匠人高超的建筑艺术。壮悔堂前20米处有五间过厅，建筑风格与壮悔堂相同。现为河南省重点文物保护单位。

  时间过得飞快，美好的时光总是很短暂，不知不觉就到了返程的时间。商丘古城还有很多我们没有游览过的景点，但其深厚的历史文化底蕴与悠久的历史文化景观使我们久久不能忘怀。

幽静河畔

游古都开封记

  开封古时候称老丘、大梁、陈留、汴州、东京、汴京、汴梁等它简称汴。开封迄今已有4100余年的建城史和建都史，它先后有夏朝，战国时的魏国，五代时期的后梁、后晋、后汉、后周，宋朝，金朝等相继在此定都，被誉为八朝古都。开封是历史文化名城，北宋时期的名胜古迹遍布大街小巷，形形色色的故事流传至今。直到今天，古都开封还洋溢着一种浓厚的民族文化气息。

——题记

  2008年的金秋十月的一天，我们一家三口到商丘走亲戚。我们包了一辆中巴车，车上坐着女儿的小姨、舅舅等一行十多人，从商丘出发，去历史悠久的文化名城、八朝古都——开封游览历史人文景观。中巴车快速行驶在高速公路上，道路两边金灿灿的稻谷一望无际，微风吹来，泛起了金色的波浪。我们开着车窗，吸一吸清新的空气，那风送来的空气里夹杂着泥土与稻谷的清香，清香沁人心脾，令人爽朗而愉悦。天高云淡，秋风习习，阳光灿烂。经过两个多小时，我们来到了开封龙亭公园大门口。我们一行人进了龙亭公园的大门，一座典雅的古楼映入眼帘，这就是著名的龙亭。

龙亭公园大门坐北朝南，门前就是古色古香的宋都御街，一进大门，就可以看到一道笔直的石道向北直通龙亭大殿，两个形状不同的湖分列石道左右，东面的湖叫潘家湖，西面的湖叫杨家湖。风吹着湖水，荡漾着波纹，许多游船在湖水中穿梭，一面面三角形的黄色龙旗飘扬在湖栏边的旗杆上。

金秋十月，秋高气爽，菊花竞放，悠悠飘香，龙亭上下，锦旗招展，彩球升空，人头攒动。这儿正举办着开封市第二十六届菊花展览会，湖畔两侧到处都是盛开的菊花，到处都是旅游观光的人群，到处都充斥着沁人心脾的花香。龙亭宏伟壮观，在大殿正门口的两边，挂着一副"登百尺台徒叹盛衰万寿宫；话七朝事尚许清浊两湖水"的楹联，八个大红灯笼整齐排列在屋檐下，每个灯笼上还有一个大大的"福"字。定睛一看，在龙亭的高墙四面的上方，各有两个伸出的龙头。我们顺着又高又陡的台阶，到了亭顶，虽然已是气喘吁吁，但我们还是怀着兴奋的心情走进龙亭大堂内。仿佛看到宋朝的皇帝赵匡胤正威武地坐在殿堂中央那精致的龙椅上，两边还有忠心报国的大臣，他们一个个都精神抖擞、威风凛凛、气势逼人。

走进大殿门口，远远看到里面有一些身着古装的人好像在表演、饮酒，怎么回事？噢，原来里面是一个个栩栩如生的蜡像，站在保护蜡像前的玻璃墙上，可以看到里面是皇帝在宴请大臣，几个宫女在吹笛、跳舞。看看大殿正中台阶上的皇帝，正在笑眯眯地端着酒招呼大家喝。下面的大臣分列两边的酒桌旁，一个身穿武将服装的大臣真贪吃，左手端着一杯酒，右手还抓住一个鸡腿往嘴里塞。这是1000多年前，后周皇帝年幼无法处理政事，将士们在陈桥驿发动兵变，拥立赵匡胤为皇帝，建立了北宋，国家从此由分裂走向统一，历史上称"陈桥兵变"。后来，赵匡胤宴请石守信等大将，劝他们放弃兵权，弃官回家养老，巩固了北宋的统治，这就是著名的"杯酒释兵权"。

接下来我们游览天波杨府，它位于龙亭公园的西邻，是杨家将的府邸。北宋时期，辽国侵犯北宋，杨家将保家卫国，名垂千古；而奸臣潘仁美陷害忠良，遗臭万年。"佘太君杨门选将"的一众蜡像群栩栩如生，让人感觉身临其境。龙亭前有两个湖，东边的是潘家的湖，西边的是杨家的湖，传说中的潘家的湖浑浊，而杨家的湖清澈。虽然没有科学依据，但"潘浊杨清"的动人故事仍然在民间盛传，这也表明了人民群众对忠奸的态度。

包公祠是为了纪念宋朝清官包拯而建立的一座祠堂，而开封府则是包拯办案的地方。包公祠的大殿为正史部分，中央有一尊包公坐像，高3米多，蟒袍玉带，端坐椅上，劲正如松，威严端庄。包公坐像两旁陈列着历史文物，有包公墓里出土的碗、盏、木俑和普通砚台等。山墙上镶嵌有反映包公政绩的彩陶壁画，壁画边缘有龙凤图案，展示了包公的气魄和威严。二殿内有包公石刻像拓片一幅，线条清晰生动传神，逼真地再现了包公的风姿。更令人感动的是包公留下的一则家训："后世子孙仕宦有犯赃滥者，不得放归本家。亡殁之后，不得葬于大茔之中。不从吾志，非吾子孙。"更充分地体现了包公的清心寡欲、廉洁奉公、疾恶如仇、憎恨贪官。二殿中央竖立着一座《开封府题名记》石碑，为北宋遗物，上面刻有北宋113位开封府尹的姓名和上任年月。唯有包公名下出现了一条深深的指痕。这是人们因敬爱包公，观赏碑刻时天长日久磨出来的指痕，是包公受人们尊敬的实证。元代诗人王恽赋诗赞曰："拂拭残碑览德辉，千年包范见留题。惊乌绕匝中庭柏，犹畏霜威不敢栖。"诗中赞扬包公和范仲淹的盛德和威名光耀千古，把贪官污吏比作可恶的乌鸦，即使千百年后，见其碑犹如见二公其人，仍使贪官惊惧万分，而不敢近前逗留。可见"包青天"名不虚传。

廉泉位于包公祠东，是花亭里的一口水井。井沿是黑褐色的青石，石壁内侧，是一道道被井绳勒得极深的纹道。传说廉泉有一种特别神奇的地方，就是会因不同的人产生不同的味道。普通老百姓喝了会解渴；清官喝下去，清冽可口，甘醇香甜；但是如果贪官喝下去，必定苦湿难咽，像有芒刺封喉，而且当场头痛欲裂，无药可医，唯一能够减缓病痛的偏方是喝一碗狗尿。包公祠内的龙头铡、虎头铡、狗头铡，在当时它让多少坏人心惊胆战，《铡美案》蜡像群形象逼真。传说包公自己造了一个字，执法如山的"法"字：左边一个三点水，右边一个广字头，下面有一个去字，最下边是一个乌字。这是什么意思呢？传说包公在断此案时，压力很大，但因一生清廉，秉公断案，所以最后自己就造了这个字，意即为了广民百姓，即使把乌纱帽给丢了，也要为民讨个公道。开封府内有一块大石头，上面写着"公生明"，让人望而生畏。包拯为政清廉、铁面无私、刚正不阿，令后人景仰。在这里我第一次听导游讲了"大红大紫"的由来：现在我们看到包公的官服是紫色的，其实一开始按品来分的话应该是红色的，紫色的官服官品更高，但是包公深得当朝皇上的厚爱，皇上特地赏赐给他一件紫色官服。

　　一天的游玩，让我们大开了眼界，听到了很多有趣的传说，还学到了许多历史知识，希望有机会还来这里游玩。

游览长城记

  北京八达岭长城是居庸关的重要前哨,古称"居庸之险不在关而在八达岭"。八达岭长城,史上称它为天下九塞之一,它是万里长城的精华,在明长城中,独具代表性。该段长城地势险峻,居高临下,是明代重要的军事关隘和首都北京的重要屏障。

——题记

  "不到长城非好汉。"我们一家就当了次真正的好汉。2002年的9月,女儿考上大学去北京报到,我们提前两天去北京。安排好住宿,吃过晚饭,一家三口商量去哪里游玩好,最后一致决定去爬长城,游览观光长城的险峻、辉宏、雄伟壮观的风姿,观赏八达岭长城雄伟险峻的风貌。

  我们从德胜门换乘公交,出市区上高速一路向北而行。汽车在高速公路上疾驰,远远地便看见了峰峦起伏的燕山余脉,从西北高原曲折环绕逶迤而来,汽车过昌平,不一会儿便穿行于崇山峻岭之中,两旁巍峨峙立的座座奇峰,绝不比前日游览过的山海关逊色。汽车过居庸关穿过一短一长的两条隧道,下高速不远就到了八达岭长城停车场。

只见前来游玩的游客,人多如蚁,或团队,或好友结伴,或携家带口,个个脸上荡漾着笑意,五颜六色的服饰点缀着翠绿翠绿的绿树青山。向北仰望,长城如一条蜿蜒的巨龙,将几座山头连绑在一条细长的绳索上,上面的游人密密麻麻,好似万紫千红的花瓣在随微风移动。

下了汽车步行来到长城脚下,"北门锁匙"四个繁体大字嵌在高大城门洞的上方。我们互相拍照留影后来到进口,但见几个售票口前都排着长龙。女儿她说:"不到长城非好汉,我们已经到了长城,看见了长城就够了吧,我怕你们二老身体顶不住,建议咱们不上了。上与不上,大主意你们二老拿吧。"犹豫中我们先在院内老炮台等处照了几张照片。明朝时候的神威大炮久经风雨,苍褐色的容颜,沉稳兹实,端坐如神。冉冉光阴,不知道它还要迎接多少风沐雨淋的岁月,在它跟前留下个影子也不枉来一趟。

最后我们决定,既来之则上之,还是体验一下登高临风的感觉,享受一下饱览祖国大好河山的壮丽,免得留下遗憾。于是高高兴兴地穿过检票口开始顺着人流向上攀登。

长城上中外游客摩肩接踵,昔日作为防御外来侵略的战争工事,如今却成了人们旅游的圣地。青砖构建而成的城墙基座和两边的城墙,在风雨霜雪的侵袭中,已些许褪色,变得枯硬苍灰。

我们手扶栏杆,爬爬停停,气喘吁吁,中间还不断相互拉拽帮扶一下。经过几座烽火台到达最高处,我们不得不停下来,休息一段时间。

回首俯瞰，发现脚底下的长城居然那样的丰盈，不动声色地将我们包纳在它狭长的怀抱里。风从城垛口吹入，掀起我们的衣角，丝丝的凉意让头上身上的淋漓大汗顿时退去，爽快极了。极目远眺，山峦起伏，一派雄浑刚劲的山势尽收眼底，长城因山势而雄伟，山势因长城更加险峻。登临了长城，抒情怅古，不胜激昂感慨。

回顾登途，有斜坡也有台阶，正如曲折的人生，它充满坎坷和平淡。迂回下行，标志牌写着前方路窄难行，一走果不虚言。坡也好台阶也好，非常陡峭，简直将近直上直下，倾斜度至少不下60°。毫不夸张地说，我们一家三口是手抓着栏杆倒退着蹲爬而下。到一段平缓地带，我们就再喝点水休息一会儿。

我们给女儿介绍，万里长城之所以叫万里长城，是因为它东起河北山海关，西至甘肃嘉峪关，横贯八个省、市、自治区，全长约6700公里，就像一条矫健的巨龙，越群山，经绝壁，穿草原，跨着沙漠，起伏在崇山峻岭之巅，黄河彼岸和渤海之滨。古今中外，凡到过长城的人无不惊叹它的磅礴气势、宏伟规模和艰巨工程。这是一座稀世珍宝，它也是艺术非凡的文物古迹，它象征着中华民族坚不可摧永存于世的意志和力量，是中华民族的骄傲，也是整个人类的骄傲。长城已被列入世界文化遗产。

在这里我们每走一步都是行走在历史的遗迹上。我们还告诉女儿，长城始建于2000多年前，经历朝不断修葺，才形成如此浩瀚的宏大的规模。在2000多年前生产力非常低下的情况下，耗费了多少人力、物力和时日可想而知。好多历史传说和成语典故都与他有关，如广为流传的孟姜女哭长城、定城砖、烽火戏诸侯等；相关的成语有固若金汤等。

  长城是中国人民的骄傲，我们的骄傲！

  到长城脚下，已是下午 3 点多，不敢再耽搁，我们就上了返程的公交车抓紧返回。汽车启动了，我们一家三口再回首望一望那如诗如画的巍峨的宏伟的长城，心中默默地道一声：再见了长城！

华山之游散记

> 我小的时候就听大人们说"自古华山一条道",华山不仅雄伟奇峻,而且它山势峻峭。它壁立千仞,群峰挺秀,以险峻而称雄于世,自古以来就有"华山天下险""奇险天下第一山"的美誉。
>
> ——题记

我于1998年9月中旬的一个周末,约了几个朋友跟着旅游团一起乘坐大巴车开始了华山之游。华山坐落在西安市东120公里的陕西省华阴市内,北靠黄河,南依渭水。它是一座美丽的山,是一座险峻的山,更是一座和谐的山。华山自古以来,它一直被世人称为天下奇观。华山它是中国五岳名山之一,它有五个峰,分别是北峰、中峰、西峰、东峰和南峰。

我们乘坐旅游团的大巴车,经过几个小时的奔波,终于到达华山脚下。我们下车后映入眼帘的是青翠碧绿覆盖着的挺拔险峻的山体,从下往上看,岩石笔直,在阳光的照射下,泛着白光,耀眼夺目。我们乘索道上山，坐在缆车里朝窗外望去，云雾缭绕，仿佛好像到了仙境一般；再往下看，大大小小的汽车行驶在弯弯曲曲的山路上，就像一条条游龙；山壁间，青草、野花、树林、小河流水，景色秀丽。

云雾随着阵阵清风聚散，朦胧间露出了被青翠碧绿覆盖着的华山，山与天色融为一体，矗立在眼前，直插云霄，好像一幅饱含意境的泼墨山水画。我们首先乘索道上了海拔1614.9米的北峰，站在北峰顶上，只见烟雾弥漫，感觉有点冷丝丝的，能看见若隐若现的中华石，中华石在1.03亿多年前因地壳运动而留下中国版图的形状。在金庸先生的武侠小说中，华山论剑便是在这北峰，我也是慕名而登上这座峰。北峰上有一块刻着"华山论剑"四个大字的高大石碑，望着这块石碑，脑海中不禁浮现出武林高手们比武切磋的激烈场面，饱含无限的传奇色彩。为了节省时间我们还未听完导游的解说就往上走了，走过纪念亭，越过苍龙岭，翻过了金锁关，这时烟雾慢慢退去，能看见窄小的山尖，见如此美丽的景色，我们快速地按下相机，将美丽的景色如数尽收相机里。古人说："无限风光在险峰。"我们忍不住继续向上攀登，费了九牛二虎之力终于见到了一丝亮光。几个朋友高呼，"我们爬到了西峰了！"西峰高达208.6米，它是华山的最险峻的高山峰。伴随西峰有许多美丽的神话传说，而流传最广的莫过于沉香劈山救母的故事。但是千百年来在老百姓心中却寄托着对忠贞爱情和幸福生活的无限向往。峰上崖壁题刻遍布，工草隶篆，琳琅满目。绝顶之上有杨公塔，为杨虎城将军所建，塔上有他的亲笔题词。塔下的岩石上有"枕破鸿蒙"题刻，是书法家王铎手迹。我们几人站在险峻的西峰向下望去，无限的美景尽收眼底，四面被山峰环抱着，悬崖峭壁上生长着大片绿树，给这里增添了几分生机。我们毫无准备地扎进了肆意飘散的云雾中，四周顿时白茫茫的一片。

  不久，我们来到了半山腰。踏上石板路，漫步在云雾之间，仿佛自己有腾云驾雾的能力。这时阵阵冷风袭来，我被吹了个措手不及，不禁打了个寒噤，连忙捂紧外套。石板路被霜凌覆盖了一部分，踩上去又湿又滑，所有人都在小心翼翼地扶着栏杆前行。

  我们就这样深一脚浅一脚地顺着石板路向上爬着，抬头仰望，只见陡峭的石板路蜿蜒直到天际。我们朝下俯瞰，周围是深不见底的悬崖峭壁。午日时分，阳光从云雾中穿透出来，大片烟雾完全消散，鸟儿开始鸣叫。我们享受着空山鸟语，好像忘掉了一切烦恼。

  时间慢慢过去，我们已累得气喘吁吁、筋疲力尽了，甚至有了放弃的念头。但转念之间一想，来到华山，却未登上最高峰，岂不是一大遗憾？最终我们登上了华山之巅的南峰顶端。这里的海拔2155米，放眼望去，一览众山小。我们来到了一块岩石上，这里和另一块岩石之间放着一块1米长的木板，走上木板，我们感到腿在发抖，走上岩石，腿一软，坐在了岩石上。这时，起了一层薄雾，华山就像被盖上了一层轻纱，给人一种朦朦胧胧的美。山顶上的空气十分清新，从中能够嗅到大自然的气息。站在山顶上向下望去，可纵观华山全局，那青山、楼阁，和条条小径通向的亭子，无不让人心旷神怡，没想到我们也有幸体验了一次"会当凌绝顶，一览众山小"。华山的美景永远留在了我们的心间，激励了我们不断向上攀登。这一天我们目睹了华山的美与险，亲身体验了攀登高峰、战胜自我的快感，真不虚此行。在傍晚的时分，我们坐上缆车下山。这时山上的雾已经消散，回头望着高耸入云的华山，现作《七律·登华山》一首表达此时此刻的心情：

> 意志千斤攀险岳，华山万仞壮心闲。
> 慢登天道驱明月，大步银河扣链环。
> 浃背汗流精气爽，腾云驾雾笑声艰。
> 世间奇险何须惧，触手红曦照宇寰。